青春의 野望

第三部

와세다(早稻田)의 멍청이들

作家의 한 말씀

♣이 作品은 自敍傳이 아니다. 自敍傳的인 要素가 없는 것은 아니지만, 어디까지나 小說이다.
小說은 虛構的인 것이다. 小說에서 그려지는 世界와 그 原型이되는 素材를 混同하는 境遇가 우리나라에는 있다. 作品속에서 事實을 끄집어내려는 心理도 그와 같은 脈絡에서 發生된다고 본다.
作品은 獨立된 世界다. 作家의 體驗이 그 作品속에 얼마만큼 利用되었던 間에, 그 過程은 作品自體에는 關係가 없는 것이다.
本篇에는 實名의 人物이 많이 登場하게 된다. 그 사람들은 모두가 有名人이고, 地名도 實際 地名으로 쓰여진 것처럼 같은 意味로 登場시켜 보았다. 作品속에 나오는 都市의 舞臺에 드라마가 展開된다 해도 現實의 都市에는 그런 드라마는 없다.
그와 마찬가지로, 現實의 同名의 人物은, 直接的으로는 作中 人物 그것은 아닌 것이다. 어디까지나 作中人物은

作中人物인 것이다.

三年余에걸쳐,『週刊플레이보이』에連載된이『靑春의 野望』도, 이로써 第三部가 되었다. 人生旅程은 繼續되고 있다.

十代에게 作別을 告한『와세다(早稻田)의 멍청이들』이 二十代에서는 어떻게 살아 갈 것인가, 어느 程度 想像을 새롭게 가다듬고서 써나가지 않으면 안 되겠지.

靑春을 테-마로 해서 쓰여지는 小說에는 完決이라는 것이 없다. 아무도 몰래 숨어 들어오는 靑春의 挽歌만이 있을 뿐이다.

그런 意味에서『靑春의 野望』은 겨우 始作에 不過할 뿐이다.

도미시마·다께오(富島健夫).

차례

【上卷】

作家의 한 말씀
門이 없는 大學………… 4
燒酒의 靑春…………… 20
밤의 電車안에서……… 37
작은 妖精……………… 54
女子의 宿所…………… 70
縣境에서의 下宿……… 86
새 食口………………… 101
酒 宴…………………… 117
한 張의 葉書………… 134
合評會………………… 151
帽子도둑……………… 167
背德者………………… 183
女子 두 사람………… 199
深夜의 複道…………… 216

彷徨의 밤	232
作家訪問	248
주정뱅이들	265
文學敎室	281
『街』	299
文科의 學生	317
엿보는 心理	333
奇妙한 밤	349
아르바이트	365
幸運兒	380
解　說	396
附　錄	407

1
門이 없는 大學

一

門이 없는 大學이다.
東쪽으로 向해있는 커다란 入口를 正門이라 부르고들한다. 門이 없는 正門이다. 正門을 마주보고서 오오구마(大隈)講堂이 서있다. 바로 向해서 왼쪽 끝에 大時計塔이있다. 重厚한 時計塔이다.
門을 나서서 바로 비스듬하게 왼쪽으로 들어가는 좁은 길이 있고, 右側은 오오구마(大隈)會館의 콘크리트 담이 쳐져있다.
左側으로는 文具類의 商店들과 書店들이 늘어 서 있다.
이 좁은 길을 빠져서 電車 길로 나온다. 電車길을 가로질러 三十메-터쯤 걸어가서 오른쪽으로 꺾어 들면 때자국이 자르르 흐르는 술집들로 꽉 차있는 거리가 바로 이곳이다.

密造의 막걸리를 마실 수 있는 술집이 있고 暴彈酒를 마실 수 있는 술집도 있다. 暴彈酒란 藥用의 알-콜-을 물에 엷게 탄 것을 말한다. 燒酒를 黃色 물감이나 붉은 물감을 엷게 탄 물에 뒤섞어 탄다. 말해서 梅花酒, 또는 葡萄酒라고 한다. 이런 것들이 學生들에게는 一般的인 술로 通한다.

族譜에도 없는 怪常한 料理와 함께 이런 것을 파는 집들이 늘어서있다.

술집 앞에는 잡동사니 쓰레기들이 쌓여 있고, 비라도 오는 날이면 물 범벅이 되기도 한다.

下水溝가 막혀 물이 빠지지 못하고 넘쳐흐르기 때문이다. 下水溝에서 逆流해 올라오는 惡臭에 얼굴을 찡그리면서 爆彈酒나 燒酒盞을 입으로 가져가는 때도 흔히 있는 일이다. 해가 질 무렵쯤이면 이집 저집에서 소나 돼지 內臟을 굽는 煙氣가 거리로 흘러 퍼진다.

醉客들의 高喊소리가 높아져 갈즈음해서 날은 저물어간다. 佛文科 一學年의 몇몇의 뜻에 따라 同人雜誌 發刊을 爲한 最初의 모임이, 신쥬꾸(新宿)가 아닌, 와세다(早稻田)의 이들 술집에서 열리게 되었다.

와까스기·료헤이(若杉良平)는 그날의 마지막 講義를 함께 받은 하야노·가쓰이께(早野一生)를 따라서, 처음으로 이들 작은 술집 거리에 발을 들여 놓았다.

아직도 太陽은 와세다(早稻田)의 정수리에 떠있고, 두 사람 앞을 비쩍 마른 개 한마리가 비틀거리며 지나가고 있다. 어쩐 일인지 하늘은 푸르게 맑아 있는데도 개는 물을 흠뻑 뒤집어쓰고 있다.

商店 이름을 새겨 넣은 햇볕가리개를 내린 술집이 있는가 하면 아직도 門이 닫혀져 있는 집도 있다. 길옆에 두세個 風爐를 내어 놓고 무언가를 굽는 煙氣를 피어올리고 있다. 하얀 調理服을 입은 女人이, 그 中 하나를 부채로 부채질 하고 있다.

얼굴을 찡그리면서 피어오르는 煙氣를 避하고 있는 그 表情에서, 걸어가면서 료헤이(良平)는 瞥安間(별안간) 귀여움을 느꼈다. 아직 젊은 處女였다.

하야노(早野)가,

「여어-!」

하고 목소리를 보낸다.

「이제부터 始作인가 부지?」

女人은 얼굴을 들어, 微笑를 띠운다.

「어머-, 이르시네요.」

「좀 後에 들릴 테니까.」
「기다리겠어요. 可能하면 좀 빨리요.」
이집의 기둥에 붙여져 있는 빨간 팻말에 먹으로 『아스나로우(羅漢栢)』라 쓰여 있다.
女人은 료헤이(良平)에게도 눈길을 보내면서,
「當身도 함께요.」
하고 말하면서 微笑를 띠운다.
두 사람은 그 옆을 지나서 안쪽에서 두 번째집의 『기요(喜代)』라고 붉은 글씨의 팻말이 걸려있는 집의 布簾(포렴)을 들쳤다.
벌써 세 사람이 먼저 와있고, 노란色의 燒酒를 마시고 있다. 카운터-의 안쪽에는 三十五, 六歲 程度의 오동통한 女人이 서있다.
「어서 오세요.」
목소리가 威勢도 좋다. 얼굴이 하얗고, 어디까지나 술집의 女主人다운 貫祿을 보여주고 있다.
재빠르게 료헤이(良平)들도 자리를 잡았다.
다섯 사람으로, 카운터-는 꽉 차 버렸다. 등 뒤로 四人席의 座席이 둘 있다.
「너희들 眞짜로 講義를 받고 왔구나. 짜아식들, 난 한時間 前부터 와서 기다리고 있었단 말이다.」

이렇게 소리치는 세끼모도·히데오(關本英男)는 醉한 눈을 부릅뜬 채 깜박이지도 않고 노려본다.

「定해 놓은 時間 보다 몇 時間 앞당겨 왔건 말건, 이것은 이쪽이 알바 아니네요.」

다까야마·와가로오(高山吾郎)가 兩쪽을 타일러 놓는다.

「좋아, 좋아.」

하면서 이이쓰까·무네아키(飯塚宗昭)가 사이에 끼어든다.

「입씨름은 此後로 미루고, 이야기만큼은 끝을 내자 꾸나. 자-, 너희들도 盞을 채우고 乾杯하자.」

女主人은 燒酒瓶을 오른손에 받쳐 들었다.

료헤이(良平)들의 앞에 두꺼운 컵을 나란히 놓았다.

「이대로? 아니면 무엇을 타 줄 꺼나?」

고개를 갸우뚱하는 모습으로 그렇게 물으면서 료헤이(良平)의 눈을 드려다 본다. 포동포동한 얼굴에 눈이 가늘다. 목소리가 잠기어 있는 것은, 늘상 醉客들과 合唱을 하기 때문 일게다. 몸맵시와 눈에, 異常한 色끼가 넘쳐흐른다.

「梅花酒로 타 주십시오.」

葡萄酒에는 異常한 단맛이 나고, 梅花酒는 若干 떫은 신맛이 난다. 그래서, 알-콜에 强한 男子는 梅花酒를 좋아한다. 梅花나 葡萄라고는 하지만, 眞짜로 梅花酒고 葡萄

酒인가는 保證이 되지 않는다.

「아주머니, 슬슬 조개를 넣은 된장국이나 끓여 줘요.」

하고 이이쓰까(飯塚)가 말하고서는, 료헤이(良平)쪽으로 몸을 돌렸다.

「저쪽의 魚物廛(전)에서 내가 사왔지. 된장국을 마시면서 燒酒를 마신다. 二日醉를 막아 주는 呪文이걸랑.」

료헤이(良平)와 하야노(早野)에게 燒酒를 따르고 梅花液을 타면서, 女主人은 고개를 끄덕인다.

「네, 네. 얼른 맨들어 올립죠.」

女主人이 등을 돌리자 다섯 사람은 컵을 들어 올렸다. 세끼모도(關本)가 외쳤다.

「우리들 文學 無賴派의 發足을 祝賀한다.」

乾杯를 한 다음 하야노(早野)가 異議를 提起한다.

「無賴派란 너 혼자만의 일인지 몰라. 넌 그런 誌名을 생각해 두었는지는 모르겠다만, 난 贊成할 수 없어.」

「나도다.」

하고 다까야마(高山)도 同調를 한다.

「이미 定해진것처럼 誌名을 말하면 안 되지.」

自然스레, 誌名에 對한 議論이 일어났다. 여러분의 입에서 各各의 意見들이 튀어 나왔다. 누구든, 다른 네 名의 意見을 反對하고나선다. 論議는 進展이 없다. 서로가 어떤 傾向으로 作品을 쓸 것인가, 어느 程度의 것을 쓸 것인지, 全然 未知의 宿題인 것이다.

다섯 모두가 스트레이트(Straight)로 入學한것이 아니었다. 그러나 료헤이(良平)가 入學하기까지의 迂餘曲折은 다른 네 名이 겪은 浪人의 意味와는 全然 다를 수밖에 없겠다.

雜誌 이름도 決定하지 못한 채 다섯 사람은 醉氣를 더해 갔고,

「何如튼 間에 月末까지는 三十枚 前後의 作品을 써 갖고 와서, 서로서로 돌려가며 읽어보고, 相議하기로 하자. 쓰잘데없는 作品을 發表하는 것을 急히 서두를 必要는 없어.」

마지막으로 세끼모도(關本)가 이렇게 말하자, 모두는 同意했다.

세끼모도(關本)는 혓바닥으로 입술을 핥으면서 모두를 휘둘러보고서는,

「너희들, 내가 쓴 것을 읽어 보고서 놀라지들 말아. 創作 意慾을 잃어버릴라. 난 天才란 말씀이야.」

脅迫하는듯한 얼굴이다. 이이쓰까(飯塚)가 싱긋웃으면서,

「글쎄다. 虛風 떠는 것도 只今밖에 없어. 읽어 보고서 납작코로 만들어 줄 테니까.」

「너야말로, 나의 嚴正한 批評을 듣고서 自殺이나 하지 않도록 하 거라.」

읽기도 前에, 아 아니, 作品도 쓰기前부터, 相對의 作品을 攻擊하고 있는 것이다. 바로 말해서 修業同僚라 하는 것은 이를 두고 하는 말인지도 모른다.

와세다(早稻田)에는 그럭저럭 열손가락을 꼽을 程度의 同人雜誌의 그룹-이 있는 것 같다. 現在 大學周邊의 書店에 陳列되어있는 雜誌들만해도 다섯 種類쯤 된다.

入學하고서 부터 바로, 가장 印象的인 光景은 學生運動을 하는 무리들이 삐-라(宣傳 傳單紙)를 돌리고 있는 모습이 아니었다.

오오구마·오모노부(大隈重信)의 銅像 아래에서나 文學部 앞에 기다란 冊床을 끄집어내어 놓고, 長髮에다 顔色도 蒼白한 學生이 自己들이 만든 同人雜誌를 販賣하고 있는 光景 이었다. 그들 그룹들은 恒常 신참 加入者를 기다리고 있다.

료헤이(良平)들은 그들 中 아무데나 加入하면 簡單한 것이다. 그러나 그렇게 한다면 언제까지나 卒때기로 밖에 되지 않는다. 先輩들의 意見대로 따라만 가고 만다.

거리낌 없이 發言하고 自由 意志대로 發表하려면 새로운 雜誌를 自身들이 맨들 必要가 있는 것이다.

세끼모도(關本)가 제아무리 博學多識한 實力者라해도, 亦是 크라스·메이트(Class·mate)인 것이다.
「그도 그렇군.」
하야노(早野)가 생각 깊은 듯한 말을 한다.
「于先 作品이 먼저다. 雜誌의 發刊을 急히 서두를 必要는 없어. 서로서로가 貴重한 돈을 내어 놓는 게야. 이렇게 해서 물고 뜯기는 싸움질의 그룹을 結成한 것만 해도 意義가 있는 거다.」
하고선 료헤이(良平)에게 소근 거린다.
「얼른, 『아스나로우』에 가자꾸나. 아까 그 가시나, 멋져 보이지 않던? 난 말이야, 眞짜로 그女가 숫處女라고 생각한다.」
「좋아하고 있는 거냐?」
「음, 그런데 노리고 있는 늑대들이 너무 많아.」
「이 집은 누가 잘 다니고 있는 집이냐?」
하자, 하야노(早野)가 료헤이(良平)의 귀에다 입을 가져온다.
「이봐. 秘密이다. 나의 斟酌으로는, 여기 主人과 세끼모도(關本)가 요상하단 말씀이야.」
세끼모도(關本)는 講義室에는 좀처럼 얼굴을 비치지 않는다. 오로지 밤의 歡樂街를 彷徨하고 있는 것 같다.

료헤이(良平)가 보는 觀點에서 典型的인 破滅型의 文學靑年이다. 와세다(早稻田)에 들어와 있으면서도 와세다(早稻田)를 輕蔑하고 있는 것이다.

「헤에.」

意外였다. 세끼모도(關本)의 입에서는 恒常, 日本에서는 그렇게 포퓰러(Popular)하지 않는 外國作家나 詩人의 이름이 튀어나오고, "커피"를 "카훠" 라 부르는 等 心術이 대단하다. 親密하게 지낸다고 한다면 신쥬꾸(新宿)를 싸돌아다니는 觀念的인 계집애들이 좋은 相對가 될 터인데, 대폿집의 女主人이라니, 어울리는 相對가 아니다.

「저치는 말이야,」

하고 목소리를 若干 높이고 서는,

「우리들 앞이니까 떼거리를 쓰고 있는 거란다. 그의 眞짜 本質은 냄새도 至毒한 와세다·맨(Waseda·Man)이다.」

雜誌의 이야기를 일단 끝낸 直後, 세 사람의 學生이 들어왔다. 료헤이(良平)들의 뒷 座席을 차지하고서, 日本酒를 注文한 다음, 바로 學生運動에 關한 이야기를 하기 始作했다. 틀림없이, 어느 한쪽의 리더(Leader)인듯했다. 같은 文學部의 배지(Badge)를 달고 있다. 二學年이나 三學年쯤 인 것 같다.

그中 한 사람을 이집 女主人은 "가스다(和田)"氏라 부르면서, 처음부터 親한듯이 이야기를 걸어왔고, 따뜻하게 데운 술병을 가지고 갔을 때에는 어깨에 손을 얹고서 기대는 모습을 取하기도 했다. 또한 료헤이(良平)들의 머리 너머에서, "어제 밤 그로부터 곧바로 집으로 가서 잤나요." "그럼요. 잤습니다." "어쩐지 異常 하네요, 하마터면 妨害를 놓기 爲해서 따라가 볼까하고 생각 했는데." 等等의 이야기가 오고간다.

제법 좋은 氣分으로 文學論을 펼치고 있는 세끼모도(關本)의 態度가 漸漸 거칠어져 갔다. 燒酒를 마시는 速度도 빨라져 갔고, 表情 또한 險惡해져 갔다. 女主人과 가쓰다(和田)와의 親한 모습에 嫉妬心이 일어난 것이 分明해졌다.

가쓰다(和田)쪽은 普通 이었다. 女主人의 媚態(미태)에 關係없이, 이야기를 걸어오면 대꾸만 할 뿐, 主로 同僚들과 熱心히 運動方針에 關한 이야기만 하고 있다. 그에 對해서 女主人은,

「이봐요, 술 아직 남았나요?」

라든지,

「생선구이라도 내어 올까요?」

等等 마음을 쓰고 있다.

「재미있게 되겠는데. 무슨 일이 일어 날 것 같아.」
하야노(早野)가 이렇게 속삭인다. 하야노(早野)는 自己 스스로는 騷動을 일으키지는 않지만, 다른 사람이 騷動을 일으키는 것을 즐겨 바라보는 奇妙한 習性이 있다.
「아는 學生이냐?」
「음, 여기 늘 다니는 學生이다. 난 말이다 女主人은, 세끼모도(關本)보다 저 男子를 높게 사고 있다고 보고 있는 걸.」
「그럼 어째서…….」
「그것이 男女의….」
하야노(早野)가 이렇게 말하는 사이에,
「어이, 기요(喜代)-옷」
하고 세끼모토가 갑자기 高喊을 지른다.

　　　　　　　三

세끼모도(關本)는 얼굴이 새파래져서 일어섰다.
「왜 그래요, 급작스럽게.」
집의 이름이 곧 女主人의 이름 인 듯 했다. 기요(喜代)는 놀란 토끼눈으로 세끼모도(關本)를 바라본다.
「나 氣分이 좋지를 않아. 二層에 가서 잘래.」

「안 돼요. 二層은 지저분하게 널려 있어요.」
「相關없어. 이불을 깔아 줘.」
「自己 집 안방인 것처럼 굴지 말아요.」
기요(喜代)도 얼굴이 險惡하게 變했다.
가쓰다(和田)氏들이 이야기를 中止한 것을 료헤이(良平)는 느꼈다.
「나를 재워달라고 말 한 거다, 이거야.」
「남들이 誤解하는 말은 그만 둬요. 자고 싶으면 下宿으로 돌아가서 자세요.」
「싫다고 말하는 게야?」
이이쓰까(飯塚)가 일어서서 세끼모도(關本)의 어깨를 안았다.
「이봐. 요까짓 燒酒를 마시고 醉한것은 아니겠지. 자아-, 이것을 마저 마시고 二次로 가자꾸나.」
「아니야. 난 안 가. 여기서 쓰러질 테다.」
「쓰러진다면 끌어내어 버리겠어요.」
「끌어낼 테면 끌어내어 보라지. 이 똥갈보야.」
「어머-, 어머-.」
기요(喜代)는 顔色이 變하면서 세끼모도(關本)를 바라본다.
「只今, 뭐라고 말했죠?」
「똥갈보라고 했다. 氣分 나뻐? 아무에게나 嬌態를 부리면서 찰싹 달라붙고선. 흥, 난 알고 있단 말이야. 더 以上 속아 넘어가지 않아.」

「나가요.」

金屬性의 소리와 함께 컵 속의 물이 날랐다. 그것이 妙하게스리 세끼모도(關本)의 얼굴에 的中했다.

「當身같은 사람, 두 번 다시 오지 말아요. 나가줘요. 이이쓰까(飯塚)氏, 이 사람 데리고 나가 줄래요.」

세끼모도(關本)는 천천히 얼굴을 닦았다.

「흥, 새롭게 옆치기로 맛을 즐기는 男子가 생겼다고 해서, 너무 거드럭거리지 말란 말이야.」

가쓰다(和田)쪽을 옆눈으로 슬쩍 보았다. 가쓰다(和田)들은 이야기를 멈춘 채 마시고만 있다.

료헤이(良平)도 일어섰다.

「어이, 세끼모도(關本), 틀림없이 넌 酒癖이 좀 甚하다. 나가자.」

하야노(早野)가 료헤이(良平)의 소매를 끌면서, 낮은 목소리로,

「내버려 둬. 내버려 둬.」

하고 말한다. 그러는 中에 다까야마·와가료오(高山吾郎)가 일어서서,

「計算書.」

하고 말했다.

넷이서 計算을 끝내고 行悖(행패)를 부리는 세끼모도(關本)를 左右에서 붙들고 서, 『기요(喜代)』를 나왔다.

門을 나와서도 세끼모도(關本)는 "똥갈보야"하고 소리를 지른다. 다섯 사람은 『아스나로우』로 들어갔다. 아까의 아가씨가 料理服 대신, 中間中間 무늬가 있는 기모노를 입고서 카운터-의 안쪽에 서있다. 內部모습이 엇비슷한 술집이다. 아가씨 옆에는 亦是 기모노를 입은 三十歲 程度의 女子가 있다. 손님은 한사람도 보이지 않는다.

다섯은 나란히 자리를 잡았다.

「누가 소리를 지르고 그랬나요?」

「그야, 뻔할 뻔자지.」

하야노(早野)가 세끼모도(關本)를 손가락질 한다.

「이 親舊가 嫉妬를 해서 말이야.」

「그런 女子에게 嫉妬를 할 것 같애. 난 알고 있단 말이다. 그 女子는 누구와도 같이 잔다니까.」

하니까 이이쓰까(飯塚)가 싱긋 웃으면서,

「그렇담, 나도 한번 申請해 볼거나.」

하고 말한다.

아가씨는 컵을 다섯 나란히 놓으면서 燒酒를 따르려고 했다. 세끼모도(關本)가 소리를 지른다.

「아니야, 난 日本酒다. 日本酒를 마실 테다. 아까 그 子
息들, 學生會費로 日本酒를 마시고 있잖나 말이야. 흥,
늘 상 일어나는 일들만 떠버리면서 말이야. 난 말이야,
革命의 志士흉내를 내면서 까불고 다니는 그 子息들의
優等生 낯짝이 마음에 들지 않아.」

마시기 始作하고서 바로直後, 아가씨는 正面으로 료헤이
(良平)를 바라보면서,

「當身, 처음이군요.」

하고 말한다. 모습이 예쁜 입술을 하고 있다.

하야노(早野)가 손을 내어 젓는다.

「반해봤자 別볼일 없어야. 이 子息은 나보다도 더 가난
뱅이 거든.」

그럭저럭 하야노(早野)도 이집으로 오자마자 갑자기 醉
氣가 掩襲(엄습)해 오는 것 같다.

2

燒酒(酎)의 靑春

一

하야노(早野)는 끊임없이 술집의 아가씨에게 말을 걸고 있다.

「이봐, 도모에짱, 이번 日曜日, 映畵래도 보러가지 않을래. 어떤 映畵라도 좋아.」

「이봐, 도모에짱, 나의 生日날 너를 招待 하고 싶어. 와 줄 수 있겠지?」

도모에는 하야노(早野)를 適當히 구슬리고 있다.

료헤이(良平)가 느끼는 바로는, 하야노(早野)는 아직까지 別로 女子 經驗이 없는 것 같다. 꼬드기는 方法이 幼稚하기 그지없다.

人生 一般에 對해 虛無的으로서 시니컬(Cynical=冷笑的)

한 反應을 보이고 있는 男子의 意外의 側面 이었다.
自然히, 료헤이(良平)는 反對側의 다까야마(高山)와 이야기를 하게 되었다. 다까야마(高山)는 그렇게 알-콜에 强하지 못한 것 같다. 모두와 어울려져서 마시고는, 얼굴이 새 빨개져서 거나하게 醉해 있는 것 같은 모습이다.
「너, 間間히 講義室에 얼굴이래도 비쳐놓아라. 只今같은 狀態라면 出席日數가 모자라는 것은 아니가? 四年만에 卒業할수 없겠다.」
아르바이트로 新聞社에 勤務하는 다까야마(高山)는, 어쩌다 가 한번씩 講義室에 나타나는 것이다.
다까야마(高山)는 고개를 젓는다.
「난, 卒業해야 한다는 마음도 없어. 中退해도 相關없다. 機會가 주어진다면 와세다(早稻田)의 文學部라는 데에 다녀보고 싶었을 뿐이었으니까. 넌, 作家를 志望하고있는 주제에 卒業 하려고 생각하고 있는 거니?」
「卒業이래도 하지 않으면 就職을 할 수 없지. 언제쯤에나 小說로 밥을 먹을 수 있을는지를 알 수가 없으니까. 그때까지 路面客死를 하지 않기爲해서라도 卒業은 해 둘 必要가 있거든. 文學部라지만, 卒業이라도 해두면 어떻게 되겠지.」
「堅實하구나 야.」

다까야마(高山)는 操心스럽고 禮節을 아는 親舊이지만, 그 얼굴에서 輕蔑의 表情을 읽을 수 있었다.

「堅實하다고해서 어디가 나쁜 거니.? 난 세끼모도(關本)와 같은 生活方法은 一種의 "응석받이"로 밖에 생각되지 않아.」

하자, 이이쓰까(飯塚)에게 싸르트르를 말하고 있던 세끼모도(關本)가 소리를 지른다.

「"응석받이" 란 말 어떤 意味지?」

들은 체 만 체 相關없이 료헤이(良平)는 말을 繼續했다.

「너도 말이야, 그렇게 말하면서도, 틀림없이 生活을 爲한 아르바이트(Arbeit=獨)를 忠實히 지키고 있잖니?」

「내가 이러니까, 反對로 세끼모도(關本)와 같은 生活方法이 尊敬스러워.」

「저치의 生活方法은 小說家의 生活方法이 아니야. 小說 속의 主人公의 生活方法이다. 原則的으로 小說의 作家와 主人公은 다르게 마련이다. 日本의 私小說은 兩者가 混同해져 버렸다. 自己自身이 드러매틱(Dramatic), 또는 深刻한 듯이 살아감으로서, 創作의 世界에서 그것을 模倣하고 있다. 異常한일이야.」

※【私小說=作品의 主人公이 自身의 體驗, 運命을 이야

기하는 形式으로 쓴 小說. 近代 日本 文學의
하나의 類型.】

보고 있자니, 드디어 하야노(早野)는 손금을 봐 준답시고 도모에의 손을 잡는데 成功했다.
오른손으로 붙들고 왼손으로 쓰다듬으면서,
「귀여운 손이구나. 물을 묻히는 일은 시키고 싶지 않는 손이다..」
等等의 달콤한 말들을 하고 있다.
「그런데 말이다, 넌 兩親께서 안 계신데도 晝間學部에 들어왔는데, 學費 걱정은 없는 거니?」
다까야마(高山)의 質問속에는 肉親과같은 餘韻이 풍겨온다. 아직 그 일에 關해서 료헤이(良平)는 다까야마(高山)에게 아무것도 말 하지 않았었다. 그래서 當然한 質問 이었다.
료헤이(良平)는 고개를 끄덕였다.
「兄님께서 最低의 生活費는 保證해 주신다. 每月 送金을 받고 있단다. 모자라는 分만큼 아르바이트로 메꾸면 된다. 最低의 保證을 받고 있었기 때문에, 晝間部에 應試했다. 受驗料가 아까워서 다른科에는 願書를 넣지 않았거든. 現實的으로봐서는 夜間部를 擇했어야만 했었는데..」

이런 意味로 봐서도, 晝間學部에 들어와서 아르바이트를 하고 있는 다까야마(高山)는 료헤이(良平)에 있어서는 마음이 强한 師表의 한 사람 이었다. 그래서, 卒業은 생각하지 않고 있다는 말은 切實하게 느껴지는 것이다.

「그렇다면 괜찮겠군. 이렇게 해서 다섯이서 雜誌를 만들기로 했지만, 生活은 제각각이로구나. 나머지 세 사람은 裕福한 者들이다.」

「그렇지. 날보고 말해보라고 한다면, 세끼모도(關本)가 無賴派 흉내를 내면서 마시고 비틀거리거나 하고는 있지만, 빵에 對한 걱정이 없기 때문이다. 結論的으로, 아르바이트(Arbeit=독)도 하지 않고서 父母德澤으로 自炊하고 있다. 이것이 世紀末的인 文學者의 生活方法 이라고 떠버리고 있는가본데, 第三者가 客觀的으로 본다면 앞이 훤히 내다보이는 不良 子息에 지나지 않아.」

「文學이란 不良의 排泄物이야. 眞實한 사람에게는 該當이 되지 않지. 더군다나, 아까의 『기요(喜代)』에서 말한 그가 생각하고 있는 文學은 보다 훌륭하고 健康的이었지만도.」

「어이.」

이이쓰까(飯塚)가 다까야마(高山)의 어깨를 안는다.
「議論은 이 程度로 끝내고, 어때? 너 女子와 잠자리를 함께 한 적이 있나?」
다까야마(高山)가 고개를 끄덕인다.
「있 구 말구.」
「호오, 相對는?」
「신쥬꾸(新宿)二丁目(公認 賣春街)의 女子지. 한 달에 두 番 程度는 반드시 訪問하지.」
「親한 女子래도 있는 거니?」
「그런 거 없어.」
「단골은?」
「없다야. 난 戀愛에 서툴다 는 거 자알 알 잖니. 女子와 對話를 나눈다. 무언가 이야기를 하다보면, 이것이 瞥安間에 脾胃(비위)가 거슬러지고 自己嫌惡(혐오)에 빠져버리고 말아. 한 三日 程度 不愉快 해져. 그래서 女子와는 되도록이면 이야기를 하지 않기로 하고 있다. 佛文科의 同僚(동료) 女學生들과도 거의 이야기 해 본 적도 없다.」
佛文科는 約 九十名, 그 中에 女子學生이 十余名 있다. 그 中에는 귀여운 애들도 더러 있다.
女學生들은 모두가 스트레이트(Straight)로 入學한 애들이다. 때문에 여기에 있는 다섯 사람에게 있어서는, 모두가 어린애로 밖에 보이지 않는다. 下級生을 보는듯한 氣分이다.

反對로 말해서, 스트레이트로 入學한 사람들에게는, 해를 굴리거나 딴 짓거리를 하다가 들어온 료헤이(良平)들은 異色分子로 보이고 있음에 틀림없다.

「그 点에 對해서,」

하고 다까야마(高山)가 繼續 말했다.

「娼婦는 좋단 말이다. 말이 必要 없거든. 性器만으로 對話를 하면 끝나니까, 이쪽의 人格과는 關係가없어.」

「흠, 二丁目의 女子로 滿足한다 이거로군. 어쩐지 얌전하다고 생각했지. 와까스기(若杉), 너는 어때?」

료헤이(良平)는 고개를 저었다.

「閨房의 秘密을 그렇게 아무렇게나 함부로 말할 수 있나. 느그 들 마음대로 생각 하려무나」

「설마하니 童貞은 아니겠지?」

「그것도 말 할 수 없다네.」

「하아, 童貞이니까 부끄럽다 이거로구나. 너 낯짝에 그렇게 쓰여 있어.」

「그런 手段에는 넘어가지 않아. 그런데, 사람에게 그런 것을 묻는 걸 보니, 넌, 너 自身의 일을 말하고 싶은

게로구나」

「그럼 그 럼. 잘 들어 둬. 내기 하는 말을 말이야, 놀라지들 말거라. 이래 뵈도 中學時節에 女子를 알았단 말이다.」

「別로 놀랄 것도 없구먼.」

「그러냐. 그럼, 相對를 말해주지. 우리를 가르치고 있던 先生님의 夫人이야. 實은 昨年, 그 夫人과 오래간만에 만났단다. 글쎄, 너희들이 어떤 內容의 小說을 쓸는지는 모르겠다만, 女子에 關한 일이라면 내게 맡겨두거라.」

하야노(早野)가 카운타-를 두드리며 일어섰다.

「건방스런 말은 그만둬라. 젖비린내 나는 高校生들과 펜·팔(Pen·Pal)을 하고 있는 주제에. 眞짜 夫人들이 들으면 어이없어 하겠다. 도모에짱 앞에서 背德的인 말을 함부로 씨부렁거리면 가만두지 않겠다.」

하야노(早野)로 봐서는 珍貴하게도 正面的으로 對決을 宣言 했지만, 도모에짱 앞이니까 虛勢를 한번 부려 본 거겠지.

「펜·프렌드(Pen·Friend)는 어디까지나 펜·프렌드지. 이 것은 이것, 저것은 저것. 도모에짱, 하야노(早野)에게만 全的으로 서-비스 하지 말아요. 이쪽도 서-비스 해 줘요. 자, 한盞 더.」

燒酒의 컵을 내어민다. 덩치가 큰 만큼, 알-콜에도 제법
强하다.
도모에가 컵을 끌어당기면서, 感心했다는듯이 보인다.
「헤에-, 이이쓰까(飯塚)氏, 그 程度로 人氣였나요. 다시
  빠야 겠 네요.」
「그럼요. 그럼요」
이이쓰까(飯塚)는 가슴을 떡 벌린다.
「하야노(早野)같은 童貞치와는 段數가 틀리다 구요.
  도모에짱, 當身, 童貞에 興味가 있나요.」
도모에는 컵에다 燒酒를 꽉 채워서 이이쓰까(飯塚)앞에
놓고서, 嬌態어린 눈으로 이이쓰까(飯塚)를 바라본다.
「興味 없어요. 어쩐지 不潔스럽게 느껴져요. 男子란 亦
  是 베테랑(Veteran)이 아니면……」
「왓-, 핫, 핫, 핫.」
하야노(早野)도 멋 적게 따라 웃고 만다.
「와까스기(若杉), 속아 넘어가지 말거라. 이렇게 닳고
  닳아 狡猾한 척 하는 것이 이 女子의 포즈(Pose)란
  다.」
「어머머, 나 닳고 닳은 女子에요.」
「마담.」
하고 료헤이(良平)는, 아까부터 세끼모도(關本)의 意味

도 알 수 없는 떠버리를 들으면서 솜씨도 좋게 應對를 하고 있는 女主人을 向했다.

「어느 쪽이 眞짜입니까.?」

「글쎄올시다.」

主人 女子는 고개를 갸우뚱한다.

「저로서는 알 수가 없어요. 난 이 애가 男子와 어울려 노는 것을 본적이 없거든요. 우리 집으로 오고부터는 어느 누구와도 어울리지 않았으니까요.」

세끼모도(關本)가 일어서더니 비틀거리며 뒷門쪽으로 걸어간다. 小便을 보러 가는 것이라 고 료헤이(良平)는 생각했다.

「亦是, 하야노(早野)가 推理한것과 같을는지도 모르겠군.」

「아니요.」

도모에는 고개를 저으면서 팔을 뻗어 료헤이(良平)의 팔을 잡는다.

「요즈음에 와서 相對가 없을 뿐이에요. 當身이라면 한 번쯤 생각해 봄직도 하네요. 요다음에 혼자서 오세요.」

「商術이 제법인데.」

다까야마(高山)가 燒酒를 입으로 運搬한다.

「와까스기(若杉), 속으면 큰일 난다. 하야노(早野)가 決鬪를 申請할는지도 모르는 일이야. 女子란 말씀이야, 假令일러 여린 純情일지라도, 머슴애들끼리 싸움을 부쳐놓고서 즐기는 거란다. 그런 点이 多分히 있다니깐.」

세끼모도(關本)가 긴 時間동안 나타나지를 않는다. 걱정이 되어서 료헤이(良平)는 化粧室에 가보았다. 보이지 않는다.

집안으로 되돌아와서,

「세끼모도(關本)가 없어졌다.」

하고 報告하자, 이이쓰까(飯塚)가 혀를 끌끌 찬다.

「그 子息, 『기요(喜代)』에로 갔단다. 내버려 둬. 相對方은 先輩다. 그나마도 學生運動의 選手들이야. 두들겨 맞을는지도 몰라.」

「그렇지만, 騷亂이 일어나면 마담이 가여 워.」

다까야마(高山)가 일어섰다.

「와까스기(若杉), 가 보자꾸나.」

료헤이(良平)와 다까야마(高山)가 『기요(喜代)』에 들어가 보니까, 아까 적에 가쓰다(和田)들이 마시고 있던 座席에서 세끼모도(關本)와 기요(喜代)가 끌어안고 있다. 瞬間, 료헤이(良平)는 세끼모도(關本)의 손이 기요(喜

代)의 기모노 앞 섶 안에 들어가 있는 것을 보았다. 두 사람이 들어서자 그와 同時에, 기요(喜代)는 그 손을 재빨리 빼고서 세끼모도(關本)에게서 떨어져 앉으면서 등을 살짝 돌린다.
세끼모도(關本)가 이쪽을 바라본다.
「뭣 하러 온 거야?」
손님은 아무도 없다.
「妨害를 한 것 같군. 간다. 와까스기(若杉), 나가자.」
두 사람은 기요(喜代)가 唐慌해서 불러 세우는 것을 못 들은 척, 밖으로 나와서 門을 닫았다.
「세끼모도(關本)는,」
하고 다까야마(高山)가 말했다.
「저 女子에게 흠뻑 빠져있는 狀況에 自身을 놓아두고 싶은 거다. 네가 말했듯이, 드라마의 主人公이 되고 싶은거지. 單純한 關係야, 小說로 봐서 깊은 맛이 없어.」
「眞짜로는 좋아하지 안 는다…, 일거란 말이지.?」
두 사람은 길 한가운데서 서로 마주 보고 섰다.
「그럼. 술집의 女子, 그나마도 年上의 닳고 닳은 女子. 常識的으로는 도저히 걸맞지 않는 相對거든. 그런 女子에게 폭삭 빠진다. 그러므로 해서 그치는 男女의 肉

體的結合의 異常스러움을 證明하려 하고 있다. 포-즈
란 말이다, 虛構의 耽溺(탐닉)이라는 거야.」
「세끼모도(關本)답군. 그런데, 어찌 보면 眞짜로 그女의
肉體에 빠져 있는지도 몰라.」
「글쎄. 그것까지는 모르겠어.」
두 사람은 『아스나로우』로 되돌아왔다.
하야노(早野)가 료헤이(良平)를 보자 냅다 소리를 지른다.
「너, 짜-아-식- 그만 돌아 가.」
「호오, 왜 그러는 거야?」
「글쎄, 相關없으니까 그냥 돌아 가. 네가 있으면 나, 재
미 있게 마실 수가 없단 말이다.」
「아 아니.」
료헤이(良平)는 도모에를 바라보았다.
「當身, 아직도 하야노(早野)의 애肝腸을 태우는 거짓말
을 했구려.」
「거짓말이 아닌걸요.」
도모에는 上體를 비스듬히 하고선 료헤이(良平)의 목을
껴안고 볼을 비벼 준다.
「當身에게 한눈에 반해버렸어요.」
「바보 스럽긴. 말해서 어린애 같애.」
이이쓰까(飯塚)가 吐해버리듯 말했다. 료헤이(良平)는

도모에의 팔을 벗기고 자리에 가서 앉았다. 마시다가 놓아 둔 燒酒를 마시면서, 하야노(早野)쪽을 바라보았다.

「그는 그렇고, 어때? 한번쯤 아까하네·후미오(丹羽文雄)氏를 訪問해 보는 게 어때.」

다까야마(高山)가 웃는다.

「村놈은 이래서 困難하다는 거야. 文壇의 大家, 아까하네·후미오(丹羽文雄)氏가 우리들을 만나 줄 것 같으냐.」

「모르는 거야. 가보지 않고서는. 만나지 못 한다 해도 밑져봤자 本錢아닌가.」

하자 하야노(早野)가 소리친다.

「보다 그 아래쪽 作家가 좋아. 와세다(早稻田)에는 여러분의 先輩들이 계신다. 구태여 서둘러서 구름위의 將軍을 만날 必要가 있겠어?」

「허긴 그래.」

이이쓰까(飯塚)도 同調를 한다.

「밑바닥부터 順序的으로 올라가는 거다. 그러는 中에 아까하네·후미오(丹羽文雄)氏도 만나도록 해 보자는 거다. 瞥安間 찾는다는 것은 無謀한 짓이야. 往復 電車費만 축 내는 짓이거든.」

「글쎄, 그럴까 나.」

「넌 아까하네·후미오(丹羽文雄)氏가 文壇에서 얼마만큼

이나 巨物이라는 것을 모르고 있는 것 같아. 큐우슈우(九州)에서 겨우겨우 기어 올라온 村놈이니까 하는 수 없지. 그렇게 簡單히 만날 수 있는 게 아니야.」
하자, 도모에가 끼어든다.
「모르는 일이에요. 얼마나 훌륭한 사람이건, 氣分이라는 게 있게 마련이에요. 처음부터 해보지도 않고 斷念한다면 아무것도 하지 못해요.」
「當身, 아무것도 모르기 때문에 그렇게 말할 수밖에 없어.」
이야기를 하고 있자니 세끼모도(關本)가 되돌아왔다. 나갈 때와는 달리 걸음 거리가 確實해 있다.
「자아, 다시 마시는 거다.」
自己 자리에 엉덩이를 내리고서, 燒酒의 컵을 들었다.
도모에가 말한다.
「옷빠이를 빨고 왔나요?」
「아 아니, 더 더욱 主要한 곳을 빨고 왔걸랑. 너무 맛있었어.」
「아이 징그러워.」
도모에는 세끼모도(關本)의 말을 얼른 알아차리고서 눈살을 찌푸렸다.
「우리 집 盞에 입술을 대지 말아요.」

「弄談이야. 나와 기요(喜代)의 마담과는 그런 사이가 아니야. 요상스런 所聞들 내지 말거라.」

何如튼 間에 가쓰다(和田)들이 없었으므로 세끼모도(關本)는 冷情을 되찾은 듯이 보였다.

하야노(早野)가 세끼모도(關本)에게 報告를 했다.

「와까스기(若杉)가 말이야, 아까하네·후미오(丹羽文雄) 氏를 訪問해 보자고 한다.」

「아까하네·후미오(丹羽文雄)氏를…….」

세끼모도(關本)는 눈을 휘둥그레 뜨고서는, 그리고선 웃음을 吐했다.

「弄談들 그만 해. 一介의 學生에 지나지 않는 우리들이 敢히 만날 수 있을 것 같애?.」

「너도 그렇게 생각하는 거니.?」

「생각해. 그리고, 난 그런 作家에는 興味가없어. 좋아 하지도 않아. 난 自己不在의 文學이다. 우리들은 새로운 小說을 志向하고 있는거다. 아까하네·후미오(丹羽文雄) 氏에게서 가르침을 받을 거라고는 아무것도 없어.」

「그 点에 關해서 만은 나와 너와는 달라.」

료헤이(良平)는 세끼모도(關本)를 노려본다.

「雜誌를 네가 좋아하는 칼러-(Color)로 꾸미려고 하지 마. 난 아까하네·후미오(丹羽文雄)氏의 作品을 愛讀하고 있을 뿐 아니라, 또한 그 包容力에 매달려 보고 싶기도 해. 넌 가지 않아도 相關없지만, 우리들이 만들려고 하는 雜誌에 프러스가 될 수만 있다면 가보는 것도 좋지 않겠니.?」
「가 봐도 만날 수가 없는 거야.」
여기에 다시 도모에가,
「모르는 일이에요.」
하고 입을 모은다. 다섯 모두 제법 醉해있다. 醉해있는 료헤이(良平)의 눈에, 어찌된 영문인지 도모에의 얼굴이 뚜렷이 비춰져 온다. 朦朧(몽롱)해있는 머릿속에서…, (만나지 못할 것도 없다. 이 계집애의 말처럼.) 하고 생각했다.

3

밤의 電車안에서

一

손님은 아무도 없다. 술집 女主人과 도모에는, 카운터-의 저쪽에서 나와서 료헤이(良平)들의 사이에 끼어 앉았다. 女主人도 제법 小說을 잘 알고 있는듯이 세끼모도(關本)의 議論에 反撥하기도 한다.
그 세끼모도(關本)는 氣焰(기염)을 吐하고 있다고 생각하면, 今方 자리를 일어나서 없어지곤 한다.
『기요(喜代)』에 가는 것이다. 좀 있으면 다시 되돌아온다.
「너 어째서 들락날락 그렇게 안절부절 못하는 거냐.」
다까야마(高山)가 나무라면, 세끼모도(關本)는 그냥 싱긋 웃고 만다.

「이렇게 해서 하야노(早野)의 사랑을 爲해서 이 집에서 마시고 있지만, 기요(喜代)도 嫉妬心이 强하거든.」

「嫉妬가 强한 쪽은 어느 쪽이냐. 너냐, 기요(喜代)쪽이냐?」

「헤, 헤, 헤, 男子와 女子 사이에는 이렇듯 끈적끈적한 것이 있는 法이야.」

신쥬꾸(新宿)의 커다란 술집과는 달리, 무언가 家庭的인 雰圍氣다. 大學 가까이에 이와 같은 하나의 劃을 그을 수 있는 곳이 있다는 것을 료헤이(良平)는 몰랐었다. 적어도 밤의 世界에서만은 료헤이(良平)는 한참 뒤떨어져 있는 것이다.

료헤이(良平)는 하야노(早野)의 어깨를 두드린다.

「너희들 언제부터 이런 곳에 들락거렸니?」

「入學하자마자 부터지. 여긴 내가 찾아낸 곳이야. 너도 若干만이라도 우리들과 이렇게 合席도 해 보고 그렇게 해. 同人의 連帶感이란 것은 말이다, 술잔 속에서 誕生하는 거야.」

「될 수 있는한 合席하기로 하지. 그리고, 이 집은 좋아. 도모에짱도 좋고. 나 말이야, 반해버릴 것 같다.」

「그건 안 돼.」

하야노(早野)는 朦朧하게 醉한 눈으로 료헤이(良平)를 노려본다.
「이 애는 안 돼. 나의 베아트리체(Beatrice＝단테가 사랑하여 理想化한 女性)란 말이다.」
그러는 중에 갑자기 세끼모도(關本)가 벌떡 일어섰다.
「좋아. 내 것을 보여주지. 자-아-, 마담, 단추를 끌러줘요.」
「짜아식, 그만두지 못 해.?」
다까야마(高山)가 세끼모도(關本)를 끌어 앉히려고 한다.
이이쓰까(飯塚)는 反對로,
「재미있는데. 꺼내 보여줘. 人生, 大門을 활짝 열어놓고서 말하는 것이 當然하지.」
꽤나 즐거워하고 있다.
女主人은 悲鳴을 지르면서 다가오는 세끼모도(關本)를 避하려한다.
그러나 그 悲鳴은 一種의 포-즈로서, 內心으로는 期待하고 있는 듯이 보였다. 女主人이 손을 대지 않으니까, 세끼모도(關本)는 스스로 단추를 끄르기 始作했다. 하얀 속옷이 보인다. 그 속으로 손을 집어넣으려 한다.
「야- 인마!, 그만두지 못해.」

도모에를 끌어안으면서 하야노(早野)가 소리친다.

「도모에짱 앞에서 無禮한 짓거리를 할 테냐. 꺼내려면 『기요(喜代)』에나 가서 꺼 내.」

「마담이 보고 싶어 하는 걸.」

「거짓말, 거짓말.」

다까야마(高山)가 일어서서 세끼모도(關本)의 어깨를 누르고 겨우 끌어 앉혔다.

「도모에짱,」

하야노(早野)가 도모에의 얼굴에 뺨을 갖다 대었다.

「난 저런 無禮한 얼간이와는 달라. 같이 어울리지 말아요. 난, 너 밖에 없으니까.」

「이봐요,」

도모에는 슬쩍 하야노(早野)의 接近을 避하면서 료헤이(良平)에게 말한다.

「이분, 眞짜로 戀人이 없나요?」

「그럼.」

료헤이(良平)는 首肯했다.

「없어. 그건 틀림없어. 저子息 下宿에 가 봐도, 女子냄새라곤 쥐끔도 없거든. 至毒한 홀아비 냄새밖에 없어.」

側面에서 掩護해 주는 것이 友情인 것이다. 實은 료헤이(良平)는 하야노(早野)의 下宿집에 가 본 일도 없고, 그의 私生活에 對해서는 아는 게 하나도 없다.

「그럼…….」

도모에는 하야노(早野)를 돌아다보았다.

「欲望은 어떻게 處理하고 있나요?」

하야노(早野)는 어리둥절한 表情으로 變했다. 잘못 들은 것이 아닌가하는 表情 이다. 도모에 程度 나이 또래의 女子 애가 말할 수 있는 質問이 아니다.

暫時 後에,

「當身에 對한 사랑으로 昇華시키고 말지.」

얼버무린 答辯으로 슬쩍 넘기려 한다. 그러나 도모에는 고개를 갸우뚱 한다.

「그런 일이 可能할까요? 男子의 欲望은 보다 激烈하고 本能的이 아니든가요?」

료헤이(良平)가 옆에서 도와주지 않으면 안 되게되었다.

「戀愛를 하면 精神的으로 變하는 거야. 當身, 若干 와이담(猥談=淫談, 淫亂한 이야기)의 毒에 저려 있구먼. 靑年은 보다 더 觀念的이란다.」

　　※【觀念的=現實을 떠난 抽象的·空想的인 것. 具體
　　　的인 現實이 없는 것.】

「그런가요.」

하자, 이이쓰까(飯塚)가 저쪽에서 냅다 高喊을 지른다.

「거짓말은 그만해. 하야노(早野)는 말이야, 每日밤 自身의 손으로 끝내고 있는 거야. 도모에짱의 발가벗은 몸뚱이를 생각 하면서.」

「어머머, 싫어요.」

도모에는 몸을 사리는 것처럼 한다. 女主人이 세끼모도(關本)에게서 逃亡하려는 듯한 態度와 똑같이, 싫어 싫어 하 면서도 色氣(끼)가 넘쳐흐른다.

(이 계집애도 제법 닳아 빠졌는데)

하고 료헤이(良平)는 생각했다.

그러는中에, 료헤이(良平)와 다까야마(高山)는 아직도 끈덕지게 버티고 있는 세 사람을 남겨두고,『아스나로우』를 나섰다.

驛에 到着 하자마자 곧 바로 電車가 到着하였다. 몇 사람의 乘客만 타고 있을 뿐이다.

두 사람은 나란히 자리에 앉았다.

「저치들 언제까지 마시려는지?」

「세끼모도(關本)는『기요(喜代)』의 二層에서 머물 겠지. 돌아가 버리면 그 女主人이 누굴 꼬드겨 들일는지 모르거든. 그래서, 세끼모도(關本)는 도라 갈래야 돌아 갈 수가 없는 거야.」

「흰 돼지 같은 그 女主人, 어디를 보고 세끼모도(關本)가 精神없이 흠뻑 빠져버렸지.?」

「모르지. 嫉妬란 愛情이 없이도 일어나는 法이니까. 自身의 肉體를 좋아하고 있는 그女의 肉體가 다른 男子의 肉體에 依해서 즐거워하고 있는 것, 그 子息으로서는 참을 수가 없는 거겠지. 精神的인 要素라곤 털끝만큼도 없어. 惡女에 빠져 버린 男子의 心理라고나 할까. 그 点, 나의 相對는 娼女니까 그런 苦惱를 맛 볼 必要가 없거든.」

「이이쓰까(飯塚)와 하야노(早野)는 돌아가겠지?」

「글쎄다. 모르지. 야야, 다른 사람의 일은 어찌됐건 相關없잖니.」

다까야마(高山)의 집은 中央線의 나까노(中野)에 있다. 이께부꾸로(池袋)쪽으로 向하는 료헤이(良平)와는 反對 方向 이다.

다까다노바바(高田馬場)驛 홈에서 헤어졌다. 홈에는 夜間部 學生들로 붐볐다. 료헤이(良平)는 醉한 氣色을 表面에 들어내어 보이지 않으려고 注意했다.

이께부꾸로(池袋)의 홈에 내렸을 때,

(여기서 한잔 더하고 갈거나.)

하고 생각했다.

그러나 곧바로 가기로 하고 히가시우에(東上)線에 탔다. 빈 座席에 자리를 잡고서, 가방에서 册을 꺼내어 펼쳤다.

세끼모도(關本)와 이이쓰까(飯塚)가 빨리 醉해버렸으므로 료헤이(良平)는 그런대로 멀쩡해 있다. 親舊들과 마실 때에는 먼저 醉하는 쪽이 이기는 것이다. 늦게 醉하는 者는 恒常 먼저 醉한 親舊의 뒷바라지를 해야만 하기 때문이다.

册을 읽고 있는데, 옆자리가 奔走스럽다. 女子인 것이다. 하얀 부라우스에 검은 스커-트, 그리고 무릎위에 가방이 얹혀있다.

(女子 學生인가?)

時刻은 열 한 時 조금 前이다. 女子學生 혼자서 어물쩍거릴 時間帶가 아닌 것이다. 學生이라면 어느 學校 學生인지 알고 싶었지만 참고서 册을 읽기 始作 했다. 女子도 가방 속에서 册을 꺼내었다.

漸漸 乘客이 불어나면서 료헤이(良平)의 앞에도 늘어서 있고, 드디어 電車가 움직이기 始作 했다.

헌데 무언가가 료헤이(良平)의 視野의 옆을 스쳐갔다.

그쪽으로 눈을 돌려보니까 옆 座席의 女子가 펼치고 있는 册에 담뱃재가 떨어져 있다.
료헤이(良平)는 얼굴을 들었다. 學生이다. 學生服의 목의 후크(Hook)가 끌러져 있다. 싱긋거리면서, 女子를 내려다보고 있다.
불이 당겨져 있는 담배를 들고 있다. 그것을 입으로 가져가서 세게 빨아 당기고선, 女子의 머리위에다 대고 뿜는다. 煙氣는 료헤이(良平)의 얼굴에도 흘러 들었다. 목덜미의 뱃지가 보인다.
不良輩가 많기로 有明한 大學이다.
女子는 하얗고 가느다란 손가락으로 册에 떨어진 담배ㅅ재를 털었다. 그런데도 抗議 한마디 하지 않는다. 周圍의 누구도, 그런 學生의 吸煙을 나무라는 사람이 없다.
또다시 女學生의 册위에 담뱃재가 떨어졌다. 册 바로위에 담배를 가져와서 엄지손가락으로 재를 톡톡 떨군다. 故意로 하는 짓거리라는 것을 한눈에 알 수가 있다.
女子는 册을 들어 재를 털고 서는, 그쯤에서 처음으로 고개를 들었다. 료헤이(良平)는 女子의 얼굴을 보았다. 눈이 커다란 女子이다. 얼굴이 갸름하고, 제법 예쁘장한 얼굴을 하고 있다.
아래쪽의 두툼한 입술이 印象的 이다.

「그만 해 주세요.」

女子는 그렇게 말하고선, 얼른 얼굴을 册으로 向했다. 女子 가슴에 달려있는 뱃지를 료헤이(良平)는 보았다. 와세다(早稻田)文科의 뱃지였다. 瞥安間 료헤이(良平)는,

(더 以上 저런 짓거리를 하면 가만두지 않겠다.)

하고 생각했다. 同族意識이 發動하는 것이다.

學生은 이번에는, 가지런히 하고 있는 女子의 다리사이로 한쪽다리를 밀어 넣으려 하고 있다. 억지로 벌리고서 밀어 넣으려 한다.

女子는 몸을 틀면서 이것을 避하려 하고 있다. 學生은 끈질기게 繼續하고 있다.

學生의 얼굴을 본 瞬間부터 료헤이(良平)는,

(이 子息, 제법 惡童같이 보이는데 나와 싸운다면 어떨까?)

腕力의 比較를 해 본다. 몸맵시는 억세게 보이지만 턱없이 지지는 않겠지. 하고 가늠해 보았다.

(자, 한판 벌려 볼거나.)

얼근한 술기운이 勇氣를 슬슬 불러일으킨다. 이러한 境遇, 끼어 든다는 것은, 暴力沙汰를 覺悟하지 않으면 안 되는 것이다.

료헤이(良平)는 學生을 올려다보았다.

「너, 그쯤 해 두는 게 어때?」
「호오.」
學生은 턱을 끌어 드린다.
「네가 데리고 다니는 애냐? 이야기를 하지 않으니까 서
  로 모르는 사이라고 생각했다.」
「何如튼 間에, 그쯤 해 둬.」
「헤, 헤, 헤, 헤.」
이번에는 男子는 담뱃불을 女子의 머리에 갖다 대었다.
女子는 그것을 모르고 있다.
료헤이(良平)는 일어서서,
「그만 두라고 했잖아.」
하고 말했다.
「호오, 해 볼 테냐?」
「하 지 말라 고 했다.」
「이 새끼.」
學生의 손에서 담배가 떨어졌다. 하자 생각보다도 빠르
게, 료헤이(良平)를 向해 뻗어 왔다. 료헤이(良平)는 뺨
에 뜨겁게 한 방 얻어먹었다.
(치고받고 하지 않는 게 좋다. 서로 치고받으면 싸움이
되고 만다. 그보다도, 다른 乘客의 應援을 받는 쪽이 더
좋다.)

그렇게 判斷한 료헤이(良平)는, 휘둘러보면서,
「暴力은 그만 둬.」
하고 소리쳤다.
「무슨 잠꼬대를 지껄이고 있는 게야.」
學生은 繼續 달여 들어온다. 료헤이(良平)는 그런 攻擊을 防禦(방어)만 하고 있다. 乘客들은 避해 버린다. 精神을 차렸을 때에는 學生과 료헤이(良平)의 周圍에는 아무도 없었다.
女學生이 일어서서는,
「누구 좀 말려주세요.」
하고 周圍를 向하여 소리쳤다. 그러나, 乘客들은 멀찌감치 避할 뿐, 學生은 自然的으로 만들어진 링(Ring)안에서 제 멋대로 료헤이(良平)를 두들겨 패고 있다.

三

처음부터의 內幕을 알고 있는 乘客이 있음에도 不拘하고, 眞짜로 寒心스런 乘客들이다. 그런데, 只今까지는 참고 있었지만, 이제부터는 正當防衛다.
이렇게 생각한 료헤이(良平)는, 여기서 只今까지의 防衛一邊倒의 態勢를 버리고 攻擊으로 쳐 나갔다. 서로 치고

받게 되었다. 료헤이(良平)의 주먹도 두번 세번 相對의 얼굴을 때렸다.

女子는 繼續해서,

「누구 좀 말려줘요.」

하고 외치고 있다. 그러나, 乘客들은 모른 척 하고 있을 뿐이다. 가깝게 앉아 있던 사람들마저도 避해 버린다.

(사까다(酒田)가 사랑하는 民衆이라는것은 이런 것이다.)

乘客들의 冷淡에 對해서도 火가 치밀어서, 료헤이(良平)는 本格的으로 相對를 두들겨 줘야 한다는 心境으로 變했다.

列車가 나까이다(中板)다리驛에 닫자, 도어가 열렸다. 몇名인가의 乘客이 逃亡치듯 내린다.

(옳거니. 이때다.)

료헤이(良平)는 세차게 相對를 두들겼다. 相對가 守勢로 몰리면서 兩손으로 얼굴을 카-버 한다. 그 腹部를 걷어 찼다. 차는 것 보다 밀어 내려는 것이다. 相對가 비틀거리자, 이번에는 어깨로 밀어 제꼈다. 相對는 뒤로 벌렁 나자빠질 듯 하면서 도어 밖으로 튕겨져 나갔다. 넘어질 듯 비틀거리다가 겨우 버티고 섰다. 다시 타려고했다. 료헤이(良平)는 손잡이를 붙들고서, 그의 가슴팍을 차버리려는 포-즈를 取했다. 相對는 망설인다. 그의 코에서는 피가 흘러내리고 있다. 門이 닫쳤다. 한번 닫히고서 다시 열렸다간 中間쯤에서 다시 닫쳤다.

相對는 도어의 유리에 피범벅의 얼굴을 들이대고서 주먹을 휘두르며 뭔가를 떠들고 있다. 電車가 움직이기 始作했다.

료헤이(良平)는 제자리로 돌아와 앉았다. 女子는 료헤이(良平)의 가방과 册을 안고서 기다리고 있었다.

「罪悚해요. 傷處는?」

「괜찮아요. 겨우 겨우 쫓아내어 버렸다.」

료헤이(良平)는 숨을 가다듬었다.

「마지막 電車가 아니라서 씁쓸한데.」

마지막 電車였다면 그 學生은 어디까지 가는지는 모르겠지만 困境에 處할게 뻔 했다.

두 사람은 나란히 자리에 앉았다. 乘客들도 本來의 자리로 되돌아왔다. 료헤이(良平)는 醉해 있다. 그리고 激鬪의 興奮도 남아있다.

그래서, 주위의 乘客을 휘둘러보고서,

「眞짜, 어이없는 사람들이야. 그런 暴力輩 혼자서 亂動을 부리고 있는데도, 制止하는 사람은 한 사람도 없어. 이건 正義의 問題가 아니라 神經의 問題다.」

하고 말했다. 홈으로 쫓겨난 男子 보다도, 모른 척 하고 있던 乘客들 쪽에 火가 치밀어 왔다.
「이런 거군요.」
하고 女子는 낮은 목소리로 對答했다. 아까前에 이미 료헤이(良平)의 목깃에 달려있는 뱃지를 그녀는 보았을 것이다.
「어디까지?」
「아사까(朝霞)입니다.」
「이 電車는 나리마쓰(成增)까지 밖에 안 가는데.」
료헤이(良平)가 내리려는 곳은 나리마쓰(成增)였다. 아사까(朝霞)는 나리마쓰(成增)에서 두 停車場 더 가야 한다.
「알고 있어요. 나리마쓰(成增)에서 다음 電車를 기다리죠.」
「이거 困難하게 되었군. 그 子息이 타고 있을는지도 모르는데.」
「그래요. 그것을 생각하고 있는 中이에요.」
電車가 나리마쓰(成增)에 到着 했다. 모든 乘客들이 내렸다. 료헤이(良平)들도 내렸다.
두 사람은 홈에서 마주 바라보고 섰다. 료헤이(良平)는 바래다 줄 수가 없다. 돌아오는 電車가 없기 때문이다.

「함께 기다리죠. 電車가 到着하면 當身은 타세요. 그 깡 패 녀석이 타고 있으면 얼른 내려서 다음 電車를 기다리는 겁니다.」

「그렇게 하죠. 그러니까, 이만 돌아가세요. 혼자서도 괜찮아요.」

親切을 強賣하는 것을 좋아하지 않는다. 그리고, 野心을 품고 있다고 여겨지는 것은 더욱 窒塞(질색)이다.

료헤이(良平)는,

「그렇습니까. 그럼, 操心하세요.」

하고 人事를 했다. 女子는 머리를 깊숙이 숙이고 人事를 한다.

改札口를 빠져서 뒤를 돌아다보니까, 女子는 이쪽을 바라보고 있다. 료헤이(良平)가 되돌아보니까, 무언가 말할게 있는 듯한 表情으로 걸어왔다. 료헤이(良平)도 되돌아 걸어갔다.

나무 울타리를 사이에 두고 마주 섰다.

「亦是,」

하고 女子가 말한다.

「혼자서는 두렵네요. 未安하지만 바래다주실 수 없겠는지요?」

「그렇게 하고 싶군요. 무슨 科에 다니죠?」

「國文科 一學年이에요.」

「난, 佛文科 一學年입니다. 그런데, 바래다드리면 이번에는 내가 올 수가 없어요.」

國文科라고 한다면 晝間學生에 틀림없다. 夜間部는 日文이라고 한다. 晝間部의 女子學生이 무슨 일로 이런 늦은 電車를 타고 있는 것일까. 그렇게 생각하는 中에 女子의 생각지도 못한 목소리가 들려왔다.

「우리 집에서 주무세요.」

4

작은 妖精

―

驛前에서 걸어서 五分 程度, 작은 길로 접어 들어서 바로 女子는 한간의 집의 門을 밀치고 들어갔다.
료헤이(良平)도 뒤를 따랐다.
電車를 기다리는 동안에 서로 人事를 나누었다. 女子는 모모이·에리꼬(桃井えり子)라고 했다. 집에는 어머니가 기다린다고 에리꼬는 말했다. 혼자서 살고 있는 것이 아니기 때문에, 료헤이(良平)에게 "자고 가세요"라고 했다고, 료헤이(良平)는 나름대로 解釋해 보았다.
료헤이(良平)가 그녀의 招待를 받아드릴 마음이 일어 났던 것은, 나까이다(中板)橋의 홈으로 밀어내어 버렸던 不良輩가 마음에 걸렸기 때문이었다. 自炊房으로는 돌아

가지 않아도 相關없다.

한편으로는 女學生의 生活을 알고 싶다는 興味도 함께였었다. 魅力的인 女子였다. 黑心이 있어서 도와준 것은 아니었지만, 親해지고 싶다고 생각하는 것은 人之常情이다.

門의 안쪽에는 작은 盆栽들이 놓여 있고, 곧바로 玄關이었다. 작은 單層의 普通 집이다. 집의 안쪽은 어두웠다.

에리꼬가 유리窓을 두드린다.

「다녀왔습니다.」

하고 소리를 보낸다. 그리고선 료헤이(良平)를 돌아다보고서,

「엄마는 只今 주무시는가 봐요. 人事는 내일 하 기로 하고, 오늘밤은 그대로 저의 房으로 가세요.」

「그렇게 하죠.」

이렇게 해서 따라 온 以上, 모든 것을 에리꼬가 하자는 대로 하는 수밖에 없는 것이다. 집안에 電燈이 켜지고, 발소리가 들렸다.

에리꼬는 료헤이(良平)에게,

「좀 기다려요.」

하고 속삭였다. 고개를 끄덕이고서, 료헤이(良平)는 暫間 뒤로 물러섰다.

玄關의 門이 안으로부터 열리고, 에리꼬는 들어갔다.

「只今 왔어요.」
「오늘은 일찍 왔구나.」
「氣分이 좋지 않아서 일찍 돌아 왔어요.」
이런 對話를 듣고서, 료헤이(良平)는 눈을 활짝 떴다. 벌써 열두時가 가까워지고 있다. 普通의 對話라면, "일찍 왔다."는 말은 異常한 것이다. 멀리 갔더란 말인가.
「親舊와 함께 왔어요. 不良輩와 트러블(Trouble)이 있어 서, 도움을 받고, 집까지 바래다주었어요. 재워 보내려고 해요. 엄마는 주무세요. 내일 아침에 人事 드릴게요.」
「저녁은 먹었니?」
「네에, 걱정 마세요.」
母親의 목소리는 아직도 젊어 보였다. 四十代 程度구나 하고, 료헤이(良平)는 생각했다.
그 母親은 안으로 들어갔고, 에리꼬는 밖으로 나왔다.
「자아, 들어오세요.」
「정말 괜찮겠습니까?」
「그럼요, 염려 놓으세요.」
올라서서 바로 왼쪽 장지문을 열었다. 에리꼬는 먼저 들어가서 電燈을 켰다.
다다미 넉장 반 程度쯤 될까. 册床이 있고, 册櫃이 있다.

人形이 몇 개 適當하게 꾸며져 있다. 에리꼬의 房인 것 같다.

「이불을 펴 드릴게요.」

에리꼬는 이불을 다른 房에서 가지고 왔다. 요위에 새로운 시-트를 깔았다. 펴고 나서, 옷장을 열고 이불을 꺼내어서 그것을 밖으로 가지고 나갔다. 말하자면, 손님用 이불을 펴드리고, 自身의 이불을 가지고 나간 것이다.

「化粧室은 이쪽이에요. 내일 몇時쯤에 나가시면 되는 거죠?」

「몇 時건 相關 없어요. 於此彼 午前 授業에는 나가지 않을 셈으로 마셨거든요. 일찍 이건 늦건 相關 없어요.」

「그럼, 천천히 하기로 해요. 그럼, 벗고 천천히 주무세요.」

에리꼬는 풀이 빳빳하게 먹힌 잠옷을 료헤이(良平)의 손에 얹어 주었다. 료헤이(良平)는 윗옷을 벗었다.

그것을 받아서 옷걸이에 걸어준다. 료헤이(良平)는 생각을 다잡아먹고서 바지도 벗었다.

에리꼬는 그것도 받아준다.

「주머니 속에 있는 것을 꺼내어요. 다림질을 해 놓을 테니까요.」

「고맙습니다 만. 아무것도 들어 있지 않아요.」

그래도 에리꼬는 다시 포켓을 確認했다. 꾸질 꾸질한 손수건을 끄집어내었다.

「이거 빨아 놓을게요.」

에리꼬는 바지를 들고 밖으로 나갔고, 료헤이(良平)는 이불 속으로 들어갔다.

에리꼬는 작은 주전자와 컵을 가지고 다시 들어왔다.

「마셨으니까, 밤중에 목이 마를 거 에요. 더운물을 식힌 거에요.」

그것을 베갯머리에 놓고서 무릎을 꿇은 姿勢로 앉았다.

「집이 陋醜(누추)해서 놀랐죠?」

「아니요. 房이 깨끗한데요. 亦是 내 房과는 달라. 쓰이메이·린죠(椎名麟三)를 좋아하나 보죠?」

그 作家의 册이 열권 程度 나란히 꽂혀있다. 發刊된지 얼마 되지 않는 新刊들이다.

「네에, 글쎄요. 그런데, 무-드的으로 좋아하긴 하지만, 잘은 몰라요.」

「누구든 마찬가지죠. 요즈음에 나온 新刊本 이군요.」

「內容은 모르면서도 나름대로 亂讀을 하고 있어요. 와까스기(若杉)氏도 作家志望 인가요.」

「글쎄요.」

暫時동안 이야기를 나눈 後에,
「그럼 저도 저쪽으로 가서 잘래요.」
에리꼬는 그렇게 말하고선 일어섰다.
「電燈, 끌까요.?」
「꺼 주세요.」
暫時 後, 방안은 깜깜해졌다. 고 생각하는데, 이불에 무언가가 걸리고, 귀 언저리에 에리꼬의 속삭임이 들려왔다.
「좀 後에 엄마가 주무시면 이리로 와도 돼요?」
료헤이(良平)는 숨을 죽였다.
「안 되나요?」
「좋으실 대로.」
「그럼, 한숨 자고 있어요.」
에리꼬는 이불위에서 덮쳐 눌러왔다.
료헤이(良平)는 머리까지 그의 팔에 안겨 버렸다.
에리꼬의 따스한 입김이 얼굴에 닿았다. 처음에는 에리꼬는 료헤이(良平)의 뺨이나 코에 입을 맞추고서는, 다음으로 입술을 찾아 빨아 주었다. 너무도 瞬間的인 突變이었다. 료헤이(良平)는 놀란 나머지 잠자코 있었다. 오는 동안, 아방튀르(Aventure=情事, 불장난=프)를 期待하지 않은 것은 아니었다. 그러나, 혼자 자라고 했기 때문에, 그런 期待는 사라지고 말았던 것이다. 이것으로 足해, 하고 생각했던 것이다. 같은 히가시우에線(東上線)에 親한 女子學生이 생겼다. 이것으로 充分하다고, 自身을 納得 시켰던 것이다. 이런 渦中이었다.

놀란 것은 그것뿐만이 아니었다. 瞥眼間에 보여주었던 에리꼬의 情熱은, 에리꼬가 相當한 體驗者라는 것을 證明해주고 있다.

이것은 只今까지의 에리꼬의 부드러운 態度로부터는 想像도 할 수 없는 것이었다. 이렇게 積極的으로 나오리라는 것은 期待할 수도, 아 아니, 하지도 않았던 것이다.

(이거야, 相當한 體驗을 쌓아 왔구나.)

에리꼬는 입술을 떼고서, 료헤이(良平)의 귀에 속삭인다.

「자고 있어요.」

료헤이(良平)는 멍멍한 中에 首肯을 하고, 에리꼬는 일어서서 밖으로 나갔다.

(아니야, 모르는 일이야.)

료헤이(良平)는 고개를 갸웃거린다.

(장난인지도 모르지. 純眞한 계집애라도, 이쪽이 얌전만 빼고 있다 보면, 一時的인 변덕쟁이 氣分으로 그런 態度로 나올 수도 있는 거겠지.)

自身이 醉해 있다는 것을 생각했다.

(醉해있기 때문에 난 그런대로 普通이다. 오늘밤 처음 만난 女子집에서 이렇게 자고 있다. 이것만으로도 대단한 經驗인 것이다.)

예사말에 여우에게 홀린다는 말이 있다. 여우에게 홀린 것은 아닌가, 하는 생각도 든다.

(좋아. 그때는 그때다. 人生살이에는 벼라別 일이 있게 마련이다.

아까 番의 엄마와 딸 사이의 이야기도 異常하다. 都大體가, 저분들은 어떤 類의 女子들일까. 글쎄, 차츰차츰 알게 되겠지.)

무언가 올가미가 있다손 치더라도, 이쪽은 一介 가난뱅이 大學生에 不過하다.

(나를 속이면서 무슨 일을 꾸미더라도, 이쪽은 잃을 것은 하나도 없다. 異常한 體驗만을 맛볼 따름이다.)

主要한 것은 잠을 자는 것이다. 자 버리는 것으로 神經이 굵다는 것을 보여주지 않으면 안 된다. 그런데 萬一 장난 이라면, 期待하고서 자지 않고 있는 것도 喜劇俳優 같은 일이다.

료헤이(良平)는 勇氣를 내어서 자기로 했다.

二

료헤이(良平)는 잤다. 알-콜-의 德分이기도 했다. 술에 醉하지 않았더라면, 좀 後에 女子가 숨어들어오겠다는 約束을 하고 갔는데 잠이 올 턱이 없는 것이다.

흔들려서 잠이 깨었을 때, 벌써 에리꼬는 료헤이(良平)의 이불속으로 들어와 있었다. 窓門으로 부터의 밝음 때문에 방안이 어슴프레 보인다. 바로 눈앞에 에리꼬의 하얀 얼굴이 보인다.

료헤이(良平)는 어깨를 안겨있는 形態가 되었다.

「眞짜로 온 건가요?」

「그럼요. 싫어요?」

세게 끌어안는다. 뺨과 뺨이 密着 되었다. 처음부터 에리꼬는 스리프-차림인 것 같다.

「어머니께서는?」

「주무세요. 念慮 없어요.」

「只今, 몇 時?」

「두 時 조금 지났어요.」

이야기를 하고 있는 中에 료헤이(良平)는 完全히 잠에서 깨어나, 에리꼬의 女體를 氣分좋게 느낄 수 있게 되었다. 끌어안으면서, 입술을 찾았다. 길고 긴 입맞춤을 하게 되었고, 에리꼬 쪽에서 혀를 밀어왔다. 그 動作에서 官能을 다시 불러일으킨 료헤이(良平)는 에리꼬의 허리를 끌어당겼다. 自然히, 료헤이(良平)의 힘차게 솟아있는 몸이 에리꼬의 몸속을 파고 들었다.
에리꼬는 허리를 뒤틀면서, 입술을 떼고서,
「처음부터 이렇게 하고 싶어서 誘惑했다고 생각하지 말아요.」
하고 말한다.
「생각 안 해요.」
료헤이(良平)는 에리꼬의 엉덩이를 문질러 준다.
豫想보다 큰 엉덩이다. 豊滿感이 있어 좋다.
다시 두 사람은 입을 맞추고, 혀와 혀를 주고받으면서, 그러는 中에 에리꼬의 손은 료헤이(良平)의 등을 쓰다듬으면서 아래로 내려와서, 엉덩이를 돌아, 꿋꿋한 료헤이(良平)를 만지작거리기 始作했다.
(處女가 아니야. 더군다나, 亦是 相當한 經驗이 있구나.)
그러나, 그런 것은 조금도 마음에 걸리지 않았다. 於此彼 戀人으로 삼을 생각은 없다. 오히려 豊富한 經驗이 있는 편이, 성가시지 않고 便安하다.
처음에는 에리꼬는 속옷위로부터 료헤이(良平)를 가볍게 주무르고 있다.
「아-,아-.」
낮은 呻吟을 吐하면서, 차츰 壓力을 加해 왔다.

「어때요?」

「믿음직스러워요. 氣分이 너무 좋아.」

暫時동안 옷 위에서 주무르는 손에 强弱을 加하고있다가, 드디어 손가락을 속옷사이로 집어넣었다. 료헤이(良平)는 허리를 들어 올리면서 속옷을 벗자, 에리꼬는 꼭 쥐어오면서, 다시 낮은 呻吟을 吐한다.

곧 바로 손가락이 微妙하게 움직인다.

이쪽의 氣分 좋아하는 곳을 的確하게 알고 있다.

료헤이(良平)도 손을 에리꼬의 앞으로 돌렸다.

사타구니 위를 쓸어주면서, 이미 스리프 아래에는 아무것도 걸치지 않았다는 것을 確認했다.

더 以上 놀랄 일이 아니다. 에리꼬의 積極性을 생각 해 본다. 充分히 알만한 일이다.

에리꼬의 秘毛는 부드럽고 나슬나슬하다. 언덕은 사알짝 솟아있다.

다시 손을 뻗자, 自然스럽게 사타구니가 열리고, 료헤이(良平)는 따스함을 느꼈다.

(기다리고 있구나.)

어떤 다른 目的이 있는지는 모르겠으나, 何如튼 에리꼬가 너무나 젖어있다는 것은 료헤이(良平)를 安心시키고 있다.

溪谷上流의 꽃눈은 우뚝 솟아 있고, 요시꼬(美子)의 倍 以上으로 커 보였으며, 세 손가락으로 充分히 確認할 수 가 있었다.

「아-,아-, 當身.」

에리꼬는 上氣된 목소리를 흘리면서, 한쪽 팔로 료헤이 (良平)를 끌어안으면서, 료헤이(良平)를 쥐고 있는 손에 도 힘을 가한다.

서로 間에 愛撫가 繼續되었고, 드디어 에리꼬는 료헤이 (良平)의 귀에다 대고 興奮에 젖은 목소리로,

「나, 여기에 키스하게 해 줘요.」

료헤이(良平)가 끄덕이자, 에리꼬는 이불 속으로 들어 갔다. 료헤이(良平)는 반듯이 누웠다. 에리꼬의 입의 愛 撫가 始作되었다.

(처음 만났을 뿐인데, 女子도 이렇듯 大膽스런 곳이 있 는 것일까.)

에리꼬는 입술과 혀로 료헤이(良平)를 愛撫하면서, 오른 손으로 뿌리를 쓰다듬는다. 그것이 서로 聯關이되어서 료헤이(良平)의 感覺은 더 한층 높아져 갔다.

료헤이(良平)는 에리꼬의 팔을 끌었다.

「이제 그만. 이쪽으로 와요.」

上氣된 에리꼬는,

「아, 너무 맛있어.」
하고 말하면서 거칠게 입술을 要求해 왔다.
(나에게 키스를 해 주었으니까, 나도 키스 해 줘야만 되는 게 아닌가.)
(그런데 처음으로 만난 계집애다. 男子인 나는 밖으로 튀어나와 있기 때문에 깨끗하지만, 이 女子는 젖어있다.)
結局, 료헤이(良平)는 서로 人事를 交換하지 않고, 그대로 맺어지기로 했다.
에리꼬를 반듯이 뉘이고 덮쳐 안으려고 하는데,
「기다려요.」
하고 말하고, 손을 돌려 이불 아래로 손을 넣는다.
「이걸 쓰세요.」
넘겨받은 것은 豫防의 고무製品 이었다.
(이런 것 까지 가지고 있구나. 그것도 女學生이……. 그런데도 壹學年 學生이란 말인가.)
와세다(早稻田)의 國文科라면 레벨-(Level)이 높은 축에 屬한다.
女子로서는 엘리뜨(Elite)에 屬한다. 료헤이(良平)의 疑心이 높아져만 갔다.
턱을 끄드리고 얼굴을 내려다보고 있는 료헤이(良平)에게,

「싫어, 그렇게 보는 거.」

에리꼬는 兩팔을 끌어당겼다.

「언제나 이런 것을 準備하고 다니나요?」

「그렇지만, 安心되지 않으세요? 아무것도 묻지 말아요.」

「으음.」

료헤이(良平)는 망설였다. 어찌되었든, 交換이 끝난後에 여러 가지 生活에 對해서 물어보는 것이 順序이겠지만, 女子學生으로서는 너무도 行動이 分明하기 때문에, 抵抗을 느꼈다.

「안 그러면.」

하고, 에리꼬가 허덕인다.

「좀 後에 쓸래요? 自制 할 수 있나요?」

「아니.」

료헤이(良平)는 낮은 소리로 말했다.

「只今 쓰죠. 서로가 病菌을 가지고 있다면 危險하니까.」

「난, 念慮 없어요, 그 点에 있어서는 요. 다만 妊娠이 두려울 뿐이죠. 當身, 危險해요?」

「아니, 그 点에 對해서는 나도 念慮 없어요.」

「그럼 죄끔 만이라도 다이렉트(Direct)로 해줘요. 當身

이 좋아졌으니까요.」

료헤이(良平)는 다다미위에 고무製品을 놓아두고 에리꼬의 몸을 벌리고 들어갔다. 에리꼬의 손은 아까부터 뻗어왔다. 方向을 定하는 것을 에리꼬에게 맡겨두고 료헤이(良平)는 兩 팔로 에리꼬의 어깨를 안았다.

에리꼬의 兩다리는 료헤이(良平)를 휘감아왔고, 료헤이(良平)는 뜨거움을 느꼈다.

료헤이(良平)를 받아드리면서, 에리꼬는 제법 큰 소리를 질렀다. 료헤이(良平)는 그 입을 입으로 막으면서, 몸의 律動을 繼續 했다. 에리꼬는 료헤이(良平)를 빨아 드리면서, 손을 등 뒤로 안았다.

두 사람은 서로를 세게 끌어안았다.

「아-, 아-.」

에리꼬의 목소리가 떨려온다.

「아-, 오래간 만이다.」

「거짓말 하지 않아도 괜찮아요.」

「아 아니.」

에리꼬는 고개를 저으면서, 繼續해서 세게 료헤이(良平)를 끌어안고서, 엉덩이를 세게 뒤 흔든다.

「直接 男子 것을 맛보는 거. 아-, 아-. 꽉 차버렸네.」

에리꼬의 秘境은, 그것 自體가 살아있는 獨立된 生物體

인양 움쩍거리면서 료헤이(良平)를 꼭 조여 오는 것이다. 료헤이(良平)는 그 反應 때문에 갑작스레 쏟아져 나올 듯이 되어버렸다.
(精神 바싹 차려. 인마!)
自身을 나무라면서, 마음을 가라앉혔다. 에리꼬의 귀ㅅ부리를 깨물어 준다.

5

女子의 宿所

一

젊을 때에, 頂上에 다다를 境遇, 그 大部分은 心理的인 要因에 依한다. 이쯤에서 一旦 停止하고서, 動作의 리듬을 조금만이라도 좋으니까 變化시키면서, 천천히 停止한 다음, 深呼吸을 한번하고서, 몸의 다른 部分, 말하자면, 발가락 끝이라든가 下腹部에다 힘을 넣으면서, 몇 秒 지나서, 안고 있는 方法을 바꾸고, 그런 다음 매우 천천히 律動한다. 그런 操心깊은 動作을 自身에게 訓練시키면서, 차츰 차츰 律動을 세게 하다가, 드디어 正常的인 運動으로 되돌아오는 것이다.

이것을 료헤이(良平)에게 가르쳐준 사람은 미찌꼬(道子)였다. 미찌꼬(道子)는 그 方面에의 專門家에게서 直接

배웠다고 했다.

一種의 日本의 傳統있는 技術인 것이다. 거리의 女子나 젊은 애들만 相對하다가는, 그런 呼吸을 習得하려면 試行錯誤를 수없이 거듭해야만 한다. 료헤이(良平)가 妓生인 미찌꼬(道子)를 알게 된 것은 그런 意味에서 본다면 重要한 體驗이라고 말 할 수 있다.

如何튼 에리꼬는, 아직도 젊어 있기 때문에, 積極的이면서도 료헤이(良平)를 리-드(Lead)할 만큼의 餘裕를 가지고 있지 못하는 것 같다.

自身의 感覺을 쫓는 데만 熱中하고 있는 때문인가, 男子에 對해서는 直線的으로 따라만 가는 것이 男子를 즐겁게 해준다고 생각한 때문인지, 살짝 누그러뜨려 주는 것을 모르고, 오로지 上昇만을 繼續하고 있다. 熱心히 熱을 올리고 있는 얼굴이, 어쩌면 너무 純眞스럽게 보인다.

(體驗은 제법 많은 것 같고, 相當히 開發은 되어있지만, 아직 아직 純情 그대로다. 자기 혼자만의 感覺를 따르는 데도 버거워 할 程度다.)

그렇게 생각하면서, 료헤이(良平)는 餘裕를 갖게 되었다. 에리꼬에게 눈치 채이지 않게끔, 그리고 에리꼬의 上昇氣流를 妨害하지 않게끔, 反應에 神經을 쓰면서, 律動의 主導權을 自身쪽으로 가져왔다. 그렇게 하지 않으면, 에리꼬는 頂上에 到達해 버리고, 그것이 료헤이(良平)에 依해서 일어났다고 하지 않는지도 모른다. 女子와 合치기만 한다면, 그것은 女子의 自慰의 道具로서 움직인 것 밖에 지나지 않는다.

女子의 感覺에 自身이 아니면 결코 얻을 수 없는 것을 加味 하는 것이다. 只今까지의 여느 男子와는 다른 무언가를 和合시키는 것이다. 그것으로서 女子의 몸에 自身의 刻印을 찍어 두는 것이다. 그 『무언가』가 女子몸의 無意識속에서 求하고 있는 『最高의 것』이었을 때에, 女子는 그 男子에 빠져들고 마는 것이다.

차츰 차츰 에리꼬의 헐떡이는 소리가 더해 갔다.

「當身, 베테랑(Veteran)이네요. 아-,아-, 다른 世界에서 노닐고 있는 氣分이에요.」

료헤이(良平)는 律動을 천천히 늦추면서 에리꼬의 內部를 골고루 맛보려는 狀態로 들어가려는 때에, 에리꼬는 쓰이메이·린죠(椎名麟三)風의 表現을 빌리자면 『感覺을 견디다.』 라는 口調로 그렇게 말했다. 언덕을 오르는 途中의 꽃이 피는 平地인 것이다.

春風속에서의 목소리였다.

「아니야, 當身이야말로 멋져.」

「나, 아무런 걱정 하지 않아도 되는 거죠.」

「그렇게 해요.」

료헤이(良平)는 에리꼬의 귀부리를 혓바닥으로 핥아준다.

「빨아 당기고 있구나.」

「當身도 그러네요.」

「只今까지 몇 名쯤?」

「五, 六 名 程度.」

「오다가다 만나는 사람들과?」

「그런 짓 하지 않아요.」

그런 다음, 에리꼬 自身의 律動에 依해서 에리꼬가 再次 上昇을 繼續하고싶어 한다는 것을 알아차리고서, 료헤이(良平)는 이야기를 그만두고, 律動을 크게 했다.

에리꼬는 反射的으로 료헤이(良平) 몸의 잘룩한 部分을 조인다. 빼려고 하는 때도 꽉 조여주기 때문에, 짝하고 소리가 나는 느낌이었다. 하나의 링(Ring)을 뚫으면서 빠져 나오는 느낌 이었다. 그 링이 세게도 조였다가 느슨하게도 조였다가 하면서 료헤이(良平)를 즐겁게 해주고 있다.

그러는 中에 에리꼬는 또 다시 亂暴해지면서 료헤이(良平)의 등을 세게 끌어안는다.

「……………..」

切迫한 소리를 지른다.

료헤이(良平)가,

(이 애의 母親은 이 소리 때문에 잠이 깨었는지도 모르겠다.)

하고 새삼스레 생각한 것은 움직임을 멈추고 끌어만 안고서 가만히 있을 때였다. 멈춰 줄 것을 에리꼬가 强하게 付託했고, 료헤이(良平)는 그의 要請을 받아드린 것뿐으로서 료헤이(良平) 自身은 아직 上昇 途中 이었다.

료헤이(良平)는 에리꼬의 痙攣을 氣分 좋게 맛보면서,

「저쪽에 들리고 만 것 같애.」

하고 속삭였다.

에리꼬는 어렴풋이 고개를 끄덕일 뿐이다.

「괜찮겠어요?」

다시 끄덕인다. 只今은 曖昧(애매)한 首肯만 할 뿐, "이젠 道理가없어요." 라는 투로 말하고 있는 것 같다.

드디어, 료헤이(良平)는 다시 움직이려고 했다.

하자,

「이봐요. 좀 쉬었다가 해요.」

처음으로 에리꼬는 자지러 들어가는 소리를 내었다.

소리에 愛嬌가 넘쳐흐른다.

「으음.」

료헤이(良平)는 에리꼬에게서 내려와 반듯이 누웠다.

에리꼬는 일어나서, 이불을 걷고서 료헤이(良平)를 깨끗이 씻어 주었다. 그런 다음 뺨을 부쳐오면서, 옆으로 누워서 료헤이(良平)를 끌어안았다.

「電車 안에서,」

료헤이(良平)가 말했다.

「册을 읽고 있었죠. 너무나도 淸楚한 女子學生 이었어요. 그때의 모습과 只今의 當身과는 同一人 이었다고 느껴지 지 않아요.」

「같은 女子에요. 안 그래요. 電車안에서 발가벗을 人間이 어디 있어요?」

「내 말은, 내가 도와주지 않았더라도 當身은 그 暴力學生을 適當히 구슬릴 수 가 있었다는 뜻이요.」

「아 아니. 그건 틀려요. 나, 그런 사람은 무서워요. 膽力(담력)이 없어요. 어떡하면 좋을지 몰랐어요.」

「오늘밤, 어째서 그렇게 늦은 電車를 타게 되었죠?」

「아르바이트-로 일하고 있어요.」

「어디에?」

「신쥬꾸(新宿)의 술집. 普通의 오뎅(御田＝日＝꼬치안주)집이에요. 손님 앞에 서서, 飮食物을 내어다 주거나 접시 를 닦거나 하는 일.」

「西쪽 入口?」

「東쪽 入口. 요다음에 와요. 若干 비싸기 때문에 와세다(早稻田) 사람들은 오지 않아요. 若干 돈깨나 가지고 있는 사람들. 敎授들은 이따금씩 들려요.」

「그렇다면 나 같은 사람은 無理겠군.」

「마담에게 付託해서, 學生들에게는 싸게 할 테니까요. 아르바이트를 하지 않으면 學校를 다닐 수 없어요.」

「그렇구나. 그곳에 드나드는 손님의 귀염을 받아서 베테랑이 되었구나.」

「그런 투로 말하지 말아요.」

에리꼬는 입으로 료헤이(良平)의 입을 막았다.

그것이 빌미가 되어서, 두 사람은 다시 愛撫를 하기 始作했다.

狀況은 처음 始作할때와는 달리 천천히 進行되고 있다. 두 번째의 境遇, 大槪의 男子는 처음보다는 눈가림으로 하기 쉽상 이다. 그렇게 하면 안 된다. 自身의 內部에서 女子에의 사랑스러움이 倍加하고 있다는 것을 나타내어 보이기 爲해서 보다 더 精誠을 드리지 않으면 안 되는 것이다.

女子란 어느 境遇에도 男子의 自身에게로 向하는 情熱을 計量하고 있는 것이다. 이번에는 료헤이(良平)는 처음부터 고무 豫防品을 몸에 씌웠다.
「未安해요.」
하고 에리꼬가 말했다.
「처음 만나는데 그런 것을 쓰게 해서요.」
「아니지. 當然한 裝備야.」
未安해 하는 품이 귀엽다. 료헤이(良平)는 에리꼬에게 입을 맞추었다.
「그런데도 當身의 몸이 멋지니까 感覺은 조금도 變한게 없어.」
몇 分後, 료헤이(良平)는 다시금, 저쪽 房에서 자고 있는 母親쪽을 걱정하지 않으면 안 되었다.
입으로 입을 막아도, 고개를 돌려 避하고선, 에리꼬는 소리를 지르는 것이다.

二

다시 눈을 떠보니 방안이 훤히 밝아 있었다. 瞬間的으로, 간밤의 일이 머릿속에 떠오른다. 안고서 자고 있었는데 에리꼬는 보이지 않는다.
(어제 밤에 자기 이불속으로 되돌아갔단 말인가, 한숨 자고 아침 일찍 自己 자리로 갔던 것일까.)

료헤이(良平)는 엎드린 채 담배를 피워 물었다.
집안은 조용했다.
(이런 곳에서 이런 아침을 맞이하리라고는, 다까야마(高山)들과 마시고 있을 때에는 勿論, 電車 안에서 똘마니 깡패 學生과 치고받을 때에도, 全然 생각할 수 없는 일이었다. 人生살이에는 생각지도 못하는 일이 일어나게 마련이구나.)
房門이 살짝 열리더니, 무늬가 들어있는 기모노를 입은 에리꼬가 들어왔다.
「일어났네요.」
료헤이(良平)는 눈을 휘둥그레 떴다. 기모노를 입고 있는 모습이 너무나 아름답고 少女다웠다. 어젯밤의 狂態가 거짓말처럼 느껴졌다. 꿈을 꾸고 있는 것이 아닌가, 하고 고개를 비틀어 보고 싶다.
只今 로헤이(良平)는 발가벗고 있다.
「응, 只今 막 눈을 떴지.」
「좀 더 잘래요? 아니면 일어나서 食事를 하실래요?」
「슬슬 일어나 볼거나, 어머니는?」
「벌써 일어나 계세요.」
에리꼬는 료헤이(良平)의 머리맡에 앉았다.
「자고 싶으면 더 자도 되는데.」

「아니야, 일어나야지.」

담배 불을 끄고서, 료헤이(良平)는 일어났다. 어제 밤의 激烈한 交換에도 不拘하고, 눈을 뜨고서부터 료헤이(良平)의 몸은 元氣가 되살아났다. 그것을 에리꼬의 눈앞에 들이대면서 크게 기지개를 했다. 어젯밤의 記憶이 꿈이 아니었다는 것을 確認시켜 주기爲해서였다.

에리꼬의 눈은 그곳에 멈추어졌다. 今方, 부드러운 表情으로 變했다. 兩손을 同時에 뻗어서 부드럽게 쥐고서 뺨에다 문지른다.

「健壯하네요.」

「젊으니까.」

료헤이(良平)의 몸에 눌려서 에리꼬의 뺨이 움푹 들어간다. 나이어린 少女가 人形에 뺨을 부비고 있는, 그와 똑같은 印象을 풍겼다. 淫蕩스런 느낌이 아니다.

天眞爛漫함이 느껴지는 것이다.

움직이지도 않고서 료헤이(良平)의 눈을 쳐다보고 있다.

「이봐요?」

「으응」

료헤이(良平)는 에리꼬의 머리를 쓰다듬는다.

「食事를 하고나서 다시 잘래요?」

「그래도 좋지. 그러나…‥.」

「엄마는 아홉時에 商店에 나가세요. 그러면 우리 둘 밖에 없어요.」
「商店에?」
「驛 近處의 美容院에 다녀요.」
「當身 學校는?」
「쉬어도 괜찮아요. 當身은?」
「난 아무래도 相關없어요.」
꼭 받아야만 할 講義는 없다. 假令 있다손 치더라도, 이 애와 함께 있는 쪽을 擇하겠다. 젊음으로서는 當然한 選擇이다.
「그럼, 그렇게 하 기로 하고 어머니께 人事 드려요.」
료헤이(良平)는 속옷을 입으려고 했다.
「기다려요. 이불속에 들어가 있어요.」
이렇게 말하고 밖으로 나간 에리꼬는, 좀 後에 하얀 옷가지를 가지고 들어왔다.
「當身 꺼, 얼른 洗濯 할 게요. 날이 맑으니까 저녁때쯤이면 마르겠죠. 이거, 돌아가신 아버지 꺼 에요.」
셔츠와 스데테코, 그리고 훈도시(褌=男子의 陰部를 가리는 폭이 좁고 긴 천=곤)이다.
「훈도시는 싫으세요?」
「아니, 使用해 본 일은 있어요.」

에리꼬의 亡父의 속옷을 입고서, 겉옷을 걸친 後에 료헤이(良平)는 밖으로 나갔다. 에리꼬의 案內로 부엌 앞에 섰다.

「當身의 칫솔은 이거. 이것을 쓰세요.」

洗面이 끝나는 것을, 에리꼬는 타-올을 들고 기다리고 서 있다.

「좀 後에 수염을 깎아요.」

빈틈없는 마음 씀씀이다.

(이 계집애, 좋은 색시가 될 거야.)

도요쓰의 요시꼬(美子)를 떠올려 본다. 요시꼬(美子)는 이 에리꼬와 같이 서비스하는 것을 스스로 自制하고 있는 곳이 있다. 最後의 線을 넘지 않았다는 点 때문인지도 모른다.

뒤따라서 居室로 들어갔다. 에리꼬의 어머니는 다리를 접는 밥상을 앞에 놓고 앉아 있다.

료헤이(良平)는 端正히 앉아서,

(간밤의 일을 훤히 알고 있다.)

때문에 뒤가 켕기는 것을 느끼면서 꿇어앉았다.

에리꼬가 紹介를 한다. 大學內에서 알고 지내는 것처럼 紹介를 하고 있다.

료헤이(良平)는 人事를 하고서,

「어제 밤에 갑자기 찾아와서 弊를끼쳐 罪悚합니다.」
하고 人事를 드렸다.
에리꼬의 어머니는 方席을 내어 밀면서,
「언제나 에리꼬가 弊를 끼치고 있어서…‥.」
鄭重하게 答禮를 한다.
몸집이 작고 귀여운 느낌을 주는 女子다. 나이는 겨우 四十을 넘나드는 程度일까, 젊게 보인다. 에리꼬와 나란히 걸어가면 母女가 아니라 姉妹처럼 보일는지도 모른다. 얼굴이 하얀 美人 으로서, 눈이 앳되게 보인다. 에리꼬는 엄마와 닮아있다.
「아닙니다. 저야말로.」
「자아, 다가앉아요. 난 아까 먼저 먹었어요.」
에리꼬의 시중으로 食事를 하기 始作 했다.
途中에 에리꼬는,
「當身, 辭讓말고 便하게 앉아요.」
하고 말했다.
「네에.」
여기서 처음으로 료헤이(良平)는 느긋한 姿勢로 돌아갔다.
에리꼬의 어머니는 葉茶를 마시면서,
「나리마쓰(成增)에서 自炊를 하고 있다 구요.」

하고 이야기를 걸어왔다.

「네에. 驛은 나리마쓰(成增)입니다. 그런데, 住所는 사이다마(崎玉)縣으로 되어 있어요. 縣의 境界線을 넘어서 곧 바로입니다.」

「그럼, 驛에서 제법 멀 겠 군요?」

「한 十 余分 걷습니다.

「어째서 그런 곳에서?」

「房貰가 싸거든요. 그리고, 親舊들과 함께 있습니다.」

「같은 房에?」

「아니요. 房은 따로따로 입니다. 그 집, 한간 全部를 房 하나씩, 여러 사람들에게 貰를 주고 있어요.」

그 外에, 에리꼬의 어머니는 여러 가지를 물어 오셨다.

테스트를 받고 있는 모습이다.

食事가 끝나고, 에리꼬의 어머니는 外出準備를 始作했다.

「에리꼬는 제멋대로니까 사람을 唐慌하게 만들 때가 있죠. 그럴 때에는 辭讓말고 따귀를 갈겨주고 그래요.」

「네 그렇게 하죠. 큐우슈우(九州)의 男子는 女子가 제멋대로 노는 것을 그냥 보고만 있지 않으니까요.」

「어머나, 큐우슈우(九州)?」

「네에」

「나 戰爭 以前에 큐우슈우(九州)에 한번 가본 일이 있어요.」

「어느 쪽에 가셨는데요?」

「사꾸라섬(櫻島)에도 갔었고, 아소(阿蘇)나 운센(運船)에도 갔었어요. 벳부(別府)에도요.」

「그러시면, 저보다도 더 잘 아시겠네요. 전, 朝鮮으로부터의 歸還者로서, 어디에도 가 본 적이 없습니다.」

에리꼬가 끼어 들었다.

「아버지와 함께였죠?」

「그렇구말구. 허지만 그것이 처음이자 마지막 旅行이었단다.」

에리꼬의 어머니는 조용한 語調로 變했다.

「아버지는 언제 돌아 가셨나요?」

「쇼오와(昭和) 十七年 나까지나(中支=中國)에서.」

「戰死하셨군요?」

「네에, 난 戰爭 未亡人으로서, 그 時代의 말을 빌리자면 『軍國의 妻』입죠.」

「그때 난, 小學校 四學年 이었어요.」

「천천히 놀다가요.」

하고 말하고서 밖으로 나갔고, 門밖까지 바래다 준 에리꼬가 房으로 들어와서,

「아직 잠이 약간 不足하죠? 자고 있어요. 나, 洗濯을 끝

낼 테니까요.」
하고 말했다. 료헤이(良平)는 선채로 그의 어깨를 살며시 끌어안았다.
「어머니, 무언가 말씀하지 않으셨나요?」
「들었어요.」
에리꼬는 장난끼 어린 눈이 되었다. 그리고선 료헤이(良平)의 앞을 주물러 왔다.

6

縣境에서의 下宿

一

에리꼬는 료헤이(良平)를 끄집어내어서, 입으로 가지고 가서 살며시 입속으로 넣었다. 세게 빨아주고서는 떨어지면서,

「꾸중을 들었어요.」

「亦是나…..」

「그게 아니고,」

에리꼬는 이번에는 고개를 옆으로 하고 다른 곳을 빨아준다.

「그런 게 아니구 요. 나, 그렇게 騷亂스러웠나요? 輕率하다 구요. 女子란 좀 더 操心하지 않으면 안 된대요. "萬一 시집을 가서, 같은 지붕아래 配偶者를 여읜 媤

母가 있다고 생각해봐라. 毒藥을 먹일 程度로 미움을 받을 테니까," 하고 말씀하셨어요.」

「그럼, 어머니께서는 우리들 行爲에 對해서는 꾸중을 하시지 않았다는 말인가요?」

「끝난 後인걸요, 꾸중을 해 봤댔자 道理가 없다고 생각했겠죠.」

에리꼬는 이쪽저쪽을 키-스해 준다. 너무나 사랑스러워서 어떡하면 좋을지 모르겠다는 모습이다. 食事 前의 人事와는 달리, 그 表情에는 恍惚(황홀)한 빛이 엿보인다.

「寬大하신 分이구나.」

「헌데요, 처음 있는 일이에요, 이 집에 男子를 자게 한 것 은. 그러니까, 엄마는 더 더욱 놀래셨을 거 에요.」

에리꼬는 일어서서 兩팔로 목을 휘어 감는다.

「마음에 둘 거 없어요. 엄마도 똑같은 行爲를 하고서 나를 낳았거든요.」

어떻게 보면 에리꼬는, 結婚하고서의 男女의 結合과 그렇지 않는 境遇와의 다른 点을 느끼지 못하는 것 같다.

「當身은 異常한 사람이다.」

(이런 나이에 이만큼 强하게 느끼는 것을 본다면, 男子들과 相當히 즐기고 있었다는 것이다.)

處女라고 紹介를 받더라도 믿을 수밖에 없을 程度였다.

「그럼, 좀 쉬고 계세요.」

그 말을 기다렸다는 듯이 료헤이(良平)는 발가벗고서, 이불속으로 들어갔고, 에리꼬는 洗濯을 始作했다.

(사까다(酒田)와 곤도(近藤) 子息들, 내가 어젯밤 어디에서 무엇을 하면서 잤다고 생각할까.)

눈을 감으니까, 요시꼬(美子)의 幻影이 腦裡속에 떠 오른다. 罪를 짓고 있다는 느낌이다.

(그러나, 난 살아있는 한창 男子인 以上, 하는 수 없는 일이다.)

(그렇다면 요시꼬(美子)도 살아있는 한창 女子니까, 亦是 다른 男子에게 안겨도 좋단 말인가?)

(그거야 안 되지. 男子와 女子는 다르니까. 女子는 肉體的으로 참을 수 있게끔 되어 있고, 그런 不貞은 重要한 意味를 가지고 있는 것이다.)

료헤이(良平)는 잠이 들었다.

눈을 떴을 때, 이불속에 에리꼬가 누워 있었다.

아마도 뺨을 문지르는 感觸 때문에 눈을 뜬 것 같다.

웃고 있다.

료헤이(良平)는 고개를 끄덕이고서는 에리꼬의 어깨를 끌어당겼다. 에리꼬는 이미 발가벗고 있었다.

료헤이(良平)는 그 乳房을 빨아주었다. 에리꼬는 료헤이

(良平)의 머리를 쓰다듬는다.

「이봐요, 戀人이 있나요?」

「있지.」

「그렇겠죠.」

「그런데, 도쿄(東京)는 아니야.」

「어디 인데?」

「큐우슈우(九州)의 도요아도(豊後), 수이도(水道)近方. 고꾸분사(國分寺)의 三重塔이 보이는 숲속의 오래된 집에서, 얌전히 살고 있지.」

「예쁜 사람?」

「글쎄, 어떨까 나.」

女子와 同寢하여 서로 愛撫를 주고받으면서 요시꼬(美子)를 입에 올리는 것은 좋은 일은 아니다.

「그런 이야기는 그만두자 구.」

「未安해요. 약간 失望했을 뿐이세요. 그 戀人과의 關係 때문에 이렇게 能熟 하군요.」

「그렇지가 않아. 그녀는 아직 숫處女 그대로야. 이직껏 아무 일도 없었 다구. 몇 分인가 年上의 女人들로부터 배웠던 거야.」

「어머, 뵈기 싫어..」

「當身도 말하자면, 年上의 男子들에게서 開發 되어 진

게 아니던가요.」

「그야 그렇지만.」

「그러니까 피장파장이지 뭐요.」

에리꼬의 어머니가 돌아왔을 때, 료헤이(良平)는 땀투성이가 되어서 에리꼬의 위에 있었다.

뒤쪽의 덧문이 열리는 소리와 함께,

「나 왔다.」

하는 소리에, 唐慌한 료헤이(良平)는, 차버렸던 이불을 끌어 다 덮었다.

「에리꼬, 없는 거니?」

그렇게 말하면서, 어머니는 장지문을 열고서 房으로 들어왔다.

료헤이(良平)는 위에서 에리꼬를 안고 있다.

이불을 덮고는 있다지만 어깨는 그대로 들어나 있었다.

「어머나.」

母親은 놀란 소리를 한다.

「未安해요.」

唐慌스런 모습으로 뒤돌아서서, 房을 나서서, 장지문을 닫았다. 에리꼬도 瞥安間의 일이기에 어쩔 바를 모르고, 료헤이(良平)에게 꼭 안겨있는 것이다.

「只今, 몇 時?」

「열 두時 十分.」

「食事하려 오신 거 에요. 結局 보이고 말았다.」

「얼굴을 마주칠 수가 없겠는데.」

「하는 수 없지 뭐.」

에리꼬는 움직이기 始作했다.

료헤이(良平)는 그것을 制止했다.

「싫어. 於此彼 들켜버린 걸요. 이젠, 들어오지 않아요.」

「그렇지만……」

「付託이에요. 마음 쓸 것 없어요.」

그런데, 에리꼬는 亦是 소리를 지를 게 뻔하다.
간밤의 境遇에는 설사 들렸다 하더라도, 저쪽은 자고있다고 생각했다는 辯明이 될 수 있다. 只今, 分明히 보여지고 말았던 것이다. 더 以上 뻔뻔스런 짓은 할 수가 없는 것이다.

료헤이(良平)는 에리꼬에게서 내려왔다. 에리꼬는 上體를 비꼬면서 료헤이(良平)를 껴안아 왔다.

「어머니는 食事가 끝나면 다시 나가세요. 그때까지, 그대로 있어 줄래요?」

「으음.」

「꼭이요. 이대로 돌아가 버리면 나, 괴로워 죽을 거에요.」

료헤이(良平)는 반듯이 누워서 생각에 잠겼다가, 決心을 하고서 일어났다. 옷을 주워 입었다.

「어쩌려고?」

에리꼬는 不安스런 얼굴을 한다.

「어머니께 謝過하고 오겠어요.」

「…………….」

놀랬다는 表情이다. 그리고는 暫時後에 고개를 끄덕인다. 료헤이(良平)는 윗옷을 걸치고, 아침 食事를 했던 房으로 갔다. 보이지 않는다.

에리꼬의 어머니는 뒤뜰에서 風爐에 불을 붙이고 있다 눈을 가늘게 뜨고서 煙氣를 避하면서 부채질을 하고있다.

「아, 제가 하겠습니다.」

료헤이(良平)가 다가가니까, 고개를 돌렸다.

「付託해요.」

료헤이(良平)는 그 對答에서 크게 安心을 하고서 부채를 받아서 세게 흔들었다. 탄이 불꽃을 날리면서, 사이에 끼운 불쏘시개가 타면서 새빨간 불꽃이 피어올랐다.

「고기를 좀 사가지고 왔지. 아침에 아무것도 없었기에 스키야키(壽喜燒き=數寄燒き=전골)라도 해 먹을까 해서.」

「罪悚합니다.」

「곧 準備를 할 테니까요.」

母親은 집안으로 들어갔고, 료헤이(良平)는 부채질을 繼續했다.

(火를 내지 않고 있구나. 설마, 우리들이 무엇을 하고 있었는지, 모르고 있는 것은 아닐 테지. 에리꼬가 性行爲를 거듭하고 있다는 것을 알고 있으면서도, 너무 寬大하다.)

異常한 생각마저 든다.

드디어 風爐에 불이 타오르자, 료헤이(良平)는 그것을 안고서, 집안으로 들어갔다.

에리꼬의 어머니는 부엌에서 野菜를 썰고 계셨다.

「아, 房 안으로 가져가요.」

그렇게 말한 다음, 료헤이(良平)의 곁으로 다가와서는, 목소리를 낮추면서,

「妊娠만은 注意해 줘요.」

「네에」

료헤이(良平)는 고개를 끄덕였다.

二

신쥬꾸(新宿)에 아르바이트로 나가는 에리꼬와 電車안에

서 헤어져, 나리마쓰(成增)驛에 내린 것은 네時가 조금 넘어서 였다. 이 時刻에는, 같이 살고 있는 親舊들은 아무도 없겠지. 그렇게 생각하면서 自炊房으로 向했다. 건널목을 건너서 비스듬한 내리막길로 들어서면 人家가 끊어진다. 左右로 나지막한 山이 달리고 있다.

그 山을 지나면 農家가 있고, 周圍로 몇 채의 새로 지은 집이 서있다. 그 건너편은 밭으로 이어진다.

작은 開川이 흐른다. 工場으로 부터의 廢水 때문에 까맣게 흐려져 있고 惡臭까지 내어 품고 있는 開川이다. 이것이 도쿄(東京)都와 사이다마(崎玉)縣과의 境界로서, 周圍는 벼를 심는 논이다. 開川을 건너 百미터쯤 가면 길이 끝나고, 路線의 左右가 確實 하게 보이는 縣道가 왼쪽에서 오른쪽으로 달리고 있다. 鋪裝은 形便이 없다. 거기에 작은 샛길이 있다. 이 縣道의 北側에 若干 널따란 空地가 있고, 그 空地의 구석쪽에 료헤이(良平)들이 貰들어 살고 있는 집이 있다.

료헤이(良平)는 玄關의 門을 밀었다.

「다녀왔습니다.」

누구에게 라기 보다 늘 하는 人事다. 習慣인 것이다.

이 집은 房房이 모두 貰들어 살고 있고, 主人은 없다. 한 달에 한번, 房貰를 받으러 오는 것뿐이다.

오른쪽의 房門이 열리고, 아무도 없는 줄 알았는데 곤도(近藤)가 나왔다.
「야아, 지난밤에는 돌아오지 않은 것 같던데.」
곤도(近藤)는 오른쪽의 여섯장 房에 살고 있다. 亦是 도요쓰(豊津)出身의 다른 두 名과 함께 살고 있다.
료헤이(良平)는 곤도(近藤)의 周旋(주선)으로, 이 房을 빌리게 되었던 것이다. 왼쪽 켠의 넉 장 반짜리다.
以前에는 應接室로 쓰던 곳을 洋式房으로 꾸몄기 때문에, 壁欌이 없다. 석장정도 만 近處 사람들로 부터 낡은 다다미를 얻어 와서 깔았다.
사까다·가쓰나리(酒田一成)는 맞은편의 석장房에 들어있다. 그리고 그 안쪽에는 今年 도요쓰(豊津)를 卒業한 가메다·에이이찌로(龜田英一郎)가 들어있다.
以前에는 모두가 곤도(近藤)의 여섯장 房에 들어 있었는데, 너무 좁고, 個人的인 事情도 있고 해서, 各房으로 分散되었다.
「아,아, 어젯밤은 冒險의 밤이었다. 나중에 천천히 이야기 해 들려주지.」
「그보다, 얼마나 가지고 있니.」
「얼마나 必要한데.」
「와세다(早稻田)까지 電車費만 있으면 돼.」

「그만한 돈도 없는 거니?」

「없어.」

곤도(近藤)는 第二政經 이다. 只今부터 講義를 들으러 가려든 참인 것 같다.

「어이없는 親舊로군. 車費라니까 하는 수 없지.」

료헤이(良平)는 紙匣을 꺼내어 百円짜리 紙幣 두장을 곤도(近藤)에게 넘겨주었다.

「하는 일은 어때?」

「오늘 사보타즈(Sabotage)다. 論文을 쓰고 있는 中에 가고 싶지 않더구먼. 共有의 돈이 남아 있는 줄 알았는데 箱子속이 一錢도 없이 텅텅 비었지 뭐야. 典當鋪에 이불이래도 맡길까하고 들고 나가려는 참인데 마침 네가 돌아왔다. 그럼, 다녀올게. 너의 아방튀르(Aventure=F=冒險談, 體驗談)는 다녀와서 천천히 듣기로 하지.」

「定期券은 어쩌고?」

「그저께 끊어졌다. 大學에 가서, 누군가를 붙들고 빌려야겠어.」

료헤이(良平)는 열쇠를 따고 방으로 들어갔다.

하자, 門틈에 끼워져 있던 하얀 便紙封套가 바닥에 떨어졌다. 글씨가 요시꼬(美子)의 글씨였다. 기쁨과 함께 가슴이 저려옴을 느꼈다.

「하는 수 없지 뭐. 멀리 떨어져 있으니까.」

便紙를 册床위에 올려놓고, 옷을 벗었다. 곤도(近藤)가 도어를 열었다.

「그럼 다녀올 께. 내 房의 子息들이 오면 典當鋪에 이 불이래도 맡기라고 傳헤 줘.」

곤도(近藤)들은 셋이서 같이 쓰고 있다. 셋 모두 낮에 일 하고, 밤에 學校에 나가고 있는데, 언제나 燒酒파-티를 열고 있기 때문인지 典當鋪 문턱이 너무 낮다.

「그래, 알겠다.」

곤도(近藤)가 나가고 나서, 료헤이(良平)는 옷을 바꿔입고, 册床앞에 앉았다. 요시꼬(美子)의 글씨를 내려다본다. 가위로 끝을 자르자 안에서 클로버(Clover)의 잎이 떨어진다. 네 잎 클로버였다.

佛文科의 親舊들과 마시기 始作해서부터 只今까지 보냈던 時間이, 후딱 여기서 끝났다는 느낌이었다.

感傷的인 少女의 世界가 이곳에 있었다. 요시꼬(美子)와 함께 官能의 바다에로 빠질 뻔 했던 때도 있었다.

요시꼬(美子)가 타오르는 女子라는 것도, 確認했다. 그럼에도 不拘하고 只今 요시꼬(美子)는 純潔(순결) 그대로 純情스런 少女의 世界에서 조용히 살고 있는 것이다.

羞恥心이 일어났다.

바로 그때 玄關의 門이 세차게 열리면서,

「아무도 없는 거야?」

하고 소리 지르는 가메다(龜田)의 목소리가 들렸다. 나가보니까, 가메다(龜田)는 커다란 짐 꾸러미를 메고서 돌아 왔다.

「그건 뭐야?」

「食客이 왔단다.」

그 말이 채 끝나기도 前에, 한 사람의 學生服이 亦是 커다란 짐 꾸러미를 등에 받치고 나타났다. 료헤이(良平)를 보고서,

「安寧하세요.」

하고 人事를 하는 얼굴은 가메다(龜田)의 同級生이었던 쓰루가와(鶴川)였다. 가메다(龜田)와 함께 미야꼬文化會에서 活躍하고 있던 少年 이었다.

「호오. 거북이(龜=가메)가 있는 곳에 학(鶴=쓰루)이 나타났다 이거로군. 이거 정말 祝賀 할 일인데.」

짐 꾸러미를 내려놓고서 쓰루가와(鶴川)는 새삼스레 人事를한다.

쓰루가와(鶴川)는 가메다(龜田)와는 달리, 上級生인 료헤이(良平)에게 깍듯이 禮義를 차린다.

「모쪼록 잘 付託 드리겠습니다.」
「이 집도 그럭저럭 도요쓰(豊津)出身의 寮가 되어 버렸구나. 얼른 歡迎의 祝宴을 열어야 만 겠다.」
곤도(近藤)가 들어 있는 육조방에는 마쓰노·세이지로(松野淸次郞)와 후지이·하루오(藤井春雄)가 함께 살고 있다. 이들은 료혜이(良平)들과 同學年 이었다. 그래서, 료혜이(良平)와 사까다(酒田), 가메다(龜田)와 모두 여섯이었는데, 한 사람 더 붙었다.
쓰루가와(鶴川)와는 親하게 이야기 해 본적도 없기 때문에, 어떤 애인지 잘 모른다.
다만, 가메다(龜田)와 어울려 지내고 있는 것을 본다면 普通내기는 아닌 것이 分明하다.
豫想한대로 가메다(龜田)는,
「이 親舊, 와세다(早稻田)의 뱃지를 달고는 있지만, 實은 가짜 學生이야.」
하고 말한다.
「그렇습니다.」
쓰루가와(鶴川)는 동그스름한 얼굴에 사람 좋아 보이는 듯한 웃음을 웃으면서 고개를 끄덕인다.
「가짜 學生 입니다. 實은 浪人生活을 하는 것이 아까워서 아르바이트를 하고 있습니다. 아르바이트를 하려면,

가짜라도 學生이 되어야 하거든요.」

「그야 하는 수 없지. 여기 육조방에 살고 있는 후지이(藤井)와 마쓰노(松野)도 지난 四月, 學校에 入學하기 前까지에는 가짜 學生이었단다. 가짜 學生은 眞짜 學生보다도 더 學生답게 行動 하지 않으면 안 되지. 그러니까, 가짜 學生쪽을 더 좋아하는 工場들도 있단다.」

「그렇습니다. 그래서, 전 堂堂한 가짜 學生 입니다.」

가짜 學生이 가장 많은 곳이 와세다(早稻田)라고 한다. 行動 하 기가 손쉬운 点이 있기 때문 일게다.

「그럼, 자넨, 來年에는 와세다(早稻田)에 應試하려 하나?」

「一旦 應試는 합니다. 그런데, 合格은 어렵 겠죠. 先輩, 오늘 술은 제가 쏘겠습니다.」

「그렇게 큰 소리 치지 마. 여긴 酒豪가 여섯이나 있단 말이다.」

如何튼 間에, 오늘밤도 조용히 보내기는 그른 것 같다.

7

새 食口

一

뒤에 오는 사람은 오는 대로 參加하면 되는 것이다.
酒宴을 벌리는데 머리 數를 갖출 必要가 없다.
西쪽 하늘을 발갛게 물 드리면서 太陽이 숨고 나서 조금 後에, 료헤이(良平)들은 료헤이(良平)의 房에서 소주 컵의 輕快한 소리를 울렸다. 낡아빠진 앉은뱅이 冊床이 食卓이었다.
가메다(龜田)는 주우오오대학(中央大學)의 法科에 다니고 있다.
가메다(龜田)가 大學 入學受驗을 치루기 爲해서 上京했을 때, 료헤이(良平)는 쓰이메이정(椎名町)의 옛 商街建物의 二層의 석장짜리 房을 빌리고 있었다.

가메다(龜田)는 료헤이(良平)의 이 房에 身世를 지고 있었다. 化學部의 리-더(Leader)였던 가메다(龜田)는 東京大學校 工科大學에 試驗을 치를 豫定 이었다.

試驗 바로 前날, 료헤이(良平)와 가메다(龜田)는 이께부꾸로(池袋)驛前에 늘어서 있는 布帳馬車앞을 지나게 되었다. 료헤이(良平)들은 어딘가에서 라-멘이라도 한 그릇 때우고 돌아 가려든 참이었다.

늘어선 布帳馬車의 사이에서, 갑자기 한 사람의 女子가 튀어 나와서는, 료헤이(良平)들에 부딪치듯 다가왔다.

「어머나, 學生들.」

하고 女子는 말했다.

「한잔 하고 가세요. 마수걸이니까 서-비스 할 게요.」

二十五, 六歲로 보이는 이 女子는 가메다(龜田)가 좋아하는 豊滿한 美人이었는데, 그게 탈이었다.

「야, 내일은 試驗날이다, 너.」

하고 制止하는 료헤이(良平)의 손을 뿌리치고서는,

「딱 한잔만. 괜찮겠지.」

하고 말하면서 주름을 걷고 들어선다. 하는 수 없다는 表情으로 료헤이(良平)도 뒤를 따랐다.

이런 때에는 가메다(龜田)를 끌어내어 데리고 가는 것이 先輩로서 또는 親舊로서의 義理이긴 하지만, 그런 멋들어진 友情論보다도 酒色의 魅力쪽을 료헤이(良平)는 選擇 했던 것이다.

장사솜씨가 能熟한 女子의 입방아에 놀아나서, 한 盞이 두盞으로, 두 盞이 석 盞으로 되었다. 다른 손님도 없고 해서, 女子는 료헤이(良平)들에게 愛嬌 滿點으로 對한다. 醉하고 보니 漸漸 더 美人으로 보였다.

가메다(龜田)가 내일 入學試驗을 치러야 된다는 말을 듣고서, 女子의 態度가 突變했다.

두 사람이 마시고 있는 燒酒盞을 걷어 치워버리는 것이다.

「어째서 진작에 그런 말을 하지 않았어요? 더 以上 안 돼요. 자-, 먹는 것만 먹고서 곧바로 돌아가세요.」

두 사람은 터무니없이 싼 음식값을 支拂하고서, 그 집에서 내어 쫓기듯이 나왔다. 그리고는 女子가 말한 그대로 곧장 집으로 돌아와서 이불속으로 들어갔지만,

「얼굴도, 마음 씀씀이도, 멋들어진 女子였다. 좋아, 試驗이 끝나면, 그 店鋪에서 徹底的으로 마실 테다. 그런 女子를 안고 싶어.」

가메다(龜田)는 몇 番이고 같은 말을 되풀이 하면서, 제대로 잠을 請하지 못하였다.

애초부터 가메다(龜田)는, 日本 第一의 難關門인 도쿄

(東京)工大에 或是라도 合格할 實力을 가지고 있었는지 없었는지. 如何튼 試驗 前날에 燒酒를 서너甁을 마셨으므로, 健實한 試驗을 치룰 턱이 없었다. 멋들어지게 미끄러지고서, 주우오오대학(中央大學)에 들어갔던 것이다.

가메다(龜田)는 쓰루가와(鶴川)에게 그 女子에 對한 이야기를 하 기 始作했다.

「幻想의 女子였단 말이다. 그 다음에 勇氣百倍 찾아 갔는데, 아무데도 그 店鋪가 보이지를 않았다. 한 집 한 집 찾아보았다. 女子도 보이지 않았다. 『이쁜이』라는 屋號였다. 그런 屋號의 店鋪도 보이지 않았다. 이 近方이었다고 생각하고서 물어보았다. 그런데 그런 이름은 들어보지도 못했다고들 한단다. 都大體 이건 꿈이란 말인가, 幻想이란 말인가. 나의 試驗을 망쳐놓은 惡魔의 化身이었단 말인가. 惡魔였다면 途中에서 술盞을 빼앗아 버리는 것도 異常하단 말씀이야.」

「實은 奇妙한 일이었다.」

료헤이(良平)도 맞장구를 쳤다.

「店鋪까지도 사라져 버렸다니까. 何如튼, 아름다운 女子였다. 지저분한 쓰레기통에서의 한 떨기 薔薇를 聯想시켰다.」

료헤이(良平)도 亦是, 어떤 때는 가메다(龜田)와 함께 어떤 때는 다른 사람과 함께,『이쁜이』를 찾아다니기도 했다.

「어떻게 보면, 只今부터 팔리기 始作하는 女優가 社會工夫를 하기 爲해서 하루 밤만 선술집의 女主人으로 變身 했던것은 아닌지 몰라. 아니야!, 그렇다면 점포라도 있었을 거 아닌가. 장사를 하는 걸로서는 料金이 너무 低廉(저렴)했거든.」

「豫想의 半값 이었다니까.」

쓰루가와(鶴川)가 깊은 생각에 빠진 듯이 고개를 갸우뚱거리며,

「그건 말이야 가메다(龜田), 너의 理科係 進學을 막고 文科로 進學하게 하려는 天使의 化身이였는지도 모른다.」

「아니라면, 惡魔가 나의 意志를 試驗했는지도 모르지.」

「글쎄, 그런대로 좋 잖냐.」

료헤이(良平)가 가메다(龜田)의 어깨를 두드려 주었다.

「健實하게 試驗을 치렀다 하더라도 於此彼 떨어질게 뻔하거든. 前夜에 美女에게 끌리어 너무 마신 德으로 一生의 進路를 그르쳤다. 이렇게 해 두기로 하지.

너의 放蕩無賴의 人生의 履歷에 貫祿(관록)을 하나 더 부친 것이다. 이제부터의 受驗生들에게 너의 그 勇氣

를 말해주지. 그는 그렇고 쓰루가와(鶴川), 가짜 와세다(早稻田)生, 난 자네에 對해서는 아는 게 하나도 없다. 이제부터 한 지붕 아래에서 살게 되었다. 自己 紹介를 해 보거라.」

「알겠습니다.」

「와까스기(若杉)先輩님은 外地로부터의 歸還者로 들어 알고 있습니다. 전, 戰爭 孤兒 입니다. 原爆孤兒입죠.」

쓰루가와(鶴川)는 나가사끼(長崎)에서 태어났다. 小學校 六學年때에, 學童 疎開로 도요쓰(豊津)의 할아버지宅으로 옮겨왔다. 그래서 도요쓰(豊津)中學校에 入學하였고, 一學年 때의 그날, 나가사끼(長崎)에 原子爆彈이 投下되었으며, 그로 因하여 一擧에 父母님과 어린 두 女同生을 잃었다.

「그래서 전 말입니다. 日本國 天皇과 政府와 軍部의 無條件降伏을 宏壯히 미워했습니다. 降伏하려면, 왜…. 전요, 이 世上 모두가 詐欺라고 생각하걸랑요. 제가 가짜 學生으로 行世하는 것도 當然하지 않습니까? 누구도 非難 못하리라 생각해요.」

쓰루가와(鶴川)는 혀로 입술을 핥으면서, 가메다(龜田)쪽을 바라본다.

「네게도 아직 말하지 않은 것이 있는데 發表해 볼꺼

나?」

「으음.」

「도쿄에 와서 모두들은 大學에 들어갔지요. 내가 最初로 한 일은 그게 아니었습니다. 놀라지들 말아요, 强姦입니다.」

도쿄에 와서, 쓰루가와(鶴川)는 요다야(代田谷)의 큰아버지宅에서 身世를 지고 있었다. 그 큰아버지에게는 高校 一學年의 딸이 있었다. 原爆으로 죽은 同生과 매우 닮았었다.

「얼굴은 닮았지만 마음은 꽤나 못돼먹었어요. 상냥하고 얌전한 同生에 比하여, 性質이 고약하고, 얻어먹고 있는 나를 輕蔑할뿐만 아니라 피아노를 배운답시고 뻐기지 뭡니까. 큰아버지는 종이의 暗去來 브로커(Broker)로서, 돈을 많이 벌었어요. 自身의 同生이 原爆으로 목숨을 잃었는데도 戰爭 肯定論者 입니다. 戰爭 때문에 돈을 많이 벌었으니까요.」

쓰루가와(鶴川)는 高校 一學年인 딸에게 敵意를 품고서,
(저 계집애의 저런 倨慢스런 낯짝을 짓이겨 버리려면 어떻게 하면 될까.)
를 여러 모로 생각한끝에, 結局 强姦이 最上의 方法이라고 結論 지었다. 그러든 中, 어느 日曜日, 집안에는 그

딸애와 단둘이 있는 찬스가 왔다. 피아노를 치고 있는 그녀의 뒤로 몰래 다가가서, 재빨리 끌어안았다.

「그 瞬間, 내가 무엇을 느꼈다고 생각하나요? 自身의 詐欺性이었죠. 난 그女를 미워했기 때문에 强姦을 해 버리자고 計劃을 짰던 겁니다. 그게 아니었어요. 勿論, 愛情은 아닙니다. 난, 하고 싶었어요. 손바닥에 乳房의 感觸이 느껴지자, 確實히 그것을 알게 되었습니다.」

쓰루가와(鶴川)의 腕力앞에서는, 少女의 必死的인 抵抗도 必要없었다. 今方 그女의 下半身은 발가벗겨졌다.

「實은 나는 始終 無言으로 하고 싶었어요. 그러나, 敵의 抵抗을 부드럽게 하 기 爲해서, "좋아 해" "갖고싶다"를 反復했죠.」

二

료헤이(良平)는 어안이 벙벙해져 버렸다.

쓰루가와(鶴川)는 여드름투성이의 가메다(龜田)와는 달리, 白色의 美 少年으로서, 어느宅 도련님 모습이다. 텁텁한 와세다(早稻田)의 가짜學生 보다도 게이오(慶應)의 가짜 學生쪽이 어울리는 얼굴이다. 그런 男子의 입으로부터, 생각지도 못했던 告白을 듣게 되었다.

「거짓말 한다고 생각하지 말아요.」
쓰루가와(鶴川)는 료헤이(良平)에게 그렇게 다짐을 놓고서, 燒酒를 한 모금 훌쩍 마시고, 소의 內臟 굽은 것을 입으로 가져간다.
「전 말입니다.」
료헤이(良平)를 對하는 말과 가메다(龜田)에게 하는 말을 막힘이 없이 잘도 分揀해서 使用한다.
「저의 性慾을 滿足시키는 名分을 만들어 준 것으로서, 그 계집애의 倨慢함에 愛情마져 느꼈습니다. 그래서 저의 말은 거짓말만은 아니었습죠. 勿論, 그때에는 전 이 暗去來 부로커의 집을 나올 생각 이었습니다.」
그런 쓰루가와(鶴川)가 보다 놀란 것은, 세차게 抵抗을 繼續하고 있는 少女의 손을 뿌리치고 그의 秘部에 손을 갖다 대었을 때였다.
「놀랐지 뭐야. 벌써.」
가메다(龜田)쪽을 돌아다보면서,
「젖어 있지 뭐야, 흥건하게.」
쓰루가와(鶴川)의 손이 그 따스한 部位를 만져가자, 少女는 悲鳴을 질렀다. 그렇지만 그것은 보통 내어지르는 悲鳴과는 다른 것으로서, 性感覺의 電流가 흐르고 있기 때문이라고 얼른 알아 차렸다. 여기서 쓰루가와(鶴川)는

暫時동안 强姦完遂에 直行하지 않고, 손가락 愛撫를 繼續하기로 했다. 少女는 끊임없이 悲鳴을 지르고, 엉덩이를 뒤틀면서, 쓰루가와(鶴川)의 손으로부터 멀어지려고 하는가하면, 反對로 밀어 올리기도 한다. 暫時동안 손가락의 感觸과 少女의 反應을 즐기고 있던 쓰루가와(鶴川)는, 드디어 本來의 目的으로 되돌아 갈 것을 自身에게 命令했다.

少女를 즐겁게 해 주는 것이 目的이 아니고, 自身이 滿足하는 것이 目的 이었기 때문이다.

「反應으로 봐서, 어쩌면 處女가 아닌지도 모른다고 생각했는데, 亦是 숫處女였어요. 貫通할때에, 宏壯한 悲鳴을 내어질렀으니까요. 出血도 宏壯했구요. 틀림없이 處女膜이 두터웠던 가 봐요.」

欲望을 滿足하고서 쓰루가와(鶴川)는 少女로부터 떨어져서 그대로 自身의 房으로 들어가서 밤 낮으로 펴놓은 채로 있는 이불속으로 들어가서, 토스토에후스키-를 읽고 있었다.

「흥, 거짓말 좀 綽綽(작작) 하 거라.」

하고 가메다(龜田)가 소리친다.

「토스토에후스키-의 小說을 읽고 난 後의 貧弱한 空想인게, 이것으로 分明해졌다. 글쎄, 능금을 따는 것도 귀엽군. 그래서, 亦是 토스토에후스키-의 小說처럼 自殺했단 말이냐.」

「아 아니.」

쓰루가와(鶴川)는 고개를 젓는다.

「그 계집애, 한 三十分 後에 옷을 바꾸어 입고 내 방으로 들어왔단다. 들어와서는 그 계집애, 上氣된 목소리로 말하더군.」

「다른 사람에게 所聞 낼 거지?」

「아니. 내입으로는 말 안하지.」

쓰루가와(鶴川)는 册에서 눈을 떼지 않았다. 少女는 쓰루가와(鶴川)의 옆으로 다가와서 앉았다.

「늘 쌍 이런 짓거리만 해 왔던 거니?」

「글쎄다.」

「죽여 버리고 싶어. 짐승 같은 子息.」

여기서 쓰루가와(鶴川)는 册을 놓고서 上體를 일으키면서, 느닷없이 少女의 뺨에 손바닥을 날렸다.

「건방 떨지 마. 넌 나의 애를 妊娠 할는지도 몰라, 이 계집애야.」

少女는 兩손으로 뺨을 감싸고, 痛憤한 눈물로 가득찬 눈으로 쓰루가와(鶴川)를 노려보는 것이다. 性質이 고약하다는 것을 한눈에 알아 볼 수 있는 눈매였다.

쓰루가와(鶴川)는 다시 뺨을 한대 더 갈기고선, 팔을 끌어당기면서, 이불위로 넘어뜨렸다.

「또다시 걷잡을 수 없이 타 오르던 걸요. 한 번 더 안아 주었죠. 바닥에 뉘이고 속옷을 벗겨도 反抗 한번 하지 않고 그냥 벌려 주더군요.」

少女는 父母에게 이르지는 않았지만 쓰루가와(鶴川)는 그 집을 나와서, 親舊의 房에서 暫時 머물다가, 오늘 이렇게 하여 여기로 옮기게 되었던 것이다.

「그런데,」

료헤이(良平)가 물었다.

「暴行 했을 때부터 자네가 그 집을 나올 때까지, 그女의 態度에 變化가 없었단 말 이가?」

「없었어요. 이따금씩 상냥스러움을 내어 보였더라면, 잘못된 짓을 했구나 하는 反省을 했을는지도 모르는데 말씀이야, 그런 氣色이라곤 손톱만큼도 보이지 않았어요. 그런 계집앱니다요.」

「나쁜 놈이군, 자넨 말이야.」

마시고 있는中에 사까다·가쓰나리(酒田一成)가 돌아왔다. 와세다(早稻田)의 政經學部에 다니고 있다. 스트레이트로 入學했기 때문에 二學年이다. 以前부터 쓰루가와(鶴川)를 알고 있는 것 같고,

「여어, 別故 없었나.」

하고 말하고서 座席에 앉았다. 가메다(龜田)가 재빨리 燒酒盞을 건네면서 쓰루가와(鶴川)가 옮기게 된 自初至終을 說明하자, 쓰루가와(鶴川)는 姿勢를 고치면서 人事를 한다.

「어젯밤은 어찌된 일이야?」

사까다(酒田)가 그렇게 물은 것은 若干 後였고, 료헤이(良平)는 화끈하게 털어 놓으면서,

「女子에게 이끌려서 가서 그女 집에서 자고 왔다.」

하고 말했다.

「끌고 간 것이 아니고 끌려갔다 이 말이군.」

「그렇다.」

료헤이(良平)가 事情을 說明하기 始作하자, 途中에서 가메다(龜田)가 부어오른 목소리로 말했다.

「都大體가 무슨 일이야? 바로 只今 쓰루가와(鶴川)의 소름끼치는 이야기를 듣고 있다고 생각했는데, 이번에는 先輩란 말이지? 誠實한 놈은 나밖에 없잖나?」

사까다(酒田)도 呻吟을 吐한다.

「와세다(早稻田)의 女學生으로서, 產兒制限의 고무製品을 가지고 있었단 말 이가? 너, 病은 念慮 없겠지?」

「글쎄다, 念慮는 없다고 생각은 되지만.」

쓰루가와(鶴川)는 고개를 갸우뚱 한다.

「그 女子, 설마하니 가짜學生은 아닌가요? 저, 요전번에, 가짜 女學生과 어울렸는데요, 이쪽도 가짜學生 이었으니까 재미있던 걸요. 여우와 늑대가 서로 遁甲을 하고서 만난 것이니까요.」

「아니야. 房안의 册을 보았다. 確實히 文學部의 텍스트(Text)가 꽂혀 있던 걸. 가짜는 아니었다. 그러나, 學校에는 거의 나가지 않는 것 같아.」

사까다(酒田)는 료헤이(良平)들의 酒宴을 모르고 있었기 때문에, 나리마쓰驛前의 生鮮가게에서 정어리를 사가지고 왔었다. 그것을 솜씨 좋게 소금구이로 만들었다.

風爐를 窓밖의 마당에 내어놓고 굽으면서, 房안의 酒宴에 合勢하고 있다. 료헤이(良平)는 窓곁에 燒酒컵을 들고 서서, 고양이의 接近을 지키고 있다. 정어리 타는 냄새가 房안으로 흘러들어왔다.

「전, 이 냄새를 맡으면 어릴 때 생각이 납니다.」

하고 쓰루가와(鶴川)가 말했다.

「나가사끼(長崎)는 정어리 本고장 이거든요. 막 건져 올린 싱싱한 놈은 횟감으로는 그만입니다. 돌아가신 아버지께서 좋아하셨죠. 原爆으로 도라 가실 때, 정어리 맛을 생각할 틈이나 있었을까요.」

「그보다도, 그女가 妊娠이라도 했다면 어떡할 셈이야?」
「適當히 處理 하겠죠, 뭐.」
쓰루가와(鶴川)는 싱긋하고 웃는다.
「설마하니 미운 나의 새끼를 낳을 理가 없잖아요?」
「아니야, 모르는 일이다, 너.」
要点만 추려서 료헤이(良平)가 들려주자, 사까다(酒田)는 쓰루가와(鶴川)를 드려다 본다.
「女心은 그 振幅이 甚한거니까.」
「그보다도.」
가메다(龜田)가 사까다(酒田)의 컵에 燒酒를 따르면서 말했다.
「와까스기(若杉) 先輩의 惡業을 요시꼬(美子)氏에게 報告 해 주십시요.」
「응, 只今 그것을 생각하고 있는 中이다.」
「別로 惡業은 아니잖나.」
그렇게 말하고선, 료헤이(良平)는 정어리를 뒤집기 爲해서 마당으로 나갔다. 그곳에, 곤도(近藤)와 같은 房의 마쓰노·세이지로(松野淸次郎)가 무우와 시금치를 한아름 안고 돌아 왔다. 료헤이(良平)가 말했다.
「사가지고 온 것을 모조리 가져와라. 그리고, 이불을 가지고 典當鋪에가서 돌아오는 길에 燒酒를 몇 甁 사 가지고 와라.」

마쓰노(松野)는 今年에 第二政經學部에 들어갔다. 낮에는 아르바이트를 하고 있다. 오늘 밤에는 講義를 빼 먹고서 곧바로 돌아 온 것이다.

「또 무슨 일이가?」

「새 食口의 歡迎會다. 마시고 싶지 않지만, 紅塵世上의 義理라 생각해 주자 구.」

「그렇군. 괴로운 義理로군. 그런데, 맛있는 냄새가 나는데. 뱃속이 울고 난리다.」

마쓰노(松野)는 연기에 얼굴을 들이 밀고서 코를 벌름거린다.

8
酒宴

一

마쓰노·세이지로(松野淸次郞)는 곧 이불을 둘레메고 典當鋪로 向했다.
가메다(龜田)가,
「나도 함께 가고 싶은데.」
若干 부러운 얼굴모습이다. 典當鋪는 고다이(高台)에 있다. 普通의 典當鋪가 아니고, 그곳의 主人의 本業은 寶石商이다. 夫人이 內職삼아 運營하고 있는 것이다. 그 夫人이 妖艶스런 美女였다. 妓生出身 이었음을 한눈에 알아볼 수 있다.
료헤이(良平)도 언젠가 그 典當鋪의 門을 두드린 때가 있었다. 所聞이 藉藉(자자)한 美女의 얼굴이 보고 싶어서가 아니라 곤도(近藤)들에게 돈을 빼앗겨 버렸을 때였다. 아직 같은 房에서 살고 있을 때였다.

사서 使用한지 半年도 채 안된 電氣스탠드를 가지고 갔다. 한 房에 여러 名이 居處하고 있기 때문에 이불이나 電氣스탠드는 남 아 돌았다.

「當身도 저쪽에 살고 있는 學生인가요. 都大體 몇 名이 살고 있나요.」

美女는 질렸다는 얼굴로 그렇게 말하면서, 어쩐 일인지 살 때의 값보다도 두 倍나 더 쳐서 빌려 주었다.

「이렇게 많이 주셔도 괜찮습니까.」

「허지만 그 程度 必要 하겠죠?」

「그야 必要는 합니다만.」

「그럼, 가져가세요.」

얼굴이 아름다울 뿐 아니라 마음씨도 시원해서, 곤도(近藤)도 가메다(龜田)도 온통 빠져있다.

이불을 둘러메고 갔던 마쓰노(松野)가 燒酒瓶을 들고 돌아와서, 酒宴에 合勢했다.

료헤이(良平)가 마쓰노(松野)를 쓰루가와(鶴川)에게 紹介시켰다.

「이 마쓰노(松野)는 말이야, 壁欌 속에서 잔단다. 只今은 여섯장짜리 房에서 셋이서 살고 있으니까, 壁欌속에서 잘 必要가 없지. 그런데도, 壁欌속에서 잔단다.

왜? 그러는지 알겠냐?」

「孤獨을 즐기는 거겠죠? 안 그러면, 곤도(近藤)先輩가 시끄러워서 겠 거나.」

「으음, 곤도(近藤)의 演說이 시끄러운 것은 事實이지. 그런 点 도 있긴 있어. 그러나, 보다 큰 理由는 말이다, 매스 (Mass)를 爲해서다.」

※【Mass=카도릭의 미사, 여기서는 男性의 自慰行爲를 일걸음】

「에?」

「小人이 閑居하면 손가락 장난을 한다. 옳지 못한 짓이지. 이 親舊는 그것의 專門家란다. 그 点에있어서는 언제든 이 親舊에게 付託해라.」

이제 마시기 始作한 마쓰노(松野)는 苦笑를 禁치 못하면서,

「眞짜 같은 말은 하지 말거라. 戀人이 생기지 못한단 말이다.」

되려 反論을 하지 않는 것을 보면, 現場을 目擊 當한 일이 있기 때문이다.

마쓰노(松野)는 農家 出身이다. 도요쓰(豊津)를 卒業하

고서는 進學이나 就職도 하지 않고, 家業을 따라서 삽을 잡았었다.

韓半島에서 戰爭이 일어났던 날은 마쓰노(松野)가 료헤이(良平)의 집에 놀러왔었을 때였다. 두 사람은 저녁무렵의 海邊을 거닐면서, 도쿄에 가서 들 있는 親舊들 이야기나 自身들이 앞으로 해 나갈 일에 對하여 이야기를 나누었다.

다음날 아침 朝刊新聞에 戰爭의 誘發을 알게 되었었다. 蘇聯의 使嗾(사주)를 받은 북쪽 共產軍이 宣戰布告도 없이 새벽에 쳐내려 왔다고 新聞에 大書特筆로 記事가 실렸었다.

兵力이나 軍備面에서 엄청난 劣勢를 면치 못하는 南側 軍隊는 일치감치 壞滅(괴멸)을 當할 程度로 混亂에 빠져버렸다고 했다.

얼마後에, 마쓰노(松野)는 家出하다시피 上京해서 이곳에 살게 되었다. 그때에, 이 집에는 곤도(近藤)와 후지이·하루오(藤井春雄)만 있었다. 그러니까, 마쓰노(松野)는 이 집에 있어서는 료헤이(良平)의 先輩인 셈이다.

와세다(早稻田)에 들어간 것은 료헤이(良平)와 같이 今年 봄 이었다.

료헤이(良平)도 그랬었지 만, 마쓰노(松野)도, 후지이(藤

井)도, 곤도(近藤)에게서 刺戟을 받고서 上京 했었다.
곤도(近藤)는 그의 卓越한 實行力으로, 結果的으로는 료헤이(良平)들을 爲해서 우연찮게 도쿄(東京)에서의 발판을 마련해 놓았던 셈이다.
「그런데, 마쓰노(松野)先輩는 낮에는 어디에 勤務하고 있습니까?」
「大藏省의 外廓團體다. 不定期的인 아르바이트보다 收入은 적지만 일도 수월하고, 安定되어 있으니까.」
「그것도 곤도(近藤)가 周旋 해 주었단다.」
하고 사까다(酒田)가 感歎과 함께 말했다.
「곤도(近藤)의 아는 사람이 大藏省에서 係長으로 勤務하고 있단다. 그 사람에게 付託한 거지. 그 子息은 自身의 일에도 手段을 가리지 않지만, 다른 사람의 일에도 마찬가지다. 어쩌면, 知性을 가추고 나면 將來 大政治家의 素質이 있어. 나도 그치와는 싸움도 많이 해 왔다. 只今도 그치의 생각에는 贊成 할 수가 없는 点이 많거든. 그런데, 強靭(강인)한 實行力에는 머리를 숙이지 않을 수 없어.」
「가짜 學生은 나뿐인가 봐요. 나도 來年에는 어디엔가 들어가지 않으면 안 되겠군요.」
「아 아니, 마쓰노(松野)도 후지이(藤井)도, 五月까지는 가짜 學生이었다. 於此彼 와세다(早稻田)의 帽子를 쓰게 될 테니까, 한발 먼저 뱃지를 달게 된 것 뿐이야.」

「그렇단다.」

가메다(龜田)가 쓰루가와(鶴川)의 어깨를 두드려주었다.

「마음에 둘것 없어. 그러다가 어디엔가 大學에 들어가는 거야. 入學金 程度, 眞짜 合格만 된다면, 어떻게 되겠지. 學生證만 있다면 밥은 어떻게든 먹을 수 있고, 適當히 해 나가다 보면 卒業하게 되는 게야.」

얼른 모두에게 따라 붙으려고 핏치(Pitch)를 올리고 있던 마쓰노(松野)도 이젠 醉氣가 올랐다.

천천히 안주머니에서 電車 定期券 수첩을 끄집어내었다. 그것을 보고서 료헤이(良平)는,

「하-뿔사!」

하고 말했다.

「왜 그러는데?」

「아니, 아까번에 곤도(近藤)가 와세다(早稻田)에 갔다.」

「그게 어 땠는데?」

「그치, 定期券이 끊어졌다. 그래서, 돈을 꾸어갔단다. 내가 定期券을 가지고 있다는 것을 깜빡 했지 뭐냐.」

「으응, 子息, 너도 곤도(近藤)도 머리가 若干 어찌 된거

아냐? 아까워 죽겠네. 往復이라면 燒酒 한 甁은 損害 봤다. 앞으로 注意 해.」

二

마쓰노(松野)가 定期券 수첩에서 끄집어 낸 것은 한 장의 寫眞이었다.
「저 子息, 또 끄집어낸다.」
사까다(酒田)가 苦笑를 禁치못한다.
相關없이 마쓰노(松野)는 그 寫眞에다 입을 맞춘다.
「오오, 나의 후사꼬(ふさ子)여.」
하고 말했다.
「只今쯤 무얼 하고 있을까. 아마도, 이미 밤이 되었으니까 어디 누군가의 男子의 품에 안겨 있겠지.」
료헤이(良平)들은 익숙해 있다. 마쓰노(松野)가 故鄕에 두고 온 戀人은 대단한 바람둥이 인 것 같다.
라기 보다, 純情한 마쓰노(松野)의 마음을 愚弄하고 있는 妖婦라고 하는 便이 더 낳을는지도 모르겠다. 마을의 몇인지도 모르는 젊은 男子들과 奔放하게 놀고 있으면서도, 마쓰노(松野)와는 아직도 키스 한번 하지도 않았는데, 그런 주제들에 將來를 約束했다고 한다.

「뻔한 事實이지 뭐.」

가메다(龜田)가 冷笑를 보낸다.

「先輩는 속고 있는 거요. 先輩를 생각하는 때는 便紙를 받을 그때뿐이란 말이요. 그 便紙를 다른 男子에게 보여주면서 낄낄거리고 있음에 틀림없어.」

쓰루가와(鶴川)가 寫眞을 슬쩍 드려다 본다.

「오오, 제법 챠-밍-(Charming)한 사람이 아닙니까.」

「자네도 그렇게 생각하나? 챠-밍-하니까 困難 해. 男子 새끼들이 가만 두지를 않거든. 그런데 그女는 男子의 誘惑을 뿌리칠 方法을 몰라. 사람이 너무 좋아서, 拒絶하면 나쁜 일이라고 생각한단 말씀이야.」

「그런 女子가 있을 까요.」

쓰루가와(鶴川)가 歎息을 하면서,

「그런데도 마쓰노(松野)先輩님은 그女子를 사랑하고 있습니까?」

「사랑한다고 했나. 萬一에 그 女子로부터 마음이 變했다는 電報라도 와 봐라. 이 親舊는 모든 것을 팽개치고 달려 갈 거다. 根本부터 와세다(早稻田)的이야.」

마쓰노(松野)는 다시 한 番 寫眞에다 입을 맞추고는 所重하게 定期券 수첩에 넣고서 안주머니에 넣었다.

「자아, 마시자꾸나.」

하면서 자리를 고쳐 앉았다.

「나쁜 女子라고 생각하면서도, 사랑하는 感情은 어쩔 道理가 없단다.」

「그것이 사랑인거지. 그것 때문에, 前途가 茫茫한 젊은 이들이 哀惜(애석)하게도 前途有望한 人生을 헛되이 보내고 말았지. 女子를 사는 것도 좋아. 女子를 꾀는 것도 좋지. 그러나 女子에게 빠지면 안 돼.」

사까다(酒田)가 道가 텄다는 듯한 얼굴로 그렇게 말한다.

「아냐, 그런 게 아냐.」

마쓰노(松野)가 얼른 反論을 提起한다.

「사랑 없는 女子놀음은, 믿음 없는 念佛과 같은 거다. 無意味한 作業일 뿐이지. 사랑하는 것이야말로 삶의 價値가 있는 거다.」

「錯覺은 그만 해.」

「아니야, 錯覺이래도 좋다. 於此彼, 人生 그 自體가 커다란 錯覺이잖니. 情熱도 없이 산다는 게 뭐가 즐거운 거야?」

「네게 있는 것은 사랑의 즐거움보다 괴로움 뿐이잖나.」

「그래도 좋다. 나는 후사꼬의 懦弱(나약)함을 잘 알고 있단다. 그女는, 너희들이 말하고 있는 것만큼 妖婦가 아니야. 善良 그 自體란다. 부처의 마음을 가지고 있단다. 너희들 같은 俗物 들은 그것을 알 턱이 없어.」

「아니요, 전 알 것 같아요.」

쓰루가와(鶴川)가 마쓰노(松野)와 입을 맞춘다.

「제가 强姦할때의 이야기입니다만, 그女는 怪物 이었어요. 그女에 比한다면, 이야기를 듣고 보니, 후사꼬氏는 너무 귀여워요. 만나고 싶어 졌습니다.」

「그렇지. 넌 알아주는구면.」

마쓰노(松野)는 쓰루가와(鶴川)의 어깨를 보듬어 안아준다. 사까다(酒田)가 가메다(龜田)의 어깨를 두드린다.

「요즈음은 너도, 마쓰노(松野)에게 그 알량한 名聲마져도 빼앗겨 버렸구나.」

「하는 수 없지 뭐요.」

가메다(龜田)는 燒酒를 홀쩍인다.

「나의 사랑은 모두가 가짜였다. 마쓰노(松野)先輩의 사랑은 眞짜인데 말이야.」

「호오, 가짜라고 알기는 알고 있단 말이지.?」

「글쎄요, 가짜겠죠. 마쓰노(松野) 先輩와 比較해보니까 漸漸 그렇게 느껴지는데.」

헌데 完全히 후사꼬에의 慕情에 빠져있던 마쓰노(松野)

가, 急히 時計를 보면서, 사까다(酒田)를 바라보았다.

「어이 사까다(酒田), 좀 있으면 곤도(近藤)가 돌아온다. 韓半島 戰爭에 對해서 어느 쪽이 먼저 총을 쏘았다던가 하는 것은 오늘밤에는 그만 둬 줘.」

「알겠다.」

사까다(酒田)가 首肯한다

「오늘밤 論爭은 그만 두지.」

쓰루가와(鶴川)가 異常하다는 듯한 얼굴을 한다.

가메다(龜田)가 說明을 해 준다.

「사까다(酒田)先輩와 곤도(近藤)先輩는 말이야, 마시면 반드시 論爭을 한단다. 韓半島의 戰爭에서, 맨 처음 戰爭을 일으킨 쪽은 北쪽인가 南쪽인가, 自由쪽에 포인트(Point)를 둘 것인가, 平等쪽에 둘 것인가 等等. 이 두 사람에게 論爭을 하게 내 버려두면 이 밤이 다 새어버린단다. 쏘련의 使嗾(사주)를 받은 北쪽 金日成의 불장난 이었다는 것은 이미 世上이 다 아는 事實인데도 말씀이야.」

「헤에, 그런 어려운 것을 論爭한다 이거군요.」

「別로 어려운 것은 아니지만, 結論이 나지를 않아. 相對가 말하는 것을 들으려 하지 않고, 自身이 하고 싶은 말만 하니까.」

三

곤도(近藤)가 후지이·하루오(藤井春雄)와 함께 목청을 높혀 軍歌를 부르면서 돌아 왔다.

「저런 저런.」

사까다(酒田)가 고개를 흔든다.

「마치 十年前의 高校生 같애. 近處의 여러분들에게 이 쪽마저 좋잖은 誤解를 받는다니까.」

마쓰노(松野)가 玄關으로 나가서 두 사람을 맞이한다.

두 사람은 自己들 房으로 들어가지 않고 곧바로 료헤이(良平)의 房으로 들어왔다. 그런데 료헤이(良平)의 房은 다다미 석장만 깔려있기 때문에 앉을 자리가 없다. 그래서 燒酒瓶과 냄비 접시 等을 들고서 곤도(近藤)들의 房으로 옮겼다. 새롭게스리 모두들 乾杯를 했다.

「이렇게 되어서 우리들은 일곱 사람이 되었다. 一個聯隊다. 일곱이나 되고 보니 누구든 돈을 가지고 있게 되니까 마음이 든든해지는데.」

쓰루가와(鶴川)는 언젠가 곤도(近藤)와 이야기한 적이 있는 것 같다. 후지이(藤井)와는 처음인 것 같아서, 곤도(近藤)가 紹介를 했다.

「도요쓰(豊津)를 나와서 도쿄의 大學에 들어온 사람은

많이있다. 그러나, 그들 大部分은 집으로부터 充分하게 送金을 받고 있기 때문에 優雅한 生活들을 하고 있다. 苦學力行의 覺悟로 집을 나선 것은 내가 第一號이고, 第二號가 후지이(藤井)이다.」

후지이·하루오(藤井春雄)의 運命을 뒤바꿔 놓은 것은, 여름 放學에 歸鄕한 곤도(近藤)와 유꾸하시(行橋)에서 만났기 때문이었다.

「너, 무얼 하고 있는 거니.? 뭐라꼬.? 每日같이 놀고 있다고.? 어쩔 수없는 子息 이로구나. 도쿄로 올라와라. 나의 學生證을 빌려 줄 테니까. 아르바이트는 얼마든지 있어. 가짜 學生으로 있으면서 아르바이트를 해 봐라. 그러면서, 도쿄의 어딘가 夜間大學을 찾아보는 거야. 學資金과 生活費는 어떻게 할 수가 있단다. 이런 시골구석에 쳐 박혀 있어 봤댔자 아무것도 될 수가 없어.」

꼬임에 빠져서 奮發한 후지이(藤井)는 여름放學이 끝나고 上京하는 곤도(近藤)를 따라와서, 只今처럼 同居하게 되었던 것이다.

「이 子息도 말씀이야.」

하고 곤도(近藤)가 說明한다.

「亦是 시골에 좋아하는 계집애가 있단다. 벌써 그女와

는 깊은 關係로 까지 갔었는 것 같아.」

「그랬었지.」

후지이(藤井)는 燒酒盞을 단숨에 들이 키고 서는,

「벌써 깊은 關係였었지.」

「그런데, 이 子息은 그런 사랑을 팽개쳐 버리고 上京했던 거야. 그것만 봐서도 이 子息은 대단한 子息이다.」

「只今은 어디에 다니고 있습니까?」

「낮에는 工場에서 일하지. 別로 일은 없지만 좋은 給料란다. 헌데, 마쓰노(松野), 典當鋪의 아주머니는 잘 계시더냐?」

「아, 아, 變함없이 멋진 냄새를 풍기고 있던데.」

「한번이래도 좋으니까 그런 女子를 껴안고 싶다 야.」

「아무래도 네게는 無理인것 같애. 넌 二町目의 女子가 어울려.」

「쓰루가와(鶴川), 자네는 어디에서 사는 게야? 지키팡이니?」

지키팡이란 街娼을 말함이다. 먼저 性病 保菌者라고 생각하면 틀림없다.

「아닙니다. 전 女子는 사지 않아요.」

「호오. 그럼 이것이 있단 말이지?」

새끼손가락을 들어 보인다.

「아니요, 없습니다.」

「그럼, 어떤 式으로 處理하지?」

「適當히 하고 있습죠, 뭐.」

「으음, 適當히 말이지. 글쎄, 그것도 좋겠지. 난 月給날에는 二町目으로 가게 되어 있다. 어머니로부터, "快樂은 一瞬間," "後悔는 平生"이라 하는 便紙가 오지만, 앗,핫핫핫, 맛을 알고 난 내게 對한 說敎치고는 너무 늦어버렸다.」

곤도(近藤)는 술을 마시면서 밥도 같이 먹는다. 먹는 모습도 豪快하다. 두 공기나 먹고 나서,

「좋을시고, 이제 사 뱃속의 버러지가 잠잠해 지는군. 자아, 이제부터 마시는 거다.」

「注意해라.」

건너편 팔조 房과 저쪽의 육조 房에는 各各 젊은 夫婦가 살고 있기 때문이다.

「벌써, 열 時가 자났다. 노래는 禁止. 큰 목소리도 禁止다.」

모두는 그 点에 對해서는 神經을 쓰고 있다. 그런데도, 어느 사이에 큰 목소리가 티어 나오고는, 핀잔을 받기도 한다.

가메다(龜田)가 곤도(近藤)에게 료헤이(良平)의 어젯밤

의 아방튀르- 을 報告했다.

「요 子息, 우우우.」

곤도(近藤)가 呻吟을 吐한다.

「電車안에서도 그런 幸運이 숨어 있단 말 이가.」

「恒常 마음 씀씀이가 善良하니까.」

「그 女子를 내게 紹介시켜 줘라.」

「紹介해도 좋아. 於此彼, 아르바이트 하는 곳의 손님과 놀고 있을 테니까.」

첫 번째로 가메다(龜田)가 벌렁 나가떨어졌다. 다음으로 마쓰노(松野)가 비틀비틀 옷장 속으로 들어가더니 녹아떨어졌다.

쓰루가와(鶴川)가 흐느적거리는 가메다(龜田)를 끌고 서 自己네들 房으로 가버렸고, 료헤이(良平)도 자리를 일어섰다.

「나도 前날 밤부터 繼續이다. 이쯤에서 그만 할래.」

사까다(酒田)가 료헤이(良平)를 올려다본다.

「난 조금만 더 곤도(近藤)와 함께 하겠다.」

「論爭은 하지 말어. 論爭이 始作되면 自然히 목소리가 높아질 테니까.」

료헤이(良平)는 마당으로 나가서 深呼吸을 했다.

보름달에 가까운 달이 中天에 떠있다. 별들도 수없이 반짝이고 있다.
(자-, 來日은 忠實하게 敎室에 나가지 않으면 안 돼.)
곤도(近藤)들의 房에서, 곤도(近藤)와 사까다(酒田)의 論爭하는 소리가 아까부터 들리기 始作 했다.

9
한장의 葉書

一

서로서로가 어떤 類의 小說을 쓸 것인가 알아 둘 必要가 있다.

그 小說을, 此後에 만들 雜誌에 揭載 할 것인가 아닌가는 別途로 하고, 서로 돌려가며 읽어보지 않겠냐는 것에 對해서는 이야기가 끝났다.

료헤이(良平)가 提案 했었다.

「但只 돌려가며 읽어보는데서 끝난다면 別로 보람이 없어. 읽어 본 後에, 檢討하고, 投票를 해서, 點數가 第一 많은 作品을, 이것이 佛文學의 이번 달의 代表作이라 이름을 붙여서, 누군가 先輩 作家에게 보여 드리는 게 어때.?」

「읽어 줄 것 같애.?」

세끼모도·히데오(關本英男)가 一蹴해 버린다.

「肉筆原稿를 읽어 줄 것 같지 않아.」

「아니야. 付託해 보지 않고서는 모르는 일이야. 佛文科에서 同人雜誌를 만들 우리들의 企劃을 알고서 參加하려는 者는 여기 다섯뿐이다. 다른 여러 애들도 作家志望이겠지. 그러나, 아직은 쓰는 사람도 없지만, 사람에게 보일 수 있는 勇氣도 없겠지. 그렇다면, 우리들이 뽑은 것은, 名實公히 쇼오와(昭和)二十六年에 入學한 佛文科의 代表作이 되는 것이다. 個人的으로 보낸다면 읽어주지 않겠지. 選擇된 作品이라고 한다면 읽어줄게 틀림없어.」

「그럼 그것을 아까하네·후미오(丹羽文雄)氏에게 付託하겠다는 말 이가.?」

「그렇다. 目標는 높을수록 좋은 거야.」

「어떻게 付託한다는 거지.?」

료헤이(良平)는 아까하네·후미오(丹羽文雄)氏에게 葉書를 띠웠다.

『小生은 今年度에 入學한 와세다(早稻田)大學 佛文科의 學生입니다. 이번에 뜻을 같이하는 同僚들과 相議

해서 各各 習作을 모아서 그 中에 한 作品을 選擇하여 先輩作家님의 批評을 請하기로 하였습니다. 萬一 先生님께서 저희들의 願望을 들어 주신다면, 더 以上의 榮光이 없겠습니다. 多忙하신 中에 정말 廉恥없는 付託이겠습니다만, 後輩를 길러주시는 意味에서 엎드려 付託 드립니다.』

아까하네·후미오(丹羽文雄)氏에게는 男女를 不問코 全國의 文學靑年들에게서, 數도 없는 便紙가 오고 있겠지. 료헤이(良平)의 便紙는 눈에 뜨이지 않을는지도 모르겠다. 료헤이(良平)는 別로 期待도 하지 않았었다.
어느날 學校에서 돌아오니까, 쓰루가와(鶴川)가 뛰어나왔다.
「와까스기(若杉)先輩, 祝杯 입니다.」
그렇게 말하면서, 興奮한 表情으로 한통의 葉書를 내어주었다. 達筆로, 료헤이(良平)의 住所와 이름이 쓰여 저 있다. 보내는 사람의 고무도장이 찍혀져 있다.
아까하네·후미오(丹羽文雄)氏로부터의 答狀 이었다.
「앗, 答狀이 왔단 말 이가.」
돌려서 뒤쪽을 보았다.

『언젠가 한번 놀러 오시요, 作品을 選擇하여서.』
丹羽文雄

아까하네·후미오(丹羽文雄)氏의 筆跡을 료헤이(良平)는 알고 있다.

와세다(早稻田)에 들어오기前 알바 일을 하고 있을 때에, 用務次 자주 주후노도모사(主婦之友社)앞을 지났다. 그 쇼-윈도우-에 몇 분인가 流行作家의 原稿가 展示되어 있었고, 그 中에 아까하네·후미오(丹羽文雄)氏의 것도 있었던 것이다.

雜誌의 그라비아(寫眞印刷物)에서도 본 일이 있다. 틀림없는 아까하네·후미오(丹羽文雄)氏의 筆跡 이었다.

弟子나 秘書가 쓴 것이 아니었다.

「쓰루가와(鶴川), 이건 이만저만한 큰 일이 아니야.」

「와까스기(若杉)先輩의 名文이 아까하네(丹羽)先生님의 마음을 두드린 겁니다.」

「아니야, 偶然의 幸運이겠지.」

료헤이(良平)는 葉書를 接었다.

吉報인만큼 얼른 알려주기 爲해서, 가방을 房안에 던져둔 채 이이쓰까(飯塚)의 집으로 달려갔다.

이이쓰까(飯塚)의 집은 니시다께(西武)線 누마부꾸로(沼

袋)에 있다.

兩親은 都內의 다른 집에 살고 있고, 이이쓰까(飯塚)가 살고 있는 집은 二層은 몇 家具에게 貰를 놓고 있다.

親舊들 中에서 제일 잘 살고 있다. 이이쓰까(飯塚)도 즐거워했고, 같은 누마부꾸로(沼袋)의 아파-트에 살고 있는 하야노(早野)에게 알려주려고 갔다.

하야노(早野)도 歡聲을 질렀다.

「놀랍구나 야. 村놈은 이래서 말릴 수 가 없단 말씀이야.」

「느닷없이 찾아간 것이 아냐. 禮義를 차려서 婉曲(완곡)히 付託을 드렸던 거다.」

다까야마(高山)가 勤務하고 있는 곳에 電話를 걸었다.

세 사람은 신쥬꾸(新宿)로 나와서, 다까야마(高山)와 合勢하여 니시구찌(西口)의 아와모리(泡盛り) 집으로 갔다.

※ 【泡盛り=琉球列島(오끼나와의 옛이름)地方의 特産의 燒酒】

아와모리(泡盛り) 燒酒로 乾杯를 했다.

「세끼모도(關本)도, 이 신쥬꾸(新宿)의 어딘가에서 마시고 있을 거야. 만날는지도 모른다.」

하고 다까야마(高山)가 말했다.

「알고 나면, 눈이 번쩍 뜨일 거다.」

「何如튼 間에, 이것은 入門 許可書와 마찬가지니까.」
그러나, 두세 군데를 돌아보았으나, 세끼모도(關本)를 찾지 못하고, 료헤이(良平)는 세 사람을 데리고 에리꼬가 아르바이트로 일하고 있는 집을 찾아 가기로 했다. 이미 에리꼬와의 一夜는 모두에게 이야기해서 알고 있는 事實이었다.
그 술집은 곧 찾을 수 있었다. 가부끼정(歌舞伎町)의 一角에 있는 작은 집으로서 『이찌마루(一丸)』라고 쓴 燈이 매달려있다.
「어이, 비싸게 생겼는데. 燒酒는 팔지 않을지도 몰라.」
「없으면 麥酒라도 마시지 뭐. 낌새를 보구서, 우리들과 身分 不相應이라면, 麥酒 한 瓶 마시고 나와 버리면 되는 거지.」
주렴을 걷어 올리고서, 유리문 너머로 드려다 보았다.

二

客席은 ⊂字形의 카운터-로 꾸며져 있다. 메-뉴-판을 부쳐 놓은 燒酒집과는 달리, 壁에는 그림들이 잔뜩 걸려 있다. 名畫의 複寫版인 듯 하다.
몇 분의 손님이 있고, 日本酒를 마시고 있다. 카운터-의 안쪽에 두 사람의 女子가 있다. 이쪽 켠에 앉아있는 사람이 에리꼬이고, 빨간 카디건(Cardigan＝스웨터)을 입고 있다.
(옳거니, 비쌀 것 같은데. 學生이 보이지 않는다. 우리들이 들락거릴 곳이 못되는데.)
그러나, 료헤이(良平)는 마음을 다잡아먹고서, 門을 열고서 안으로 들어갔다. 다까야마(高山)들도 뒤따랐다.
「어서 오세요.」
에리꼬가 뒤돌아보면서 그렇게 말하고서, 료헤이(良平)의 얼굴을 보고선 눈을 휘둥그레 떴다.
「어머나, 오래간 만이네요. 只今까지, 어째서 한 번도 들리지 않았나요?」
료헤이(良平)를 바라보는 눈이 젖어가는 것을 료헤이(良平)는 느꼈다. 료헤이(良平)쪽에서는 아랫도리가 후끈거려왔다. 몸뚱이만의 關係였기 때문이겠다. 가슴속은 平靜 그대로다.
그런 것을 意識하고 安心을 하고서는,
「비쌀 것 같아서 오지를 못했지. 앉아도 돼?」
「그럼요, 그럼요.」
손님들은 間隔을 두고 앉아들 있다. 白髮도 있고, 머리털이 없는 사람도 있다. 어떻든 間에 社會的으로 相當한

位置에 있는 사람들처럼 보였다. 인테리의 냄새를 풍기는 얼굴들을 하고 있다. 그 손님들에게서 자리를 당겨 받아서, 료헤이(良平)들은 카운터-에 나란히 앉았다.
이이쓰까(飯塚)가 소리를 내 지른다.
「燒酒도 파는 게야?」
「未安합니다.」
에리꼬는 상냥스럽게 머리를 숙였다.
「燒酒는 들려놓지 않습니다.」
「괘씸한지고.」
이이쓰까(飯塚)가 카운터-를 두드린다.
「여기는 人民의 敵이란 말인가?」
「그만 그만 해 둬라.」
다까야마(高山)가 이이쓰까(飯塚)를 制止한다.
「燒酒를 팔지 않는다고 해서, 왜? 人民의 敵이란 말인가.?」
에리꼬의 저쪽에 있는 기모노에다 목까지 가리는 앞치마를 두르고 있는 四十 前後의, 얼굴이 하얀 女子가 主人으로서, 어떤 女俳優에 닮아 있다.
(여기에 오는 아저씨들은, 저 女主人을 相對로해서 마시려 오는구나.)
료헤이(良平)는 곧바로 그런 생각을 했다.

이이쓰까(飯塚)가 소리를 질러 대었는데도 모른척하는 얼굴로, 白髮의 손님들과 이야기를 나누고 있다.
「燒酒는 人民의 술이다. 이것을 拒否하는 술집은 바로 人民을 拒否하는 것이다.」
이이쓰까(飯塚)는 다시 카운터-를 두들긴다.
료헤이(良平)가 말했다.
「그렇다면, 나가라.」
「오오, 나가고말고.」
이이쓰까(飯塚)는 그대로 일어서서 술집을 나갔다. 門을 닫지도 않은 채…….
「나도 가겠다.」
하야노(早野)가 이이쓰까(飯塚)의 뒤를 따른다.
하야노(早野)는 나가서 門을 닫는다.
「이것으로 좋아.」
하고 다까야마(高山)가 말했다.
「더 以上 저치들과 어울렸다간, 이쪽도 돼지우리에 빠져버릴게야. 麥酒를 줘요.」
에리꼬가 麥酒의 병마개를 따면서,
「親舊분들, 괜찮으세요?」
걱정스런 모습으로 묻는다.
「걱정 없어. 마셨을 때에는 언제나 이런 式으로 헤어지니까. 그렇지, 그치들은 애초부터 여기서 마실 意向은 없었어. 나를 바래다주려는 것뿐이야. 가고 싶은 집에 갔겠지. 얌전히 헤어지는 게 멋 적어서, 아까처럼 心術을 부리듯이 하면서 나갔던 거야.」

료헤이(良平)는 에리꼬에게 다까야마(高山)를 紹介했다. 다까야마(高山)는 醉했지만 紳士이기 때문에, 젊잖게 머리를 숙이는 것뿐이다. 이이쓰까(飯塚)라면, "當身말이야, 료헤이(良平)와 이렇쿵 저렇쿵 했다면서." ……이 程度의 것은 말했음에 틀림없다.

에리꼬는 女主人에게 료헤이(良平)를 紹介했다.

「저의 집 近處에서 下宿하고 있는 學生이에요. 그렇지, 요전날 電車에서 도움을 받았다고 했던 바로 그 사람이에요.」

에리꼬가 어디까지 이야기 했는지는 모르겠으나, 女主人은 鄭重하게 人事를 한다.

료헤이(良平)와 다까야마(高山)는 麥酒로 乾杯를 했다.

「제법 마신 것 같네요?」

「음, 음, 여기가 세 번째다. 헌데 여기서는 麥酒 한 瓶에 얼마 받는 거지?」

에리꼬가 값을 말한다. 覺悟했던것보다 그렇게 비싸지가 않다.

다까야마(高山)는 急速히 元氣를 되찾는다.

「뭐야, 닭구이 집과 별로 差異가 없잖아. 그 程度라면 아직 두 서너瓶은 마실 수 있다.」

나이가 들면 健康을 생각하면서 술을 마시고, 젊을 때에는 주머니를 생각하며 술을 마신다. 人間, 언제나 마음을 투욱 터놓고서, 술을 마실 수는 없는가 보다.

「오늘밤, 무슨 일이 있었나요?」

에리꼬가 물어왔다.

「그렇단다. 그래서 祝杯를 들었지.」

료헤이(良平)가 다른 손님들의 귀를 意識하면서, 즐거움을 에리꼬에게 傳해주는 것을 스스로도 制止 할 수가 없었다.

에리꼬가 同門의 學生이었기 때문이겠다.

「어머나, 멋지다.」

에리꼬는 兩팔로 自身의 가슴을 안는다.

「아까하네·후미오(丹羽文雄)氏는 國文科 出身이에요.」

「그런 것 같애.」

「그런데, 作品은 벌써 定해졌나요.?」

「아 아니, 다섯 모두 目下 執筆中이지.」

「힘내세요.」

그리고서, 세 사람은 아까하네·후미오(丹羽文雄)氏의 文

學에對해서 幼稚한 討論을 始作했다. 손님中에 作家나 評論家가 있을는지도 모른다. 그러나, 그런 것을 考慮치 않고 自身이 생각한 것을 서슴없이 떠들 수 있는 것이 靑春의 술(酒)인 것이다.

「아까하네·후미오(丹羽文雄)氏의 門을 두드리는 사람들 中에는 아까하네(丹羽) 文學에 心醉한 者들 뿐만 아니라, 보살펴주는 마음과 寬容을 利用하려는 사람도 있는 거 아닌가요.?」

하고 에리꼬가 말했다.

「그렇지만, 이야기를 듣고 보니, 當身들은 그렇지 않는 것 같아요.」

「그야 그렇지. 좋아하기 때문에 選擇한 거지. 그러나, 同僚들中에는 그렇지 않는 사람도 있어. 그렇지 않는 子息도 아까하네·후미오(丹羽文雄)라고 들으면 反對할 수 없지. 그것이 아까하네·후미오(丹羽文雄)氏가 다른 作家와의 다른 点 이란다.」

하자 오른쪽 끝에서 혼자서 조용히 술잔을 입으로 옮기고 있던 男子가,

「아까하네·후미오(丹羽文雄)氏는 오늘밤 신쥬꾸(新宿)에 있어요.」

하고 말했다.

「에.?」

료헤이(良平)는 놀랍다는 듯이 그 男子를 바라보았다.

三

잠바-를 입은 長髮의 靑年 이었다. 빼마른 모습에, 顔色조차 蒼白하다. 료헤이(良平)를 바라보는 눈이 움직이지 않는다.

「신쥬꾸(新宿)에……?」

되물어보는 료헤이(良平)에게 고개를 끄덕인다.

「오늘밤은 긴자(銀座)에서『新作家』의 合評會를 했을 게야.『十二日會』라 하는 會合이지. 알고 있는가.?」

「들은 적은 있어요.」

「이 會合이 끝나면, 아까하네·후미오(丹羽文雄)氏는 門下의 弟子들에게 신쥬꾸(新宿)의『아끼다야(秋田屋)』에서 술을 사곤 하지. 三十余名 程度가 어울리는 것 같아. 대단한 일인데도, 每月 그렇게 하는 것 같아. 그러니까, 오늘밤에는『아끼다야(秋田屋)』에 있을거야.」

「三十余名 程度.?」

「말하자면 그 三十余名은 아까하네(丹羽)門下의 高弟子

들이지. 勿論, 아꾸다가와(芥川)賞을 받은 사람들도 있지.」

료헤이(良平)와 다까야마(高山)는 얼굴을 마주보았다. 別世界의 사람들의 이야기를 듣고 있는 듯한 氣分 이었다. 에리꼬가 그 사람을 료헤이(良平)들에게 紹介했다.

「이분은 요, 우리들의 先輩이신, 하시모도·죠오지(橋本章二)氏.」

하시모도(橋本)쪽으로 向했다.

「죠오지(章二)氏는『新作家』와는 關係가 없는가요.」

「없지.」

바로 對答하고서는 어깨를 으쓱한다.

「그치들은 너무 낡아빠졌어.『十二日會』에는 한번 슬쩍 가 본 일이 있긴 하지만, 技術論 뿐이더군. 테니요하(日本語의 토씨를 이렇게 부름)만을 이야기 한단 말이야. 더군다나, 그곳에는 下士官(中堅作家를 일컬음)들이 陣을 치고 있지. 들어가고 싶은 마음이 없어. 자네들도.」

료헤이(良平)와 다까야마(高山)를 노려본다.

「아까하네·후미오(丹羽文雄)氏를 尊敬하는 것은 좋지만,『新作家』에는 들어갈 생각 하지도 말아. 그 보다도 自身들의 雜誌를 만들어 보게나.」

다까야마(高山)가 苦笑를 禁치 못한다.

「들어가고 싶더라도, 아 직 아직 까마득한 걸요.」

「그런 마음가짐이 틀렸다네.」

瞥安間에 하시모도(橋本)가 火난듯한 목소리를 낸다.

「들어오라고 해도 들어가지 말라는 말이다.『新作家』를 읽느니, 우리들이 만들고 있는『二十世紀 小說』을 읽어 봐. 와세다(早稻田)의 書店에서 본 일이 있겠지.? 只今, 三號가 나왔다.」

「아, 『二十世紀 小說』의 사람입니까?」

료헤이(良平)가 人事를 했다. 書店 門앞에서 읽어본 일이 있다.

「그렇다네. 좋다면, 우리들 그룹에 넣어 줄수도 있지.」

(二十世紀라고, 배(梨) 이름 같잖아.)

이런 생각을 하면서, 료헤이(良平)와 다까야마(高山)는 하시모도(橋本)의 文學論을 拜聽하게 되었다. 세끼모도(關本)가 恒常 떠버리고 있는 것과 비슷하다. 正面으로 旣成文學을 否定하고 있는 것이다. 그렇지만 료헤이(良平)는, 그럭저럭 文壇一部의 사람들로 부터 注目을 받기 始作한듯한 말투의 하시모도(橋本)에게 尊敬心을 느끼고, 그의 힘에 찬 演說을 듣는 것에 즐거움마저 느꼈다. 이때껏, 先輩의 이야기를 直接 들을 수 있는 機會가 한

番도 없었던 것이다.

그러는 한편, 료헤이(良平)는 이께부꾸로(池袋)에서 히가시우에(東上)線의 마지막 電車의 時間에 神經을 쓰기 始作했다.

可能하다면, 에리꼬와 함께 돌아가고 싶다. 그런데, 하시모도(橋本)가 化粧室에 간 틈에, 에리꼬가 얼굴을 가까이 했다.

「罪悚해요. 오늘밤에는 돌아가지 않아요. 마마의 집에서 자기로 했어요.」

료헤이(良平)는 고개를 끄덕이자, 다까야마(高山)는 료헤이(良平)의 어깨를 두드린다.

「넌, 오늘밤에는 우리 집에 머물 거라.」

「자고가도 괜찮겠냐?」

이렇게 해서 료헤이(良平)도 다까야마(高山)도 安心하고 마시기 始作했다.

열 두時가 되어서, 다른 손님은 모두 돌아갔고 료헤이(良平)들과 하시모도(橋本)만 남았다.

「어이, 에리꼬.」

時計를 보면서, 하시모도(橋本)가 말했다.

「이젠 돌아가도 되겠지? 돌아갈 準備나 하라우.」

「어머나.」

에리꼬는 唐慌해서,

「나, 오늘밤에는 마마 집에서 자기로 했어요. 바래다주 지 않아도 괜찮아요.」

하시모도(橋本)에게 눈짓을 하는 것이 보였다.

료헤이(良平)는 일어섰다.

「다까야마(高山), 우리도 슬슬 일어서자구나.」

료헤이(良平)들은 돈을 支拂하고 『이찌마루(一丸)』를 나왔다.

다까야마(高山)가 료헤이(良平)의 어깨를 두드린다.

「先約이 있는 것 같다. 어때? 二町目에라도 갈거나? 돈은 있으니까.」

다까야마(高山)는 료헤이(良平)를 慰勞해 주려고 하고 있다.

료헤이(良平)는 고개를 젓는다.

「그럴 必要 없다 야. 그보다, 나, 亦是 내房으로 돌아갈래.」

두 사람은 비틀거리면서 驛으로 向했다.

11
合評會

一

에리꼬는 이미 몇인가의 男子와 關係를 맺고 있는 것 같다. 先輩인 하시모도·죠오지(橋本章二)와도 그런 사이인 것을 알고서도, 료헤이(良平)는 놀라거나 하지도 않았다. 또한, 그것을 나무랄 權利도 없는 것이다.

오히려 료헤이(良平)는, 료헤이(良平)를 操心해서 "마마 집에서 잔다" 고 거짓말을 한 에리꼬에게, 未安함을 느꼈다.

그래서 驛으로 向하면서 다까야마(高山)가,

「失望했지?」

하고 慰勞해 주는데도,

「아니야.」

고개를 저은 것은 어디까지나 威勢가 아니었다.
「期待는 어그러졌지만, 이런 境遇도 있을 게라고 豫想은 했었으니까.」
「그 觀念的인 子息과 競爭 해 볼 마음은 없는 거니?」
「적어도 오늘 밤 만은 없어. 大學도 文學도 先輩라면, 그女에 關해서도 先輩다. 先輩에게는 先輩로서 待接해 드리는 것이 옳은 일이거든.」
「安心했다. 난 아까부터, 네가 그女에게 폭삭 빠져버린 것은 아닌가하고 걱정하고 있었다.」
「설마하니.」
「세끼모도(關本)가 그랬듯이, 물장사의 女子에게 빠져버리면, 큰일이다, 너. 하긴, 그런 만큼 人間修業은 하는 것이지만도.」
「걱정은 禁物. 난 但只 피지컬(Physical=肉體的)한 欲望을 느꼈을 뿐이니깐.」
「세끼모도(關本)는 그女에게 흠뻑 빠져버린 것 같아. 더 以上 마시지도 못하면서도 恒常 끈질기게 버티고 앉아있거든.」
三日 程度 지나서, 오오구마·오모노부(大隈重信)의 銅像 앞에서 에리꼬를 만났다. 에리꼬는 가방을 들고, 普通 學生의 服裝을 하고 있었다. 아마도 저 가방 속에는 産兒

制限用의 고무製品이 들어있겠지. 살알짝 그런 것을 생각하면서, 마주 보았다.
「찾아 헤매었어요.」
에리꼬는 다올락 말락 다가서서, 손을 들어 료헤이(良平)의 팔을 잡았다.
「요전번에는 정말 罪悚했어요. 眞짜로 함께 돌아가고 싶었는데.」
에리꼬의 말을 믿는 척 해두는 것이 男子로서의 헤아림이겠다. 그러나 료헤이(良平)는 에리꼬와 하시모도(橋本)와의 사이를 確實히 알아 두고 싶었다.
「그때 우리가 나가고 난 뒤에,」
하고 료헤이(良平)가 말했다.
「하시모도(橋本)氏의 房으로 갔었나? 아니면 旅館으로나, 當身의 집으로 데리고 갔었나?」
에리꼬의 눈에 難處한 빛이 스쳐갔다. 얼굴이 발갛게 되었다.
「旅館으로 갈 程度로 그 사람은 돈이 없어요.」
료헤이(良平)의 推理를 確認하는 셈이 되었다.
確實해졌기 때문에 료헤이(良平)는 어떤 安心感을 느끼면서,
「좋아하고 있는 거니?」

하고 다음 質問으로 내달렸다.

「글쎄요, 그렇지만.」

료헤이(良平)의 팔에 걸려있는 손에 힘이 加해졌다.

「그렇고 그런 사이에요. 半은 즐기는 거 에요. 그 사람
도 마찬가지.」

두 사람은 圖書館 옆의 나무椅子에 걸터앉았다. 안아 본 적이 있는 女子와 大學構內에서 이렇게 이야기를 나눈다. 그런 일에 妙한 新鮮함을 료헤이(良平)는 느끼고 있는 것이다.

「나와의 關係를 이야기 했었나?」

「아 아니. 알려졌다간 큰일 나요. 그 사람, 서디스틱
(Sadistic=變態性慾)한 곳이 있어요.」

「그런 感이 들었다.『二十世紀 小說』에 실려 있는 그
사람의 小說을 賣店에서 선채로 읽어 봤지만, 느닷없
이 殺人現場이 튀어 나와서 깜짝 놀란 일이 있었다.
어두운 小說이었다.」

「그 사람, 患者에요. 病을 가지고 있다는 것이 文學者의
첫째 條件이라고 생각해요. 그래서인지, 어떤 世界를
描寫하더라도 作者 自身이 健康한 아까하네·후미오(丹
羽文雄)氏에게 反撥心을 품고 있어요.」

「當身도 그 사람의 影響을 받고 있는 거지?」

「글쎄요, 어떨까요. 다만 저로서도 그 사람의 苦惱를 알것같은 氣分이 들어요.」

「當身, 요 전날 나와의 밤, 그 先輩를 背信했다는 셈이다.」

「그렇게 생각하지 않아요. 무엇하나 約束한 것도 없구요. 그 사람 亦是 나뿐만이 아니니까요.」

「當身 쪽에서는?」

료헤이(良平)는 에리꼬의 얼굴을 들여다본다.

「요 전날처럼 두 사람의 男子가 나타났을 境遇, 恒常 어떤 式으로 處理하고 있지?」

「約束을 했었다면 約束을 한 쪽과 만나는 거구요, 그렇지 않다면 그대로 돌아가죠. 혼자서 돌아간다면 서로 怨望하지 않게 되겠죠?」

「只今까지 몇이나 되는 거니?」

「그렇게 많지도 않아요. 거의가 마마를 찾아오는 손님이니까요.」

「아주 色氣가 있는 마마던데.」

「興味가 있나요?」

「쪼끔은.」

「그렇다면 나서줄까 봐. 마마도, 그러는 것을 좋아하니까요.」

「하시모도(橋本)氏는 마마에게는 興味가 없었는 가 부지?」

「그이는 채였어요. 마마란 사람, 그런 病的인 사람은 좋아하지 않는가 봐. 돈도 없고 말이에요.」

「그렇다면, 나도 失格이다. 돈도 없고 말이야.」

「學生은 別途라고 생각해요. 童貞이라고 해두면 어떻게 될 것도 같은데요. 그렇지만, 亦是 싫어요. 當身과 마마와……. 나, 이래 뵈도 獨占慾이 强하거든요.」

「오늘밤에도 出勤 하는 거지.」

「그럼요.」

「亦是 일이 끝나면 누군가와 함께 어디 엔가로 가겠지?」

「그렇게 언제나 그런 거는 아니에요. 오늘밤, 함께 돌아가도 좋아요.」

「아니야, 오늘은 곧바로 下宿으로 돌아가지 않으면 안돼. 내일, 모두 原稿를 가지고 모이는 날이다.」

「어느 만 큼 썼나요.」

「이젠 쬐끔 남았어. 다른 親舊들이 어느 程度의 것을 썼는지, 재미있고 궁금하기도 하거든.」

「그럼, 商店에는 언제쯤 들려줄래요?」

「모르겠는데. 가더래도 先輩님이 죽치고 앉아있을 텐데

뭐.」
「아 아니.」
에리꼬는 료헤이(良平)의 무릎 위에 손을 얹는다.
「이번에는, 누가 뭐래도 當身과같이 돌아가겠어요. 約束
  해요. 그러니까, 來日이라도 모래라도 언제든지 좋으니
  까 빠른時日內에 와 줘요.」

二

文學部옆의 작은 門을 나와서 길을 건넌다. 若干 안쪽에,
休憩所『茶房』이 있다.『茶房』은 店內의 구석쪽에 房
이있고, 學生들의 會合에 開放해 주고 있다. 이따금씩 二
日醉의 學生이 房구석에서 자고 있을 때도 있다.
『茶房』의 主人은 어찌 보면 以前에 文學靑年이었는지
이후꾸·린지(井伏鱗二)등과도 親交가 있었다고 알려져
있다. 文學部의 敎授들도 이따금씩 나타나기도 한다.
『茶房』그곳에서 료헤이(良平)들은 原稿를 가지고 모였
다. 原稿紙 張數는 四十 余張이므로, 自己 것은 빼고서도
네 사람 것을 읽자면 百 六十張 程度다.
먼저 료헤이(良平)는 이이쓰까(飯塚)의 原稿를 받았다.
놀란 것은 맨 첫줄부터 한 字도 빠뜨리지 않고 쓰여 져

있는 것이다.

(이 親舊 보게. 醉해서 큰소리만 뻥뻥 치더니, 原稿用紙 使用法도 모르잖아.)

內容은 戰爭孤兒와 美軍相對의 街娼과의 奇妙한 友情의 이야기지만, 文章이 딱딱하고 描寫力이 不足하다. 이곳저곳에서 헛소리가 튀어나온다.

(이건 안 되겠다. 後에 몇 번이고 修正하지 않으면 안 되겠는데. 新聞의 三面記事를 難解하고 拙劣(졸열)하게 表現 한 것 같다.)

다음으로 세끼모도(關本)의 原稿가 돌려졌다.

이것은 形式 그대로 쓰여 저 있다. 達筆로 글자도 큼지막하므로, 읽기에 수월하다. 아마도, 펜 끝을 갈아서 글자를 굵게 쓴 것 같다. 쓰는 솜씨가 能熟해 있다. 처음부터 觀念的인 말이 튀어 나온다.

主人公의 모노로구(Monologue=獨白)부터 始作 되었다. 小說이라기보다 論文을 聯想시킨다. 職業이 없는 靑年이 드나 들고 있는 茶房의 웨이트리스(Waitress)를 마음속으로 強姦을 하면서도, 實際로는 손 한번 잡아보지 못하고, 그러는 自身의 行動力의 無力함에 유난을 떨고 있다. 그런 自己 생각을 合理化 하려는 냄새가 全篇에 풍기고 있다.

세 番째로는 하야노(早野)의 原稿를 읽었다. 동글동글한 글字體다. 손에 全然 힘을 넣지 않고 쓴 것같이 글자가 稀微하고, 가늘다. 高校生 男女의 첫사랑 이야기다.

文章이나 內容이 感傷的으로서, 오로지 少女小說 이었다. 세끼모도(關本)를 따라다니며 放蕩하게 놀고 있는 하야노(早野)의 原稿라고는 생각되지 않는다.

(헤에-. 하야노(早野)는 이런 센치멘탈한 男子란 말인가. 이건 말해서 中學生의 世界다.)

그러나 하야노(早野)는 한편으로는 自身이 無賴(무뢰)한 生活에 빠져있기 때문에, 아름답고 淸純한 것에對한 鄕愁를 느끼고 있는지도 모른다.

마지막으로 읽은 다까야마(高山)의 作品이, 보다 알뜰하게 짜여 져있다. 自殺을 하기 爲해서 旅行을 떠난 靑年이 東北의 山中에 있는 男女混浴의 溫泉에서 얼굴에 点이 있는 女子와 알게 되어서 그 밤을 함께한다. 女子도 亦是 죽을 場所를 찾고 있는 身分 이었다. 結局 두 사람은 自殺하지 않고 서로 헤어져서 따로따로 山을 내려온다. 靑年이나 女子가 왜? 自殺을 하려 했는지, 그것이 分明히 쓰여 있지 않았다.

(내가 票를 던지려면 이것이다.)

文章도 깔끔해서 좋다. 그럭저럭, 다섯 사람은 읽기를 끝내었다.

세끼모도(關本)가,

「表決하기 前에 디스커션(Discussion=討論)을 하자.」

하고 말하자, 무두 同意했다.

세끼모도(關本)는 먼저, 료헤이(良平)의 原稿를 손에 들고서, 왼손으로 두드린다.

「정말 시시해. 自己 不在의 小說이다. 現代人의 苦惱와는 無緣의 것이 쓰여 져있다. 漁夫가 물고기에게 그물을 물어 뜯긴다고 해도, 네게는 關係가 없다는 투다. 但只 그것뿐이야. 이것은 單純한 作文이 아닌가.」

다음으로 세끼모도(關本)는 다까야마(高山)의 作品을 깎아내리고, 하야노(早野)를 해 치우고서는, 이이쓰까(飯塚)에 對해서,

「너, 原稿 쓰는 法부터 배워가지고 고쳐 와라.」

하고 소리친다.

「테니오하(日本語의 助詞. 助動詞의 總稱)도 모르고 있다. 어이가 없구먼. 나, 이 程度의 質이 形便없는 子息들과 雜誌를 만들려고 한단 말이지. 생각 좀 해봐야 할 것 같다. 어느 程度의 레벨(Level=水準)에 到達한 것은 내 것 밖에 없어.」

「어느 程度의 레벨?」

다까야마(高山)가 反論을 提起한다.

「이것의 어디에 레벨이 있단 말 이가? 빌려온 말만을 잔뜩 羅列한 것 밖에 뭐가 있어. "커-피-를 마시고 싶다."고 쓰면 될 것을 "카-휘라는 그 詐僞(사위)스러운 맛은 熱病을 앓고 있는 그에게는 魅力있는 存在일 뿐 아니라, 그의 鄕愁와함께 그 맛을 肉體的으로 感覺하고 싶다는 欲望을 느꼈다."고 쓰고 있다. 어째서 이런 뱅글뱅글 돌아가는 表現을 하지 않으면 안 되는 거지.」

「알 턱이 없겠지. 이런 表現속에 主人公의 近代性이 있는 거다. 但只 "커-피를 마시고 싶다"에는 思想이 없다. 이 主人公은 思想을 가진 人間이란 말이다. 너의 主人公은 思想이 없어. 왜? 自殺하려 했었는가, 沐浴湯 안에서 사귀게 된 女子의 어디가 魅力的이었다든 가, 그것과 主人公을 어떻게 連結지어야 하는가를, 쬐끔도 모르고 있다. 人形의 움직임과 뭐가 달라.」

「나의 作中人物이 人形이라면, 너의 作中人物은 로봇(Robot)이다. 너의 대가리 속에서 만들어 낸 도깨비란 말이다. 있는 것은 어려운 낱말 뿐, 이미지(Image)가 全然 떠오르지를 않아.」

다섯 사람은 제 各各 自己 作品을 固執하고서, 批判에

귀를 기우리려고도 않고, 攻擊해 오는 相對에게 槍을 내어 뻗으면서, 險難한 말씨름이 되고 말았다.
머리가 훌렁 벗겨진 『茶房』의 主人이 얼굴을 들이밀고 서는,
「좀 조용히들 해줘요.」
「네에, 未安합니다.」
시키는 대로 應하고서 소리를 낮추었으나, 곧바로 興奮해서 큰소리가 되고 만다. 하면 다시 主人이 注意를 주려고 온다.
그런 것을 反復하고서는, 드디어 表決에 들어가기로 했다.

三

료헤이(良平)는 다까야마(高山)에게 票를 던졌다.
開票結果, 票는 깨끗하게 五 等分으로 나뉘어졌다.
(다까야마(高山)는 내게 던졌구나.)
「하, 하하하.」
하고 세끼모도(關本)가 웃어 제켰다.
「야 이거, 웃기는데. 모두 自身에게만 票를 던졌다는 意味로군.」

세끼모도(關本)는 自己쪽에 던진 것 같다.

「그럼 두 번째 作品으로 延期다.」

하고 료헤이(良平)가 提案을 했다.

「말하자면, 自己 것 말고 다른 사람 것에 던져야만 되는 것 아냐?」

「야 걷어 치워.」

다까야마(高山)가 氣分 나쁜 듯이 고개를 흔든다.

「애초부터 票로서 뽑으려는 것부터가 잘못 된 거다. 서로의 判斷의 基準이 다르니까 말이야.」

「듣고 보니 그렇군.」

료헤이(良平)는 首肯을했고, 세끼모도(關本)는 高喊을 내어지른다.

「너희들은 나의 文學을 알 턱이 없다고 생각 했다.」

하야노(早野)는 다다미위에 벌렁 들어 누웠다.

「이렇게 될 줄 뻔히 알고 있었다. 그것 봐, 作品 하나를 고른다는 게 無理였지.」

「난 말이다, 오늘 처음으로 小說이라는 것을 써봤다. 原來 난 詩人이거든.」

이이쓰까(飯塚)가 이렇게 告白했다.

「그런 거 같애.」

세끼모도(關本)가 輕蔑에 찬 눈으로 이이쓰까(飯塚)를

노려본다.

「何如튼, 이로하(日本語의 總稱)부터 工夫 좀 해라. 아무리 工夫해 봤댔자 才能이 없으면 말짱『도로묵』이지만도.」

「어이, 듣기에 아주 거북스런 말을 씨부렁거리는데.」

이이쓰까(飯塚)가 세끼모도(關本)에게 대 들었다.

「내게 才能이 없다는 말씀이다 이거지?」

「적어도 말이야, 이것을 읽고 나서 보니까 그렇게 밖에 말 할 수밖에 없는 걸. 이건 다른 이야기다. 난, 中學生이었을 때에도 이것보다는 나은 것을 썼단 말이다.」

「좋아, 그 말 一生동안 잊지 않겠다. 내가 아꾸다가와(芥川)賞을 받을 때 짖어 대는 모습 숨기지 말거라.」

「아꾸다가와(芥川)賞 이라고?」

세끼모도(關本)는 비웃는 듯한 웃음을 흘린다.

「그런 것을 받으려 하는 根性이 通俗的 이라는 게다. 난 文學을 하고 있는 거야. 賞 같은 거 興味 없어야.」

「거짓말 綽綽 해.」

다까야마(高山)가 거들어준다.

「아니꼬운 세리프는 그만들 해 둬.」

「글쎄 그만들 둬, 치고받고 해 봤댔자 끝이 없어.」
료헤이(良平)가 調停役을 맡고 나섰다.
「何如튼 間에 選出은 失敗했다. 난 이번 일을 아까하네(丹羽)先生님에게 報告하지 않으면 안 돼. 그리고, 모처럼의 찬스다. 이대로 이런 찬스를 흘려버리는 것은 아깝다 고 생각하지 않는 거니?」
「너의 이것을 가져가서 보여 드리려무나.」
하고 다까야마(高山)가 말했다.
곧바로 세끼모도(關本)가 拒否한다.
「와까스기(若杉)것은 틀렸다. 佛文學科의 名譽에 關한 일이야. 사람에게 보여드릴 程度는 내 것 밖에 없다, 너. 이것은 分明한 事實이다.」
료헤이(良平)는 苦笑를 禁치 못했다.
「내 꺼 가지고 가지 않아. 너희들에게 헐뜯기고 나니까 自信이 없어 졌다. 허지만, 누구 것이든, 選擇하고파. 어렵게스리 葉書를 받지 않았나 말이야.」
「아 아니, 아까하네·후미오(丹羽文雄)氏는 完全히 잊어 버리고 있을 걸.」
「잊고 있더래도, 찾아가면 記憶할게야. 만나 주실 것은 確實해. 음, 그렇지, 何如튼 모두가 만나러 가 보자꾸나. 그리고, 다함께 雜誌의 이름을 定해보지 않을래?」

「作品도 없이 만나러 가자는 거가.」
「하는 수 없지. 選擇할 수 없었다는 自初至終을 報告하면 理解 해 주시겠지.」

하야노(早野)를 따라서 이이쓰까(飯塚)도 벌렁 드러누웠다.

「中學校 때부터 썼다고 하면서 그 程度밖에 쓰지 못했단 말이가. 변변찮은 才能같은데.」

세끼모도(關本)의 火를 돋구는 말이다. 알-콜이 들어가면 無事히 끝날 것 같지가 않다. 오늘밤은 마시지 않고 解散하는것이 좋을 것 같다 고 료헤이(良平)는 생각했다.

12

帽子 도둑

―

精과 魂을 다해서 쓴 創作 이었다. 마음 뿌듯하게 가지고 갔던 것이다. 제 各各 나름대로의 自信들이 있었다.
作者는 自身의 作品을 客觀視 할 수가 없는 것 일게다. 名作까지는 아니더라도, 價値있는 作品이다고 獨斷的인 評價를 한다. 愛着도 가진다. 프라이드도 부풀어 있다.
그것을 다른 네 사람에게서 짓이겨지고 두들겨 맞고들 했다.
다까야마(高山)가 火를 내는 것도, 세끼모도(關本)가 高喊을 내어지르는 것도, 하야노(早野)가 뒤로 벌렁 나자빠지는 것도 當然한 反應 이겠다.
이이쓰까(飯塚) 혼자만이 그런대로 別로 打擊을 받지 않은 것같다.

「中學時代부터 썼다면서 겨우 이 程度가. 난 이번에 처음 쓴 것이다.」

이렇게 말하면서, 사람을 바보로 만드는 웃음을 흘리고 있다.

이런 모습을 보고서,

(이 친구, 鈍한거야, 아니면 大物이야.)

하고 료헤이(良平)는 생각해 보았다.

「세끼모도(關本).」

하고 다까야마(高山)가 불렀다.

「어찌 보면 넌, 너의 趣味로 사람의 作品을 짓이기는 習性이 있는 것 같다. 創作할 때에는 좁고 깊게, 사람의 作品을 읽을 때에는 넓게, 라는 原則을 알고 있기나 하는 게냐?」

「그런 거 모른다네. 요컨대, 내 것 外의 네 편을, 나의 感賞의 눈이 받아들이지를 않아.」

「그럼, 十九世紀의 프랑스의 小說을 읽고서도, 똑같이 批評 할 수 있겠냐?」

「체-엣.」

세끼모도(關本)가 어깨를 으쓱한다.

「比較도 比較 나름 이지만, 너희들의 作品들은 單純한

作文에 不過 해.」

「어이.」

하야노(早野)가 上體를 일으키면서, 바른 姿勢로 앉는다.

「넌, 나의 이 첫사랑 純愛譜에, 아무런 興味도 없단 말이가?」

「있을 턱이 없지. 實로 通俗的이다. 女學生 雜誌에라도 投稿하거라. 이것을 보니까, 純粹文學을 한다니 氣가 막혀 말도 안 나온다. 무언가 아는 게 있어야지. 하나부터 다시 始作하는 게 좋겠다. 아니, 始作이고 뭐고, 넌 아직 하나에 까지도 到達하지 못했어 야.」

그러는 中에 료헤이(良平)는, 하나의 事實에 눈을 돌렸다. 네 사람의 自身의 作品에 對한 批判에는 反撥을 느꼈다.

그러나 事案의 다른 네 사람에 對한 批判에는,"바로 그대로다."라고 생각하는 要素가 있다는 것이다. 반드시 全面的으로는 贊成할 수 없지만, 贊成할 수 있는 말을 內包하고 있는 것이다.

라고 말하는 것은 네 사람의 自身의 作品에 對한 批判에도 首肯이 가는 要素가 있는 것은 아닌가, 自身과 作品이 너무 密着된 나머지, 그들의 批判이 正當하다는 것을 理解하지 못하는 것은 아닌가.

거기서 료헤이(良平)는 말했다.

「何如튼 間에, 서로의 批評을 잘 記憶해 두었다가, 집으로 돌아가서 다시 한 번 읽어보는 것이 어때. 只今 우리들에게 가장 重要한 것은, 批評을 받고나서 軌道 修正을 해서 實力을 培養하는 것이다. 우리들 위에는 數萬名의 文學青年이 있다. 先輩도 있지.『新作家』에만도 三百 余名의 會員도 있어. 물고 물리는 싸움을 하고 있는 此際다. 한 발자국씩 前進하는 거야. 謙虛하게 反省을 하자.」

「흥, 優等生같은 말을 하는군.」

세끼모도(關本)가 卓子를 두드린다.

「나보다도 한 수 아래인 너희들의 中傷 같은 거 벌써 잊은 지 오래다. 記憶에 남아있는 것은, 너희들이 나의 豊富한 才能을 嫉妬하고 있다는 것뿐이다. 그렇지, 너희들은 嫉妬를 해서 비아냥거리는 거야.」

다까야마(高山)가 苦笑를 禁치못하면서,

「글쎄, 그렇게 생각한다면 그것으로 됐다. 何如튼 여러 가지 意味에서 오늘의 合評會는 그런대로 재미 있었다.」

료헤이(良平)를 돌아다보았다.

「빈손이라도 좋으니까 아까하네(丹羽)先生님을 訪問한

다는 것, 나는 大贊成이다. 요다음에 訪問할 날자를 定하는게 어때. 오늘은 세끼모도(關本)가 興奮해 있기 때문에 無理다.」

「그렇게 하지. 그리고, 다시 한 번 새로운 作品을 써서 모이도록 하자. 理由도 없이 서로 다퉈봐야, 아무런 所得도 없는 거다.」

「난 언제든지 大歡迎이다. 어쩌면, 只今 쓰고 있는 二百 枚의 長篇을 보여 줄 수도 있어.」

세끼모도(關本)가 그렇게 큰소리치며 일어섰다.

「어이, 하야노(早野).『아스나로우』에나 가자 구. 마시면서, 너의 作品의 잘못된 点을 詳細하게 分析 해 주마.」

이이쓰까(飯塚)도 일어서자마자 하품을 한다.

「그렇다, 오늘 原稿의 쓰는 法을 알았다. 그래, 나. 천천히 걸어서 갈랜다. 걸어가면서 너희들을 追越 할 테니까.」

다까야마(高山)도 일어섰다.

「난 신쥬꾸(新宿)로 갈랜다.」

료헤이(良平)를 바라본다.

「어떡할래?」

「난 곧바로 下宿으로 돌아갈래.」

「끌고 다니려니 힘 드는 구면. 오늘, 月給을 받았다. 月給날에는 난 二町目에 가기로 되어있거든. 二町目을 안겨 주려는 거야. 같이 가지 않을래.」

「고맙지만, 난 二町目은 必要없어. 亦是 곧장 가서 밥을 먹고 이것을 다시 한 番 읽어 볼란다. 漸漸, 너희들의 批評이 옳았다는 생각이 드는구나. 더더구나 只今, 이것을 아까하네(丹羽)先生님에게 보여줄 勇氣는 송두리째 없어져 버렸단다.」

「난 있다.」

세끼모도(關本)가 끼어든다.

「아까하네·후미오(丹羽文雄)도 좋고, 고바야시·히데오(小林秀雄)도 좋고, 히라노·구다루(平野謙)도 相關없어, 누구에게도 보여줄 수 있단 말이다. 나의 것은 文學作品 이거든. 너희들 꺼는 幼稚한 習作일 뿐이다. 좀 더 배워갖고 와라. 술을 마시는 것도 나 程度 만큼 되고나서 할 일이야.」

세끼모도(關本)의 唯我獨尊式 態度는 몸에 배여 있다.

료헤이(良平)는 苦笑를 禁치못하면서,

「그렇게 하도록 하지.」

하고 對答한다. 세끼모도(關本)의 言動의 缺點은 그대로 세끼모도(關本)의 作品의 缺點이기도 하다.

文章이 比較的 精巧하고 纖細(섬세)한 것은 事實이지만, 그것 때문에 素朴한 眞實이 죽어버리고 만다. 포-즈와 獨善的만이 튀어나와 보인다.

「나에 對한 批判은, 잘 되씹어 보겠다. 그러나 세끼모도(關本),『크라루테』라는 말을 알고 있나?」

「흠, 初步的인 것을 묻고 난리야. 難解한 나의 思想을, 難解 그대로 表現한다. 그것이 바로 『크라루테』란 거다.」

「그럴까, 深遠한 思想을 明快하게 讀者들에게 傳達하는 것이 『크라루테』아닌가?」

「亦是 넌, 낡아빠졌어. 좀 더 工夫해야겠다. 빌어먹을.」

다까야마(高山)는 혼자서 신쥬꾸(新宿)에로, 세끼모도(關本)들 세 사람은 『아스나로우』로. 료헤이(良平)는 大學區內를 가로 질러 다까다노바바(高田馬場)驛으로 向했다.

二

그 다음 날.

료헤이(良平)는 여덟時부터의 體育時間에 카라데(空手=日本의 傳通武術)를 體育의 定規科目으로 選擇하였다.

그것 때문에 일곱時 前에 自炊房을 나왔다.

前方에, 한 사람의 少女가 亦是 바쁜 걸음으로 驛을 向하고 있다. 작으면서도 活潑스런 모습으로 걷고 있다. 文藝部의 後輩인 에이꼬(英子)를 聯想시켜주는 걸음걸이였다.

길은 若干 오르막으로 되어 있다.

헌데, 前方에서 제법 빠른 스피-드로 自轉車가 달려내려오고 있다.

타고 있는 者는 젊은 男子였다. 少女는 길옆으로 비켜섰다. 自轉車는 少女의 바로 앞에서 커-브를 그리면서, 少女에게 부딪치려는 行動을 보인다.

少女는 길 가장자리까지 避하면서 몸을 움츠렸다.

自轉車는 닿을 듯 말듯 그 옆을 스치고 지나갔다. 지나치려는 瞬間 男子의 손이 올라가고, 少女가 쓰고 있는 하얀 帽子를 벗겼다.

「히야-ㅅ!」

男子는 奇聲을 내어 지르면서, 뺏은 帽子를 흔들면서 료헤이(良平)쪽으로 달려 내려온다. 惡質的인 장난이다. 아니 그보다도, 一種의 强盜行爲인 것이다.

료헤이(良平)는 兩팔을 벌리고 自轉車 앞을 가로 막았다. 自轉車는 브레이크를 걸지도 않고 냅다 달려온다.

男子의 얼굴에는 脅迫하는듯한 表情이 엿보인다.
스피-드를 줄이려고도 않는다.
(이 子息, 들어 받으려는 心算이다. 至毒한 놈이로군.
이 새끼, 질 것 같애.)
鬪志가 치솟는다.
呼吸을 가다듬고, 自轉車가 부딪치려는 瞬間, 료헤이(良平)는 왼쪽으로 살짝 몸을 비키면서, 핸들을 붙잡았다.
自轉車의 달리는 힘에 이끌려서 료헤이(良平)의 몸이 세게 구부려졌다. 너무 힘에 부쳐서 헛발을 디뎠다. 넘어질 뻔 했다. 그래도, 료헤이(良平)는 핸들을 놓지 않았다. 自轉車도 크게 비틀려 졌다. 바로 그때 핸들을 놓아 버리자, 그대로 나가 떨어져버렸다.
男子도 땅위로 멀찌감치 나둥그러졌다.
그러는 狀態에서, 男子의 손에서 하얀 帽子가 떨어지면서 空中으로 올라갔다가는 땅위로 떨어졌다.
료헤이(良平)는 帽子를 주서 들었다.
돌아다보니까, 帽子를 빼앗긴 少女는 그 자리에 우뚝 선 채로 이쪽을 바라보고 있다. 료헤이(良平)는 少女에게 帽子를 흔들어 보였다.
男子는 呻吟을 하면서 일어서더니, 얼굴을 이그러뜨리면서 료헤이(良平)에게로 突進해 오려고 한다.

「그만두지 못해?」
하고 료헤이(良平)는 高喊을 질렀다.
「난 와세다(早稻田)의 空手部란 말이야.」
요즈음 배웠을 뿐인 空手의 基礎姿勢를 取했다.
아 아니, 空手部가 아닌 것이다. 體育科目으로 空手를 擇한 것뿐이다.
이런 瞬間에 『空手部』란 말이 튀어나온 것은, 只今부터 그 實技를 배우려 가는 中이었기 때문인지도 모르겠다.
相對가 주춤 주춤 한다. 그 얼굴에 恐怖의 빛이 스쳐지나가는 것이 보였다. 나이는 료헤이(良平)와 거의 비슷한 것 같고, 어디엔가 工員같아 보이는 모습이다. 出勤하는 참인지도 모르겠다.
료헤이(良平)는 다시 소리쳤다.
「목숨이 아깝지 않거든 덤벼 봐.」
相對가 멈춰 섰기 때문에. 료헤이(良平)는 奇妙한 姿勢를 醉하면서 한 발자국 다가섰다. 너무도 재빠르게 相對는 움직였다. 몸을 홱 돌리더니, 自轉車를 일으켜서는, 끌고서 달리면서 올라타더니 쏜살같이 逃亡쳐 버렸다. 熱心히 페달을 밟으면서 逃亡쳐 버렸다.
료헤이(良平)는 멍청이 선채로 그 꼴을 바라보고 섰다.
얼마나 재빠른 動作인가. 一瞬間에 일어난 일이다.

그런 재빠른 動作으로 치고 들어왔다면, 가짜 空手部인 료헤이(良平)는 當할 才幹이 없었겠다.

료헤이(良平)는 가슴을 쓸어내리면서, 空手의 姿勢를 내렸다.

그곳에서 처음으로 少女의 帽子를 가지고 있지 않다는 것을 알아 차렸다.

(틀림없이 내가 주서 들었는데.)

周圍를 휘둘러본다. 보이지 않는다. 兩손에도 없다.

그러는 사이에 그 帽子가 自身의 머리위에 올려져있다는 것을 알게 되었다. 空手 姿勢를 醉할때, 瞬間的인 智慧로, 모자를 머리위에 올려놓았던 것이다.

료헤이(良平)는 와세다(早稻田)의 帽子를 가지고 있다. 아르바이트를 할 때에 必要하기 때문이다. 그러나 必要치 않을 때에는 쓰지를 않는다. 이것은 文學部 學生의 거의가 그렇게들 하고 있다. 그 까까머리의 정수리에 女子의 帽子를 얹어 놓고 있는 것이다.

自轉車의 男子가, 그러한 異常야릇한 모습에 놀라서 逃亡쳐 버렸는지도 모르겠다. 료헤이(良平)는 帽子를 벗어들고서 少女쪽으로 큰 걸음으로 걸어갔다. 료헤이(良平)가 가까이 다가가자, 少女가 人事를한다.

「罪悚합니다. 고맙습니다.」

高校生은 아니다. 하얀 브라우스에 곤色 슈트(Suit＝女性服 투피스로 上下 같은 色으로 된 것)를 입고 있다.

어딘가의 OL이 아니면 女子 大學生이다. 머리에 파-마는 하지 않았다. 료헤이(良平)는 帽子를 돌려주었다.

「자, 틀림없이 돌려 드렸습니다.」

「저, 다친 데는?」

「아니요, 아무렇지도 않아요.」

「고맙습니다.」

少女는 다시 머리를 숙인다.

「아니죠, 當然한 일인걸요.」

료헤이(良平)는 부끄러운 듯한 感情을 느꼈다.

한편으로는, 正義感 비슷한 行動을 取했던 것이다. 도와준 것도 귀여운 젊은 女子다. 이것을 빌미로 사귀고 싶다고 하는 꿍꿍이속 같은 것을 생각해서는 안 된다.

그대로 료헤이(良平)는 몸의 方向을 바꾸어서, 오르막길을 부지런히 올라갔다. 冷淡도 지나칠 程度의 態度였다.

여덟 時부터 두 時間, 료헤이(良平)는 空手部의 三學年, 四學年의 有段者들에게서 甚한 訓練을 받고, 땀투성이가 되어서 體育館을 나왔다.

文學部의 建物로 들어가서, 다음 講義가 있는 敎室로 들어갔다. 뒤쪽에 있는 걸상에 자리를 잡고 있는데 같은 講義를 받고 있는 하야노(早野)가 옆자리에 앉는다. 顔色이 푸르스름해 있고 눈이 발갛게 充血되어 있다. 싸구려 술 냄새가 숨결 따라 풍겨 나오고 있다.
「제법 마신게로구나?」
「음, 너무 마신 것 같다.」
「그래도, 잘도 찾아 왔구나.」
「어리벙벙하다. 授業이 끝나는 대로 『茶房』으로 가서 한숨 자야겠다.」
「세끼모도(關本)와 이이쓰까(飯塚)도 함께였겠지.」
「으음」
하야노(早野)가 료헤이(良平)의 어깨에 팔을 걸어왔다.
「나중에 너와 關係있는 뉴-스를 알려 줄 테다.」
료헤이(良平)들의 앞 坐席에 佛文科 一學年의 女子學生이 앉아 있다. 그 中 한 學生이 뒤돌아보고서는,
「每日 마시고 있나요?」
하고 물어왔다. 女子學生들과 親하게 이야기를 하는 쪽은 스트레이트(Straighte)로 入學한 무리들이다. 료헤이(良平)들은 그렇게 親하지가 않다. 그러나, 若干의 이야기 程度는 하 기도 한다.
「아니야, 난, 마시지 않았는데.」

「글쎄, 정말일까?」

그女는 고개를 갸우뚱 한다. 그 表情에, 妙하게도 淸純한 色氣가 물씬 풍겨 나온다.

(옳거니, 요 子息의 얼굴도 그냥 내버려 둘 수는 없겠는데.)

그렇게 생각하면서,

「아니야, 어제 밤에는 마시지 않았어. 이래 뵈도, 오늘 아침에는 여덟 時부터의 體育時間에 出席해서 空手部 有段者들에게서 신나게 當하고 왔단 말이야.」

이렇게 辯明도 해본다.

「난 마셨다.」

하야노(早野)가 그女의 얼굴에 얼굴을 들이밀었다.

「아직도 醉해. 當身의 얼굴이 두개로 보이는데. 이봐, 어느쪽 얼굴이 眞짜지?.」

장난 끼로 손을 뻗는다. 相對는 몸을 뒤로 물리면서,

「不良스럽네.」

「하. 하 하 하.」

하야노(早野)가 큰 목소리로 웃고 있을 때, 敎授가 들어와서 敎壇에 섰다.

講義가 始作되었고, 途中에, 하야노(早野)는 册床에 엎드려서 자기 始作했다. 숨소리가 들려왔다.

(이 親舊, 이 講義는 出缺을 따지지 않으므로 쉬어도 되는데. 工夫하고싶은 意志를 가지고 있기 때문에 出席한 거로군.)

콧소리를 내지 않게끔, 講義 途中에, 몇 번이고 료헤이(良平)는 하야노(早野)를 흔들었다. 앞 座席의 크라스·메이트의 女學生들이 낄낄거리고 웃는다. 그러는 中에 료헤이(良平)는,

(이 親舊의 콧노래를 敎授님에게 알려 드려볼거나. 어떤 處分이 내려질까 궁금한데.)

이렇게 생각하고서는 콧소리가 높아지는 것을 그냥 두기로 했다. 콧노래는 漸漸 크게 되었고, 제법 멀리 앉아있는 學生들도 들릴 수 있을 程度로 커지자, 結局 老敎授의 귀에까지 들리고 말았다. 老敎授는 壇을 내려서서, 이 쪽으로 다가와서는, 허리를 굽혀 하야노(早野)의 코에 귀를 갖다 대었다.

고개를 들고, 허리를 펴고 서서는,

「이 男子는 어떻게 되어서 여기 와 있는 게지?」

하고 료헤이(良平)에게 물어 왔다.

「二日醉에도 不拘하고, 敎授님 講義를 듣고자 와 있는 것 같습니다.」

「흐음.」

敎授는 하야노(早野)의 얼굴을 下向으로 돌려놓는다.
多情스런 손놀림이다. 콧소리가 멈췄다.
그러나 하야노(早野)는 잠을 繼續했다.
「이것으로 좋아.」
敎授는 壇上으로 되돌아가서, 人氣있는 講義를 繼續했다.
재미있는 講義이므로, 出席을 부르지 않아도 講義室은 恒常 滿員이었다.

13

背 德 者

一

學部로서는 두번째 講義였으므로, 끝나니까 열두時가 되었다. 講義는 두 時間 單位로 行해진다. 教授가 나가고 教室이 왁자지껄 騷亂스러운데도, 하야노(早野)는 繼續 자고있다. 드려다 보니까, 침까지 질질 흘리고 있다.
어깨를 흔들었다. 들려주고 싶은 情報가 있다, 라고 한 말이 궁금했던 것이다.
하야노(早野)는 呻吟소리를 내면서 抵抗을 하다가 겨우 눈을 떴다.
「라-멘이라도 먹으러 가자꾸나.」
「난 모리소바가 좋다.」
　※【모리소바=메밀로 국수를 뽑아 생강이나 양념을
　　　　섞어 접시위에 내어놓는 日本式 傳統料理】

「어느 쪽이던 何如間에 나가자.」
「도모에짱의 꿈을 꾸고 있었다.」
「天下泰平인 子息이로구나.」

두 사람은 學校近處의 소바집으로 들어갔다. 學生들로 滿員이었다. 入學해서 最初의 크라스의 컴퍼(Company)가 열렸던 집이다. 겨우 구석 쪽에 자리가 나서 두 사람은 나란히 앉았다.

　　※【컴퍼(Company)=新入生 歡迎茶果會, 學生用語】

「어젯밤, 세끼모도(關本)가 너무 醉해서 말이야.」
「作品에 제법 自信이 있었겠지.」
「自尊心이 강한 男子니까. 그런데,『기요(喜代)』와도 사이가 좋지 않은 것 같애. 그럭저럭, 그 아줌씨, 새로운 男子가 생긴 것 같더라.」
「前番의 學生運動의 리-더 그치 인가.」
「그런 거 같아. 放蕩 無賴派로부터 마르크시즘의 優等生에게로, 아줌씨는 轉向한거란다. 亦是, 純粹 一邊倒로 살아가고 있는 靑年쪽에 魅力이 있었던 가부지.」
「세끼모도(關本)는 너무 固執 不通 이거든.」
「그렇지만 本人은 그렇게 생각하지 않아. 라이벌에 比하여 性的 魅力이 없다, 고 생각하고 있는거야. 相對便이 性的인 面에서 强하니까 아줌씨가 變心한 거라고,

註釋을 부치고 있단다. 그래서 전 보다도 더 亂暴해졌단다.」

「그렇게 생각이 들게끔 그 아줌씨는 무슨 말을 했는가 부지?」

「그런 말이 어데 있어. 아줌씨는 늘상 마시고는 비틀거리는 세끼모도(關本)의 生活態度를 痛烈하게 批判하자 세끼모도(關本)는 아줌씨를 娼婦라고 부르면서, 서로 宏壯한 입 싸움이 벌어졌단다.」

「보고 싶은 場面 이었겠구나.」

「세끼모도(關本)로서는, 아줌씨가 生活態度面에서 自身에게 정나미가 떨어졌다면, 이것은 서로 趣味가 다르기 때문이라고, 許諾한댄다. 世紀末的인 自身의 苦惱를 몰라주는 俗物女로서 斷念할 수가 있다는 거야.」

二日醉 치고는 제법 確實한것까지 하야노(早野)는 말하고 있다.

「그런데 말이야, 그런 것이 아니고, 女子로서의 아줌씨가 저쪽으로 쏠려 버렸다면, 그것이 問題란 말이다. 그래서 그치는 亂暴해 졌었다. 그리고선 신쥬꾸(新宿)로 갔었지.」

「신쥬꾸(新宿)의 女子에게 慰安을 받고 싶었던 게로구먼. 그 子息에게도 귀여운 곳이 있단 말씀이야.」

「그런데, 그 女子 곁에도 男子가 있어서, 女子는 세끼모도(關本)를 거들떠보지도 않았단다. 暗去來 商人처럼 보이는 男子로서, 테이블위에 料理를 잔뜩 시켜놓고 먹으면서 女子에게도 먹여주고 있는 거야.」

「最惡의 밤이었구나. 이이쓰까(飯塚)도 함께였든 가부지?」

「그럼. 그래서, 세끼모도(關本) 代身에, 내가 한턱사서 한 盞씩 마시고선 그 집을 나왔단다. 『이찌마루』로 가자, 고 세끼모도(關本)가 瞥安間에 말하더군. 난, 仁義를 생각해서라도 네가 없으면 그 집에 가서는 안 된다고 極口 말렸단다. 그런데 이이쓰까(飯塚)가 贊成해서 하는 수 없이 셋이서 갔단다.」

「하시모도(橋本)가 와 있었니?」

「아니, 없었어.」

注文한 모리소바가 나왔다. 두 사람은 먹기 始作했다. 먹는 사이에는 이야기는 中斷 되었다. 二日醉로 가슴이 메슥거리는 하야노(早野)에게는 차고 爽快한 모리소바가 맛있는 것 같이 보인다.

「어젯밤부터 처음으로 하는 食事다.」

「좋은 身分이로구나. 와세다(早稻田)에는 피를 팔아서 밥을 먹는 學生이 많다고들 하는데 말이야.」

싹 쓸어 먹고서, 옆에 서서 기다리는 學生들을 爲해서 얼른 자리를 비켜 주었다.
「이젠, 『茶房』으로 가서 休息하는 거다.」
「休憩時間이므로 滿員인지도 모르겠다.」
多幸스럽게도, 『茶房』의 房에는 아무도 없었다. 두 사람은 가방을 베개 삼아 벌렁 들어 누웠다.
료헤이(良平)는 疲困한 것은 아니지만, 義理上 같이 하기로 했던 것이다.
「『이찌마루』에는 손님이 없어 텅텅 비어있었다.. 우리들은 "아니, 와까스기(若杉)는 아직 오지 않았나." 하고 말하면서 들어갔단다.」
「에리꼬는 있었고?」
「있었다. 그女, 大學區內에서 몇 번인가 만난 적이 있다. 眞짜 우리 學校 學生이야.」
「只今도 어디엔가 있을는지도 모르지.」
「글쎄, 오늘은 어떨 런지.」
바라보니까, 하야노(早野)는 싱긋거리고 있다.
「무슨 일인데?」
「글쎄, 천천히 들어 봐. "와까스기(若杉)가 여기 오지 않았다면 그곳에 있구나. 응, 그곳이 틀림없어. 한 盞씩 한 다음에 가자구." 이렇게 말한 것은 세끼모도(關

本)란다.」

「흠.」

「그리고선 우리들은 술 한 甁씩, 안주는 시키지도 않고, 門을 닫을 때까지 버티고 있었지.」

「못 말리는 親舊들 이로군.」

「閉店 後, 세끼모도(關本)가 에리꼬를 꼬셨다. "와가스기(若杉)가 있는 술집으로 가보자."고. 에리꼬는 따라오더군. 우리들은 『에비스(惠比壽=七福神 中의 하나의 이름을 딴 시부야 驛의 다음驛 이름)』屋으로 에리꼬를 데리고 갔었다. 그곳은 밤늦게까지 營業을 하고 있으니까. 너, 사르트르의 그 小說을 읽어보았겠지만, 레지스땅스(Resistance=地下反抗勢力)의 男子가 잡혀서 同志들이 숨어있는 곳을 追窮 當하는 場面이 있지.」

「읽어보았다. 설마하니 只今쯤은 그곳에 없겠지 하고, 어림斟酌으로 불었는데, 그곳에 그 同志들이 있었다.」

「난 말이다, 『에비스屋』에로 가면서 그 作品이 머리에 떠오르더구나. 어쩌면, 『에비스屋』에 너와 다까야마(高山)가 있는 것이 아닌가하고. 그런 때의 세끼모도(關本)의 얼굴이 可觀일거다, 고 생각 했단다. 이봐, 거짓말이 아니야, 인마!. 난 말이야, 네가『에비스屋』에 있어주기를 빌었단 말이다.」

「있을 턱이 없잖나.」
「그래. 없었다. "저런, 아직 오지 않았네. 그러나, 於此彼 오기로 되어있으니까 한 盞 하면서 기다리자구." 우리들은 한 테이블을 占領하고서, 넷이서 마시기 始作했다. 그女, 제법 마시던 걸.」
「음.」
「그러는 中에 이이쓰까(飯塚)가 없어졌다. 그 子息은 途中에 없어지는 名手이니까. 그렇지, 그 子息이 마신 술값을 받아야 하는데.」
「그런 것은 나중에 천천히 해도 돼.」
「헌데 넌 오지 않았다. 그럴 수밖에. 넌 곧 바로 自炊房으로 돌아갔으니까.」
「그때쯤 이불속에서 책을 읽고 있었을 거야.」
「거기서 세끼모도(關本)는 "그 子息, 깜빡했는지도 모르겠네. 그 子息이 가는 술집이 또 한군데 있다. 그쪽으로 가보자꾸나."하고 말했다. 그래서, 세 사람은 『에비스屋』를 나왔었지. 난 벌써 머리까지 차올라 있었기 때문에 두 사람과 헤어져서 마지막 電車로 집으로 돌아와 버렸단다. 그 두 사람은 한집을 더 들렸으니까 分明히 마지막 電車를 타지 못했을 거야.」
「내 이름을 팔아서 女子를 이끌고 다녔단 말 이가. 그

女子는 그런 집에서 일을 하고는 있지만, 正直한 애일뿐만 아니라 우리학교 學生이란 말이다.」
「어이, 걱정 되는 거니?」
「別로 걱정은 하지 않아. 오 가다가 만난 女子인 걸.」
「세끼모도(關本)말인데. 女子도 相當히 마셨다. 글쎄다, 結果는 想像 되겠지. 萬一 일이 그렇고 그렇게 되어 버렸다면, 세끼모도(關本)에게 決鬪를 申請 하겠니?」
「그런 일은 하지 않아. 그래, 背德者 흉내를 내면서 行動하고있는 그치로서는 能히 할 수 있는 일이니까.」
료헤이(良平)는 웃고 말았지만, 愉快하지는 못했다.

二

하루를 지나고 土曜日, 히가시우에(東上)線의 電車안에서 偶然히 에리꼬를 만났다.
아침의 럿슈(Rush＝Rush hour의 준말)를 지난 時刻이었으므로, 電車는 비어 있었다. 료헤이(良平)가 올라타니까 에리꼬가 正面에 앉아있었다. 눈이 마주치자, 에리꼬는 微笑를 보내왔다.
료헤이(良平)는 옆자리에 앉았다. 에리꼬도 와세다(早稻田)에 가는 참인 것 같다.

「요전번에 當身의 親舊분들이『이찌마루』에 왔어요.」
「응, 갔었다고 들었어.」
이런 때에 료헤이(良平)는 모른 척 할 수가 없었다.
「그런데, 어떻게 되었지?」
「當身이 가 있을만한 술집을 찾아다니며 마셨드랬어요. 그날 밤, 신쥬꾸(新宿)에 없었나요?」
「自炊房으로 돌아와서 工夫하고 있었지.」
「그러리라 생각했죠. 그 사람들 거짓말쟁이들이로군요.」
「꼬시려 했겠지?」
「뿌리치고 돌아 왔어요. 이미 電車는 끊어져버렸으므로, 親舊의 아파-트에서 머물렀어요.」
「異常한 일이로군.」
「아니, 정말이에요. 그 分들, 어떻게 말 하던가요?」
「세끼모도(關本)말인가? 그 親舊, 別로 學校에 나오지 않아.」
료헤이(良平)는 에리꼬의 옆얼굴을 바라보았다.
에리꼬는 얌전하게 앉아 있다. 무언가를 숨기고 있는듯한 態度이기도 하고, 아니면 아무 일도 없었다는 듯한 泰然한 모습이기도 했다. 그 表情 만으로서는 종을 잡을 수가 없다.

「오늘 밤, 안 올래요?」
「마시게 되면 가지.」
經過는 어떻게 되었는지는 何如튼, 돈을 쓰면서 女子를 데리고 걸으면서 簡單하게 놓쳐버릴 세끼모도(關本)가 아니었다.
大學構內에서 헤어질 때, 에리꼬는 덧 부쳐 말했다.
「오늘밤에 商店으로 못 오신다면, 來日은 日曜日이니까 집으로 놀러 와요.」
「응, 가도 괜찮겠나.」
「오늘밤이나 내일이나, 어느 쪽으로 定해요. 來日이면, 月曜日에 받을 講義準備를 해 갖고 오세요.」
約束을 하고서 敎室로 들어가니, 다까야마(高山)가 와있었다.
다까야마(高山)도 新聞社 일이 있기 때문에, 別로 出席을 하지 않는다.
「神奇한 일이로군.」
옆에 앉자마자,
「이러고 있을 때가 아닌데.」
다까야마(高山)는 妙하게도 眞摯한 얼굴로 료헤이(良平)를 바라본다.
「세끼모도(關本)가 말이야, 너의 女子를 뺏어 갔다고

나팔을 불고 다닌단 말이다.」

「에리꼬 말이냐? 方今 헤어져서 들어오는 길인 데.」

「거짓말인가?」

「글쎄다, 잘 모르겠는데. 그러나, 에리꼬는 너도 알다시피 나의 女子가 아니지 않니. 요전번에 만난 하시모도(橋本)의 女子란 말이다.」

「先輩의 存在는 只今 論할 問題가 아니야. 何如튼 間에 단 하루 밤이라도 넌, 에리꼬와 잠자리를 같이 한 사이다. 세끼모도(關本)는 그 点을 重視하는 거야. 가진 돈을 몽땅 投資해서 軍資金으로 썼던 거다. 그 子息, 으스대고 있으면서 對抗心을 불태우고 있단 말이다.」

「그런지도 모르지.」

「女子는 아무런 말도 없었니?」

「없었는데. 말하지 않겠지. 말할 必要도 없었을 테니까. 그러나, 萬一 두 사람이 關係를 가졌다고 한다면, 그것을 秘密로 하는 것이 女子에 對한 仁義인데, 나팔을 불고 다닌다니. 정나미 떨어지는 親舊로군.」

「나팔을 불고 다니는 것을 보면, 아무 일도 없었는 것도 같고. 何如튼, 여섯時에 『아스나로우』에 있겠다고 했으니까, 가보자꾸나.」

「그래, 가 보자 구.」

午後, 가까운 映畫館에 가서 時間을 보낸 두 사람은 여섯時를 조금 지나서 『아스나로우』의 볕 가리개 주렴을 들쳤다.

세끼모도(關本)와 이이쓰까(飯塚)가 와 있었다.

하야노(早野)는 보이지 않는다. 이이쓰까(飯塚)는 도모에를 옆자리에 앉히고, 대접으로 무언가 하얀 것을 마시고 있다.

密造의 막걸리였다.

「호오, 이 집에도 막걸리가 있었던가?」

도모에가 對答한다.

「아니요. 이 사람이 가지고 왔어요. 自己가 가지고와서 自己 혼자 마시고 있으니까, 우리 집은 한 푼도 關係 없지 뭐에요.」

이이쓰까(飯塚)는 벌써 제법 醉해있다. 발밑에서 술병을 끄집어내면서,

「자아, 마셔. 한턱 쓰겠다.」

료헤이(良平)들에게 부어준다.

「야-아, 세끼모도(關本), 에리꼬와 잤다는 거 정말 이니?」

다까야마(高山)가 分明한 語調로 質問한 것은 盞에 부어 놓은 막걸리를 마시고 난 뒤였다.

「아아, 잤고말고.」

세끼모도(關本)는 어린애처럼 말하면서, 료헤이(良平)를 돌아다보았다. 한쪽 볼에 웃음을 머금었다.

「너와는 兄弟之間이 되어 버렸다는 意味다. 제법 感度가 멋들어진 애더구먼.」

「어디로 데리고 갔던 거니?」

「너무 늦어 하는 수없이, 溫泉 마-크가 있는 싸구려 旅館이지. 板子 한 장으로 막아 놓은 저쪽이 옆房인데 말이야, 그게 아주 宏壯 했단다. 죽여 주더 구 면. 刺戟을 받아서, 醉해있던 나도 興奮하고 말았다 니까. 그쪽은 分明 職業 女性인것 같았어.」

「누가 말이냐?」

「옆房에서 울부짖는 女子 말이지. 울면서 소리치는 가 했는데, 今方 相對에게 돈을 要求 하더구먼. 그것을 보면 怪常한 소리는 演劇이라고 본다면, 女子의 頭腦 構造는 어떻게 생겨먹은 것일까.」

「옆房의 女子 일은 어떻게 되었든 相關없어.」

다까야마(高山)는 막걸리 盞을 비웠다.

「그것보다, 에리꼬에 對해서 말 해 봐.」

「아아, 그女는 난·프로(Non·Pro)이니까, 純粹한 거지. 처음에는 抵抗을 하였지만, 許諾할 마음이 없다면 旅

舘으로 따라 들어오지 않았을 거 아닌가. 抵抗을 하면서도, 흠뻑 젖어 있는 거야. 나, 끊임없이 만져주었지. 그러는 사이에 相對가 오히려 積極的으로 나오는 거 있지. 그女의 벨(Bell), 제법 크던데. 興奮하니까, 단단해 지면서 우뚝 일어서지 뭐냐. 그 德澤으로, 窓바깥이 훤해 질 때까지 난, 不眠不休였단다. 어이!, 와까스기(若杉). 네게 感謝한다. 기막힌 女子를 던져주어서.」
세끼모도(關本)는 비웃는 듯한 웃음을 보내는 것은, 어찌보면 그가 거짓말을 하고 있지 않다는 것을 證明하고 있는 것처럼 생각 되었다.
료헤이(良平)는 한숨을 쉬었다.
「事實이라면, 여기서 난 네게 손수건을 던져야만 하겠지. 글쎄, 後에 確認해 보자구나.」
세끼모도(關本)는 奇妙한 소리를 내면서 웃었다.
「게-게-게-. 確認할 必要는 없을 껄. 그렇다면, 그女의 몸의 特徵을 말 해 줄까. 숲은 어떻다 든가, 몸놀림은 어떻다 든가, 소리는 어떻게 지른다든가 하는…….」
하자, 瞥安間 도모에가 료헤이(良平)에게 바싹 다가앉으면서, 얼굴을 비벼 왔다.
「이런 男子와 그런 女子와는 더 以上 사귀지 말아요. 醜雜(추잡) 스러워, 最低質이에요.」

避할 사이도 없이 료헤이(良平)는 입술을 마주하고 말았다. 一瞬間 唐慌했으나, 생각을 바꾸어서 도모에의 입맞춤에 應하기로 했다. 도모에는 情熱的으로 혀를 밀어 넣었다. 慰勞해 주려는 心算이겠다. 暫間동안 모두들 앞에서 키-스를 演出한 다음, 료헤이(良平)는 천천히 얼굴을 들어, 도모에의 눈을 凝視했다.

「너무 멋있었다.」

「只今부터, 우리 두 사람, 어디엔가 가요.」

「그거야 無理지. 마담氏에게서 쫓겨나요.」

「相關없어요. 於此彼 오늘은 손님도 없구요. 우리 집은 土曜日에는 恒常 텅텅 비어요.」

「요다음에 하지.」

이이쓰까(飯塚)가 료헤이(良平)의 어깨를 툭툭 친다.

「야, 인마!, 세끼모도(關本)를 패주지 않을 거가? 너를 만나게 해 주겠다면서 이곳저곳으로 끌고 다녔단 말이야.」

「때려봤자 별 수 없잖니.」

그때에 會社風의 손님이 두 사람 들어왔으므로, 도모에는 일어서서, 카운터-로 들어갔다. 이이쓰까(飯塚)가 가져왔던 막걸리는 벌써 동이 났고, 모두는 언제나처럼 燒酒를 마시기 始作했다.

세끼모도(關本)는 自身의 말이 거짓이 아니라는 것을 證明이라도 하듯, 에리꼬의 肉體的인 特徵을 말하기 始作했다. 그것은 료헤이(良平)의 記憶속에 남아 있는 것과 거의 一致하고 있다.

「그만 그만해 둬.」

하고 료헤이(良平)는 말했다.

「다물지 않으면 두들겨 패 줄 테다.」

세끼모도(關本)의 얼굴에 두려운 빛이 스쳐갔다. 입을 다물고, 燒酒를 마시면서,

「알았다.」

하고 말했다. 親舊之間이긴 하지만, 亦是, 暴力에는 恐怖를 느끼는 것 같다.

다까야마(高山)가 료헤이(良平)의 팔을 끌었다.

「딴 집으로 안 갈래?」

「안 돼요.」

도모에가 속삭이듯 말한다.

「이쪽이 나가면 相關없겠죠.」

義憤을 감추지 못하는 듯한 모습이다. 火를 내고 있는 그女 얼굴이 더없이 魅力的으로 보인다.

14

女子 두 사람

一

세끼모도(關本)들이 나갔다. 窓에다 얼굴을 바싹대고 눈餞送을 한 다까야마(高山)가 자리로 되돌아와서,
「저치들 『기요(喜代)』에로 들어갔다.
하고 말했다.
「또다시 한바탕 騷動이 일어나겠구먼.」
료헤이(良平)는 쓴웃음을 지었다.
「세끼모도(關本)는 平地에 波瀾을 일으키는 것을 좋아하는 子息이다. 에리꼬와 잤다고 한다면, 背德에 몸을 빠뜨리고 싶었던 게야.」
「패 주었으면 재미있었을 텐데.」
「女子일로 싸움을 한다는 것만큼 바보 같은 짓은 없어.

세끼모도(關本)는 내가 아닌 하시모도(橋本)와 라이벌(Rival)이 되었다는 거다. 그런데도 나와 트러블(Trouble)이 일어난다는 것은 異常하잖니?」

會社員 타입의 男子들이 곧 나가고, 좀 後에 主人마담이 돌아왔다.

그대로 들어오지도 않고 門만 열고서,

「도모에짱, 내게 소금 좀 뿌려다오.」

하고 말했다. 도모에는 그의 몸에 한 움큼의 소금을 뿌렸다.

「누가 죽었나요?」

「當身들도 操心들 해요.」

마담이 들어왔다.

「異常한 술은 마시는 게 아녜요. 우리 집에도 자주 들리는 손님이세요. 간다(神田)의 布帳馬車에서 暴彈酒를 마시고는, 그날 밤에 죽었대요. 메칠알-콜(Methyl-Alkohol=메타놀)로 맨든 爆彈酒였던 거 에요.」

暴彈酒란 에칠알-콜(Ethyl-Alkohol)로 만든다. 燒酒 全盛時代 以前에 愛飮 되었던 것으로, 알-콜- 分量에 일곱 倍의 물을 타서 마시는 것이다. 에칠일-콜 代身에 싸고 求하기 쉬운 메칠알-콜을 使用하는 惡德 業者가 있어서, 種種 事故가 나고 있다. 메칠을 使用한 暴彈酒에 失明을 한 사람도 있다.

료헤이(良平)가 對答했다.

「우리들은 念慮 없어요. 暴彈時代에는 알-콜-은 마시지 않았거든요. 그러니까, 그립지도 않거니와 좋아하지도 않아요.」

도모에가 말했다.

「막걸리도 危險해요. 네코이라스(쥐약의 藥名＝直譯＝ 고양이 必要없음)가 들어있는 境遇도 있어요.」

료헤이(良平)와 다까야마(高山)는 얼굴을 마주 보았다.

「아까 적에 마신 것은?」

「그건 念慮 없어요. 確實한 商店에서 샀다고 했으니까요.」

그쯤에서 도모에는 마담 쪽으로 向했다.

「오늘밤, 只今부터 이分들과 놀러 갈래요. 商店, 쉬어도 되겠죠?」

「그럼, 그렇게 해.」

료헤이(良平)와 다까야마(高山)는 도모에를 데리고 이께부꾸로(池袋)로 나왔다. 西쪽 入口의 驛前에는 마-켓이 늘어서 있고, 迷路처럼 요리조리 꺾어서 가자면 여러 種類의 店鋪가 늘어 서 있다.

신쥬꾸(新宿) 西쪽 入口처럼 盜品贓物(장물)아비도 있고,

暴力 술집이 있고, 民衆의 氣分轉換 場所이기도 하면서, 惡의 溫床이기도 하다. 이 마켓-에서는 다른 곳에서 三拾円에 먹는 라멘을 二拾円 이면 먹을 수 있다.
도모에가,
「내가 잘 알고 있는 집으로 가요.」
하고 말하면서, 물이 질퍽질퍽한 골목으로 들어갔다.
이곳에서는 함부로 아무 商店에나 들어갔다가는 대단한 狼狽(낭패)를 當하는 수가 있다. 데리고 들어간 곳은 『산호(珊瑚)』라는 아와모리(泡盛り)집이다.

ㄷ字型으로 카운터-가 짜여있고, 數名의 손님들이 마시고 있다
「어머나, 도모에짱 아니니. 오래간 만이네.」
술집의 女主人이 들어오는 도모에를 보자마자 반갑다는 듯이 목소리를 보낸다. 얼굴이 하얀 날씬한 美人이다. 눈도 多情스럽게 보인다.
(異常한데. 오끼나와(沖繩) 女子로는 보이지 않는데.)
座席에 걸터앉으면서 료헤이(良平)는 고개를 갸우뚱 했으나, 그 直感은 的中해서, 女主人은 에치고(越後=只今의 니이가다(新潟) 出身이었다. 세 사람이 들어갈 때에 뒤돌아서서 料理를 만들고 있던 主人이, 오끼나와(沖繩)의 이시가끼섬(石垣島) 出身 이라는 것은, 료헤이(良平)

가 『珊瑚』를 理解하고서 알 수 있었다.

「어떠니? 着實하게 해 나가고 있겠지?」

「그럼요. 誠實 빼고는 아무것도 없는 저니까요. 이 分들, 우리 집의 단골인 와세다(早稻田) 學生들이세요. 이쪽 分은 히가시우에(東上)線이니까, 이제부터는 이따금씩 들릴는지도 몰라요. 그때에는 잘 對해주세요.」

도모에는 료헤이(良平)들을 主人에게 紹介했다. 그런 다음, 료헤이(良平)에게 속삭였다.

「正面에, 거나하게 醉한 얼굴로 마시고 있는 아저씨가 보이죠? 詩人 야마노구찌·바꾸(山之口貘)氏세요.」

「헤에-」

그때에 야마노구찌·바꾸(山之口貘)氏는 柔和한 눈으로 료헤이(良平)를 바라보았다. 료헤이(良平)는 머리를 숙여 人事를 드렸다.

바꾸(貘)氏는 웃는 얼굴로 끄덕이고는,

「XX氏는 健康하시지.」

하고 말한다. 高名한 詩人인데도, 조금도 거드름이 없다. 허물없이 말을 걸어오는 것이다. 바꾸(貘)氏의 입에서 나온 이름은 國文科의 敎授로서, 바로 료헤이(良平)가 그 敎授의 講義를 一般敎養科目으로서 受講하고 있는中이다.

「네에. 健康하십니다.」

「安否나 傳해 주게나.」

그렇게 말한 바꾸(貘)氏는, 샤미센(三昧線=日本의 固有 樂器)같이 생긴 것을 끄집어내더니 켜기 始作했다.

오끼나와(沖繩)의 샤비센(蛇皮線=뱀 가죽으로 線을 만든 樂器)이라는 것이다.

야마노구찌·바꾸(山之口貘)氏 뿐만이 아니고, 어쩌면 이 술집은 인테리들이 모이는 곳인가 보다.

周圍의 男子들은 끊임없이 藝術論으로 꽃을 피우고 있다.

료헤이(良平)들은 아와모리(泡盛り)를 마시기 始作했다.

　　※【泡盛(り)=琉球(現오끼나와(沖繩)特產의 좁쌀 또는
　　　　　　쌀로 담근 毒한 燒酒의 한 種類】

「어떻게 되어서 이런 술집을 알게 되었지?」

「몇 번인가 사람들에게 이끌려서 왔던 적이 있어요. 한창 놀러 다니고 있을 때에요.」

손님中 한 분이 바꾸(貘)氏의 샤비센(蛇皮線)에 맞춰서 오끼나와(沖繩)의 노래를 부르기 始作 했다. 말은 하나도 알아 들을 수가 없다. 오끼나와(沖繩)의 옛 말이기 때문이다. 哀調를 띈 노래였다.

아와모리(泡盛り)는 毒하다. 맨 처음에는 그 特有의 냄

새에 놀랐지만, 마시는 사이에 親해졌는지 맛있게 느껴져 왔다.

醉氣도 漸漸 더해 갔다.

도모에가 료헤이(良平)의 무릎위에 손을 얹으면서, 上體를 기대어 왔다.

「오늘밤, 當身 下宿에 재워 줘요.」

「그렇게까지 나를 慰勞해 주려고?」

「아니요. 처음부터 좋아 했는걸요.」

다까야마(高山)가 도모에의 어깨너머로 료헤이(良平)의 어깨를 두드린다.

「逃亡하면 안 된다, 너. 난 그만 돌아가겠다. 逃亡치지 말어 야.」

二

료헤이(良平)는 도모에를 데리고 마지막 電車에 올랐다. 마지막 電車는 煩雜(번잡)하지만 그것이 어쩐지 쓸쓸함을 느끼게 한다.

술집에 나가는 女人들의 疲勞에 지친 모습들이 있다. 醉해서 소리치는 醉客들도 있다. 그리고 서로 끌어안은 모습으로 密談을 나누고 있는 커플(Couple)도 있다.

(에리꼬가 탈는지도 모르겠구나.)

료헤이(良平)는 이렇게 생각했다. 얌전히 집으로 가는 것이라면 반드시 이 마지막 電車를 利用한다. 이 電車는 시루기(志木)까지 간다.

(만난다면 만날 그때의 일이다.)

헌데 세끼모도(關本)는 틀림없이 『이찌마루』에 갔을 것이다. 세끼모도(關本)와 놀게 되면, 이 電車는 타지 않겠지. 아니라면, 세끼모도(關本)를 데리고 나타날는지도 모르는 일이다.

發車하려는 瞬間, 에리꼬가 나타났다. 몇間의 車輛이 달려 있는데도 하필이면 료헤이(良平)들이 서있는 場所에서 가까운 門으로 들어왔다. 眞짜 偶然이다. 곧 바로 눈이 마주쳤다.

에리꼬는 멈칫하고 서서, 두려운 얼굴을 한다. 一瞬, 逃亡가려는 듯한 기척을 보였다. 그런 모습에서, 세끼모도(關本)가 그 술집에 갔었다는 것을 알았다. 가서는 료헤이(良平)에게 모든 것을 털어 놓았다고 말했음에 틀림없다. 곧 바로 에리꼬는, 도모에를 알아보았다. 눈이 곧 료헤이(良平)의 얼굴에 멈추고서, 그대로 다가왔다.

「安寧.」

하고 에리꼬가 먼저 人事를 한다.

「오지 않았더군요. 來日, 와 주는 거죠?」

료헤이(良平)는 말없이 가만히 고개를 도리질 했다.

「왜죠?」

하니까, 도모에가,

「이 사람, 누구?」

하고 말한다.

「신쥬꾸(新宿)의 에리꼬 氏.」

「어머. 이 사람이군요. 그렇담 어째서 세끼모도(關本)氏와 함께 있지 않는 거죠?」

에리꼬는 敵意에 찬 눈으로 도모에를 바라본다.

아마도 도모에도 그런 눈을 하고 있음에 틀림없겠다.

「當身,『아스나로우』의 女子군요. 只今 어디에 가나요?」

「이 분의 自炊房, 내일 이분의 洗濯을 해 드리려구요.」

「그래요. 알겠어요.」

에리꼬는 몸을 홱 돌리더니 홈(Platforme)에 내려, 그대로 달려가 버렸다.

홈의 벨(Bell)이 울리기 始作했다.

「어떡할래요?」

도모에는 료헤이(良平)의 등을 두드렸다.

「뒤쫓아 갈래요?」

「어떡하긴, 아 아니, 내가 왜 그래야만 하지? 그만 됐어.」

신쥬꾸(新宿)로 돌아가겠지. 세끼모도(關本)는 아직도 신쥬꾸(新宿)에서 마시고 있을게야, 하고 생각했다. 아니면, 하시모도(橋本)의 房으로 가겠지. 도어가 닫히고, 電車는 움직이기 始作 했다.

도모에가 으스댄다.

「내 쪽이 훨씬 깨끗해. 그 程度의 女子라면 세끼모도(關本)에게 줘 버리는 게 좋지 않아요?」

「주시고 자시고가 어데 있어. 그女에게는 確實한 戀人이 있다 구.」

드디어 電車는 나리마스(成增)驛에 到着하였고, 두 사람은 내렸다.

改札口를 나와서, 路線을 따라 넓고 어두운 길을 向하고 있자니, 뒤 쪽에서 바쁜 듯한 발자국 소리가 들려왔다. 그림자가 두 사람을 追越해서 그 앞에 우뚝 섰다.

「저도 같이 가겠어요.」

에리꼬 였다. 료헤이(良平)는 어이가 없었다.

「무슨 흉내를 내는 거야?」

自身도 모르게 목소리가 거칠어졌다.

「이젠 電車도 없구요. 저도 재워 줘요.」

「當身.」

료헤이(良平) 代身에 도모에가, 에리꼬에게로 다가섰다.

「세끼모도(關本)氏와 잤잖아요. 세끼모도(關本)있는 곳에 자러 가면 되잖아요?」

「싫어요. 當身이 다른 貞淑한 아가씨라면, 두말 않고 돌아 서겠어요. 그렇지만, 『아스나로우』의 도모에라면, 싫군요. 흥, 當身도 세끼모도(關本)와 잠자리를 함께 하지 않았던가요?」

「어머나, 아무렇게나 함부로 말하지 말아요. 난 우리 집의 손님들과 잠자리를 같이 한 일은 한번도 없어요.」

「거짓말 말아요. 알고 있어요. 오늘밤, 세끼모도(關本)가 와서요, 當身에 對해서 말 하던걸요. 와까스기(若杉)에게서 너를 돌려받았다, 그래서 도모에를 주어버렸다, 交換한거지."라 구요. 그것을 모르고 있는 사람은 이 사람 혼자뿐이에요.」

「거짓 말 이에요.」

도모에는 큰소리로 말하면서 료헤이(良平)에게 다가섰다.

「絶對로, 그런 게 아니에요. 그런 子息, 손가락 끝 하나라도 스치지 못하게 했는걸요.」

「아니요, 이이쓰까(飯塚)氏도 首肯 했어요.」

「그 사람도 줏대 없는 男子에요.」

료헤이(良平)는 도모에의 드드득 이를 가는 소리를 들었다.

「나는요, 當身과는 달라요.」

「난 속아 넘어간 것뿐이에요. 抵抗 할 수도 없었어요. 當身은, 그렇지 않잖아요.? 세끼모도(關本)와 共謀한 것 아닌가요?」

마지막 電車에서 내린 몇 사람이 세 사람을 에워싼다.

「무엇을 옥신각신하고 있는 게야?」

「男子 뺏기 싸움인가 부지. 부러운 지고.」

「한 사람은 이쪽으로 돌려.」

이대로 있으면 困難하게 될 것 같다. 료헤이(良平)는 도모에의 어깨를 안으면서 걸어갔다.

「좋아, 何如튼 내房으로 가자 구. 이야기는 그때부터다.」

어떻게 되든, 도모에나 에리꼬는 이젠 돌아갈 電車가 끊겼다. 젊은 女子들이므로 그냥 내버려 둘 수는 없는 것이다.

三

집안으로 들어가기 前에, 료헤이(良平)는 두 女人에게 단단히 注意를 주었다.

「아침까지 이야기해도 좋지만, 큰 목소리는 내지 마. 같은 지붕 아래에 몇 世帶가 살고 있으니까.」

「알겠어요.」

두 女人은 같이 首肯했다. 걸어오는 사이에도, 두 사람의 말 싸움은 繼續 되었었다.

아무래도 세끼모도(關本)가 도모에에 對해서 한 말 自體는 에리꼬의 創作物이 아닌 것 같다.

그러나 그것은, 事實이 아닌 것 같다. 세끼모도(關本)의 헛 威勢로서, 손가락 끝 하나 건드리지 못하게 했다는 도모에의 말이 眞實인것같다. 漸漸 에리꼬도 그것을 알았다는 듯이, 말 數가 적어져갔다. 세끼모도(關本)가 거짓말쟁이라는 것은 에리꼬 自身이 몸소 體驗했던 直後이다. 세 사람은 료헤이(良平)의 房으로 들어갔다. 이불이 그대로 펴져있다.

「놀랬지. 宏壯한 房이지.」

窓門의 유리는 깨어져있고, 깨어진 곳을 널판자로 못질해있다.

료헤이(良平)는 이불을 접어서 구석 쪽으로 밀어놓고, 兩班다리를 하고 앉았다.

「오늘밤에는 세끼모도(關本)가 誘惑하지 않았는 가부지?」

「꼬시던걸요. 그렇지만, 이젠 두 번 다시 속아 넘어가지 않아요. 眞짜로 말하자면 商店에도 못 오게 했으면 좋겠어요. 恥事한 子息.」

「當身, 暴力으로 强姦 當했다고 했죠?」

「그래요. 恥事한 子息이라니까요. 그 恥事함을 으스대고 있어요.」

「眞짜로 抵抗할 수 없었을까? 난 말이에요, 그런 말 믿기지가 않아요. 女子가 마음먹고 抵抗을 한다면, 絶對로 當하지않아요.」

「너무 醉해 있었기 때문이에요.」

「얼마를 마셨던 간에 避하려고만 한다면 얼마든지 避할 수 있는 거 에요.」

「이제 그만.」

료헤이(良平)는 도모에를 달랜다.

「나나 자네가 끼어 들 일은 아닌 것 같다. 이 사람에게는 하시모도(橋本)라는 戀人이 있단다.」

「그런 것 같아요. 욕심쟁이로군요.」

「그 사람, 그냥 惰性(타성)으로 만나고 있을 뿐이세요. 戀人이 아닙니다.」

「어느 쪽이든 간에 關係를 繼續하고 있는 거 아닌가요? 그런데도, 세끼모도(關本)와도 잤다. 그런데, 어째서 우리들 사이를 妨害하려는 거죠?」
「妨害는 하지 않아요. 난 다만, 이분에게 辨明하려 왔을 뿐이에요.」
에리꼬는 료헤이(良平)쪽으로 向했다.
「거짓말해서 未安해요. 하지만, 묻지도 않았잖아요.」
「알겠다. 何如튼, 난 火가 나지는 않아. 但只 좀 놀랐을 뿐이라 구. 자-자-, 그만 자지 그래.
「어떻게 자면 되나요?」
도모에가 不滿스러운듯이 말했다.
「自身의 親舊와 잠자리를 한 사람을, 當身은 容恕하는 건가요?」
「容恕고 자시고가 없어. 何如튼, 한숨 자야지. 세 사람이서 뒤섞여 자는 거다.」
「그럼, 내가 한 가운데 에요.」
「그게 좋겠군.」
접어놓은 이불을 펴고서, 료헤이(良平)는 옷을 벗었다. 도모에가 그것을 받아서 행거에 걸었다.
료헤이(良平)는 窓門쪽으로 누웠다. 세 사람이서 잘 때에는 어떻게 하는 것인가는 잘 모르지만, 繼續 이야기를 하고 있으면 다른 房 親舊들에게 알려질 念慮가 있는 것이다. 여기서는 점잖게 재워야만 하는 것이다.

료헤이(良平)를 따라서 도모에가 슬립(Slip＝女性洋裝의 속옷의 하나)의 차림으로 이불속으로 들어갔다.

에리꼬는 앉은 그대로 가만히 있다.

도모에가 말했다.

「當身은 그대로 있을 건가요?」

「……………」

「그렇담, 그곳에 그대로 있어도 相關 없어요. 亦是, 妨害를 놓으려고 온 거군요.」

「當身은 이 사람을 좋아하나요?」

「그럼요. 안 되나요?」

「眞짜로 세끼모도(關本)와는 아무 關係도 없나요?」

「요다음에, 혼을 내어 주겠어요. 그딴 子息. 돈을 얼마만큼 가져 와도 싫어요.」

「그럼, 물어볼게요.」

에리꼬는 일어서서 電燈을 끄고는, 다시 앉았다.

「오늘밤, 세끼모도(關本)는 當身의 몸의 特徵을 말 했어요.」

「헤-에-. 재미있는데. 뭐라 했는데? 맞는가 어떤가, 이 사람에게 確認시켜 보겠어요.」

「그러면 좋겠네요. 맨 먼저, 크리토리스(Clitoris=陰核)에 對해서 말했어요. 當身, 일 센치 程度 된 다구요?」

15

深夜의 複道

―

도모에도 에리꼬도 같은 程度로 醉해있다. 醉해 있기 때문에, 말다툼도 險해져 갔다.

에리꼬의 質問도 露骨的이다. 平常時의 얼굴이라면, 아무리 도모에를 敵對視 했더라도 할 수 있는 質問이 아니었다. 크리토리스(Clitoris=陰核)라는 名稱도 너무 分明하다. 한편, 그것을 듣고 있는 료헤이(良平)도 醉해 있다. 그래서인지 好奇心이 일었다. 에리꼬의 質問의 露骨함을, 實은 歡迎하고 있다. 욕 바라지를 하면서 싸우는 것보다 훨씬 재미있는 것이다.

다른 房 親舊들에게 弊도 되지 않는다.

「헤에, 그렇게 말 하던가요.?」

도모에는 冷情을 되찾고 있었다.

「그리고는?」

「젖꼭지가 兩쪽 모두 한가운데가 움푹 들어가 있대요.」

「그리고?」

도모에는 한층 더 沈着해져 갔다. 根據도 없는 데마(Demagogie＝(독)煽動的인 惡宣傳, 헛소문.)이므로, 眞摯한 氣分으로 듣고 있는 때문인지, 그것은 알 수가 없다.

「그리고, 좋은 感想은 말하지 않았어요. 그렇지만, 그것은 말하지 않고 그만 둘래요.」

「아 아니. 괜찮아요. 말 해봐요. 그 子息이 말한 그대로요.」

「괜찮겠어요.?」

「괜찮아요. 들어 두는 것이 좋을것 같아요. 무어라고 했나요?」

「내가 말 한 것이 아니니까, 火 내지 말아요. "全然 조여주는 맛이 없어. 조금도 氣分이 나지 않아."라구요」

「그렇군요. 그리고, 그것뿐?」

「그래요. 그것뿐.」

도모에는 료헤이(良平)의 어깨를 흔들었다.

「자고 있는 거 에요?」

「아니, 듣고 있어.」
「그 子息, 形便없는 子息이야. 더 以上 우리 집에 못오게 할래요.」
「너무 甚했군. 眞짜 그렇게 말했다면, 보자기를 둘러씌어서 모두가 함께 두들겨 패 주어야겠다. 假令 事實이라 할지라도, 함부로 떠벌릴 말이 아니다. 아무리 背德을 흉내 내고 다닌다 하더라도, 말을 골라서 하지 않으면 안 되는 거야.」
에리꼬가 말했다.
「火만 내고 있으면 안 돼요. 具體的인 点은 어때요? 主觀的인 惡談은 別途로 하고서라도.」
「火낼것도 없어요. 事實이라면 火가나서 견딜 수 없겠지만, 事實이 아닌걸요. 어이가 없을 뿐이에요. 當身의 그 술집에서 그렇게 말했다 이거죠?」
「그럼요.」
「나의 이름을 말 하면서?」
「그래요.」
「다른 손님들도 있었겠죠?」
「셋 程度 있었어요. 재미있어 하며 듣고 있었어요.」
「絶對 容恕할 수 없어.」
도모에는 다시 한 번 료헤이(良平)를 흔들었다.

「이봐요, 와까스기(若杉)氏. 어떻게 생각해요.?」

「응, 容恕하지 않겠어.」

「아 아니, 그런 게 아니고, 그 子息이 事實을 말하고 있다고 보세요? 事實인지 想像을 부풀린 것인지 알 수 없다고 생각하세요.? 데마(Demagogie)라고 생각하시나요? 세개 中 어떤 거라고 생각하는지. 말해줘요.」

「그야 데마가 分明하지.」

「기뻐요.」

도모에는 료헤이(良平)를 끌어안았다.

「그렇게 말 해 주기를 바랐어요. "確認해 보기前에는 알 수 없지", 하고 말하지 않기를 바랐어요.」

「으음. 그 子息과 자네와는, 자네를 더 信用하니까. 그런데 어째서, 그 子息은, 쓰잘 데 없이 사람의 名譽를 損傷시키는 말을 함부로 내 뱉는 것일까?.」

「自身이 무언가 劣等感을 안고 있기 때문이겠죠.」

도모에는 료헤이(良平)의 뺨에 입을 맞춘다.

료헤이(良平)는 어두컴컴한 속에 앉아있는 에리꼬를 바라 보았다.

「앉아 있지만 말고, 이불속으로 들어와요.」

「들어가도 괜찮아요?」

에리꼬는 일어서서 옷을 벗고 하얀 속옷 모습으로 되었

다. 에리꼬가 들어올 場所를 비켜주기 爲해서, 도모에는 료헤이(良平)에 꼭 붙었다.

에리꼬는 이불속으로 들어와서 天井을 쳐다보며 반듯하게 누웠다.

「當身은 좋은 것을 말 해 주었어요.」

하고 도모에는 말했다.

「이로서 와까스기(若杉)氏를 說得시킬 口實이 생겼네요. 이미 이렇게 되어 버렸으니까, 어떻게 해서든 데마인지 事實 인가를, 確認 받지 않으면 안 되게 되어 버렸어요.」

「그렇네요.」

에리꼬는 낮은 소리로 말하였다. 조금 술이 깨는 듯하다. 直感的으로, 爆彈이 不發 되었다는 것을 아는 것 같았다.

「이봐요.」

하고 도모에는 료헤이(良平)를 껴안아 왔다.

「確認 해 줘요.」

「그럴 必要가 있겠어. 난 자네를 믿고 있으니까.」

「안 돼요. 어쩌면, 偶然的으로 的中 할는지도 모르잖아요. 젖꼭지의 中央이 움푹 파여 있지 않다는 것은, 나 스스로 알 수 있어요. 하지만 다른 것은 몰라요.」

「女子는 自身의 特徵을 自己 自身이 모른단 말인가?」

「그럼요. 적어도 저 만은요.」

二

結局, 료헤이(良平)는 도모에의 조름에 못이기는 척 그 秘境에 손을 더듬어 갔다. 當然히 이것은 도모에를 데리고 올 때부터 바라고 있던 일이기는 하지만, 어떻게 되어서 妙한 狀況이 벌어지고 말았던 것이다. 도모에는 스스로 옷을 全部 벗었다. 에리꼬에의 對抗心도 곁들어 있기 때문 일게다.
「자요, 付託해요.」
「으음.」
順序를 따라서, 료헤이(良平)는,
(하야노(早野)가, 알게 되면 火를 내겠지. 그러나 하야노(早野)는 짝 사랑 뿐이므로 하는 수 없지 뭐.)
하고 생각하면서, 도모에에게 입을 맞추었다.
처음부터 도모에는 료헤이(良平)의 입술을 事情없이 빨아준다. 技巧的이 아니다. 오로지 情熱的으로 세게 빨아주는 것이다.
입을 맞추면서 도모에의 어깨 너머로 에리꼬 쪽을 보았다. 에리꼬는 반듯이 누워서 天井을 올려다보고 있는 것 같다.

異常한 생각이 들었다.

(이 애에게는 戀人이 있다. 나와의 關係는 지나가는 바람에 不過하다. 어느 쪽을 擇하라 한다면 물론 戀人쪽을 擇하겠지. 요 前番에도 그랬었다. 그런데도 不拘하고 왜 여기로 따라오는 걸까? 女子의 固執이라는 걸까?)

그러나 료헤이(良平)는, 에리꼬 에게는 모든 것을 許諾하고 있는 하시모도(橋本)라는 사람이 있다는 認識때문에, 마음이 가벼웠다.

입을 맞추면서 도모에의 豊滿한 가슴을 만져 주었다. 천천히 乳房을 만진 다음, 젖꼭지를 비벼주었다.

움푹 파인 곳이 없다.

「없지요?」

「없는데.」

이 말을 에리꼬에게 들려주기 爲해서는 確實하게 對答하지 않으면 안 된다.

「빨아줘요.」

료헤이(良平)는 몸을 웅크리고서 그 젖꼭지를 입에 넣었다. 若干 짭짤한 땀 맛이 난다. 혀로 만지작거린다. 漸漸 젖꼭지는 단단해 지고, 도모에는 呻吟을 吐하면서 가슴을 움츠린다.

료헤이(良平)의 허리를 세게 껴안아 온다.
세끼모도(關本)의 데마를 確認해 가면서, 愛撫를 進行시킨다. 라고 하는 形態로 되었다.
드디어, 료헤이(良平)는 얼굴을 들었다. 하자 도모에의 입술이 부딪쳐 왔다. 에리꼬의 存在는 도모에의 行動의 妨害가 되지 못 하는 것 같다. 오히려, 그 反對로 積極的인 行動으로 나가게 하는 結果로 되어 버렸다.
입을 맞추면서, 료헤이(良平)의 손은 도모에의 腹部를 쓸어내려 갔다. 매끄럽고 起伏이 甚한 몸매이다. 몸이 단단하다. 에리꼬 보다 살이 통통하다.
(헌데, 여기에 에리꼬가 있다. 에리꼬를 옆에 두고서 맺어질 수는 없다. 이렇게 氣分 洽足하게 愛撫해 주는 것만으로 끝내야겠지.)
이렇게 생각하면서 손을 아래쪽으로 쓰러 내려가는데, 멀리서 軍歌를 부르는 소리가 들려왔다. 곤도(近藤)의 목소리다.
마지막 電車가 지나 간지가 오래됐는데, 只今에사 醉해서 돌아온다. 아마도 나리마쓰(成增)의 닭구이나 어느 술집에서 한 盞씩 걸치고 오는 것 같다.
곤도(近藤)의 소리에 合唱을 하는 것은 가메다(龜田)인 것같다.

목소리가 가까워지고, 途中에서 끊어 졌다. 집이 가까워 졌으므로 操心들을 하는 것이다.

발자국소리가 들리고, 玄關門이 열렸다.

「곤도(近藤)와 가메다(龜田), 只今 돌아옵니다.」

구두를 벗고서 複道로 오른다.

(電燈을 꺼 버려서 多幸이다.)

그렇게 생각하는 료헤이(良平)의 귀에,

「이것 봐라, 女子 구두가 있는데. 그것도 두 켤레나.」

하고 소리치는 가메다(龜田)의 목소리가 들려왔다.

「정말이네. 음-, 그러나, 좋아. 우리들과는 相關없는 일이니까.」

「따는 그렇군. 아아, 드디어 돌아왔다. 내일은 日曜日이다. 잠이나 실컷 자야지.」

두 사람은 제 各各 房으로 들어 간 것 같다.

료헤이(良平)는 마음을 놓았다.

하자 도모에가 속삭인다.

「親舊分들?」

「그래.」

한 지붕아래 高校時節의 親舊들과 함께 있다는 것은, 마실 때 들어 알고 있다.

「내일 아침 困難해요?」

「아니야, 걱정 할 必要가 없어.」

료헤이(良平)의 손놀림이 다시 始作 되었고, 도모에는 몸을 살며시 열어준다. 秘境은 따스하게 흘러 넘쳐있고 가만히 느끼고 만 있다.

료헤이(良平)는 操心을 하면서, 천천히 愛撫해 주면서, 세끼모도(關本)가 일 센치(Cm)나 된다고 하는 場所를 가만히 문질러 준다.

「여기다.」

「아-아-!」

만져주니까 도모에는 엉덩이를 약간 뒤로 뺀다.

普通이다. 어찌 보면 에리꼬의 것보다도 若干 작은 느낌이 든다.

도모에는 말했다.

「어때요? 에리꼬氏에게 말 해 줘요.」

료헤이(良平)는 다시 만져 주면서, 세끼모도(關本)가 한 말은 全的으로 虛僞였다는 것을 確認했다.

만져주는 사이에 若干의 變化가 일기는 했지만, 若干 길게 재어 보아도 일 센치의 半 程度 밖에 되지 않았다.

普通 以上은 아니다. 도모에는 두 다리를 若干 떨면서 참고 있다. 료헤이(良平)는 에리꼬에게 말했다.

「세끼모도(關本)가 말 한 것과는 全然 틀려.」

「알고 있어요.」

에리꼬는 어둑어둑한 속에서 繼續 눈을 뜬 채 누워있다. 얼굴을 이쪽으로 돌리면서 잠기는 語調로 말한다.

료헤이(良平)의 손은 溪谷을 따라 아래로 내려간다. 넘치는 샘을 意識했다. 보다 敏感한 場所를 지났기 때문에, 도모에의 다리의 痙攣은 멈췄다. 숨찬 목소리도 가느다랗게 變했다. 좌우의 꽃잎도 길이가 같고, 이것도 特別한 곳이 없다. 료헤이(良平)는 에리꼬에게 말했다.

「全部, 그 子息이 한 말은 거짓말이다. 完全히 달라.」

에리꼬는 다시 首肯한다.

「알고 있어요.」

이젠 役割은 끝났다. 한편으로는 세끼모도(關本)는 醉中에서 眞實을 말 한 것은 아닐까. 도모에는 그것이 正確하게 밝혀졌을 때에는, 『偶然의 一致』라고 하려 했던 것은 아니었을까. 료헤이(良平)에게는 그러한 疑心이 없었던 것은 아니었다.

그러나 그렇지가 않았다. 마음이 개운함을 느꼈다. 이젠 손을 빼 내어도 좋겠지. 그러나 료헤이(良平)는 愛撫를 繼續했다.

三

드디어 도모에의 손이 료헤이(良平)의 몸을 더듬기 始作했다. 只今까지 가만히 있었던 것은 료헤이(良平)에게 冷情하게 判斷을 받기 爲해서 辭讓하고 있었는지도 모르겠다.

躊躇 躊躇 하면서도 的確하게 료헤이(良平)를 붙잡았다. 낮은 목소리로 感動스런 소리를 내면서, 繼續해서 주물러왔다. 當然히, 료헤이(良平)는 아까부터 興奮狀態로 되어 있었고, 도모에의 愛撫를 즐거운 感覺으로 받아들이고 있다.

바로 그때에 도어를 두들기는 소리가 났다.

료헤이(良平)는 손가락의 運動을 멈췄다

「누구.?」

낮은 소리로 도모에가 속삭인다.

료헤이(良平)도 작은 소리로 대답했다.

「자는 척 하자 구.」

도어가 다시 두들겨졌다.

「어이.」

가메다(龜田)의 목소리다.

「자는 척 해봤자 所用없어. 이야기 소리가 들리던 걸. 門 열어.」

요즈음 가메다(龜田)는 全然 敬語를 쓰지 않는다. 學校

는 다를지언정 같은 學年이 되었기 때문이겠지. 료헤이(良平)는 천천히 도모에의 손을 밀어 놓고서, 일어났다. 두 사람의 女子의 베갯머리를 넘었다. 門 걸쇠를 벗기고 밖으로 나갔다.

「무슨 일이야?」

「밥 남은 거 없니? 배가 고프다.」

「없어. 나도 아까 마시고 돌아 온지 얼마 안 돼.」

「그래, 으-ㅁ. 그럼 이대로 잘 수밖에 없는 건가.」

가메다(龜田)는 흐느적거리고 있다.

「한숨 자고나면 아침이다. 좀 참아라.」

「누가 와 있는 거야?」

「親舊들이야.」

「女子들이지?」

「그렇다.」

「두 사람 다?」

「음.」

「그럼, 한 사람은 내게 돌려라. 獨占은 너무 하는 거다. 付託이다. 오늘밤에 채이고 왔단 말이야.」

「그런 일을 할 수 있냐? 나도 얌전히 자고 있는 거야.」

「거짓말 하지 마.」

가메다(龜田)는 재빠르게 료헤이(良平)의 앞으로 손을 내어밀었다.

醉해 있다고는 생각 못할 程度로 재빨랐고, 노림도 的確했다.

「이것 봐. 이렇게 되어 있 잖냐.」

「치워.」

료헤이(良平)는 가메다(龜田)의 손을 뿌리치고서,

「이렇게 되는 것은 自然現狀이고, 하는 수 없지. 何如튼 얌전한 아가씨 들이다. 쓸데없는 注文은 치워. 점잖게 자는 거다. 네일, 그女들이 좋다고만 한다면 紹介시켜 주지.」

「욕심쟁이 子息.」

이번에는 가메다(龜田)는 료헤이(良平)의 팔을 붙들고 흔든다.

「돌려주지 않으면, 요시꼬(美子)氏에게 便紙를 쓸테다.」

「바보 같은 소리 綽綽 해.」

하는데, 곤도(近藤)의 육조房의 門이 열리고,

「무엇을 수군거리고들 있는 게야?」

이번에는 속옷차림으로 곤도(近藤)가 비틀거리면서 나타났다.

가메다(龜田)라면 아직도 꽉 누를 수가 있지만, 強靭한 곤도(近藤)다 보니 이야기가 順坦치가 못하다.

「아니야, 아무것도 아니야. 이 子息, 배가 고픈 모양이다, 只今, 참고 자라고 說敎하고 있는 中이다. 자-, 가메다(龜田), 빨 랑 빨랑가서 자라.」

「뭐라꼬?」

곤도(近藤)는 눈을 휘둥그레 뜬다.

「길가에서 파는 소바를, 설마하니, 두 그릇이나 먹고 돌아오는 길이다. 배가 고플 턱이 없어. 난 세 그릇 값을 支拂 했단 말이다. 인마!, 너 뱃속은 어떻게 된 게야. 거지새끼래도 들어 있는 거 아니야.?」

「아니야, 그런 게 아니란 말이요. 이것 보라구요, 여기 구두를 보란 말이요.」

료헤이(良平)가 슬쩍 눈을 껌벅이는 信號를 無視하고 가메다(龜田)는 나란히 놓여있는 두 컬레의 女子 구두를 가리킨다.

「이 두 사람, 只今, 이 房에서 자고 있어요. 이렇게 不公平한 일이 있을 수 있냐는 말씀입니다.」

「뭐라 꼬? 와까스기(若杉)의 손님 이라 꼬?」

곤도(近藤)는 눈을 부라리면서 료헤이(良平)를 밀친다.

「와까스기(若杉), 이거 정말이가? 房에 들어가보겠다.」

房門을 열려고 한다. 료헤이(良平)는 唐慌해서 앞을 가로막는다.

16
彷徨의 밤

一

앞을 가로막는 료헤이(良平)를 밀치고, 곤도(近藤)는 들어가려고 했다. 밀치락달치락 하고 있다.
가메다(龜田)는 재미있다는 듯이 보고 있으면서 곤도(近藤)의 편을 들고 있다.
「그만들 해 둬.」
료헤이(良平)는 곤도(近藤)의 가슴을 밀쳤다.
「아가씨들은 只今 한창 자고 있단 말이다.」
「別다른 짓은 하지 않아.」
곤도(近藤)는 비틀거리면서도 다짐을 한다.
「但只 얼굴만 보자는 거야.」
「알겠다. 아침에 紹介시켜 줄 테니까. 그렇게 醉해 있으니까 안 되는 거야.」
「좋아.」
곤도(近藤)는 마루에 兩班다리를 하고 앉았다.
「여기에 앉아 있는 것은 나의 自由다. 넌 너 마음대로
　해.」
「나도 여기서 좀 쉬어야겠다.」
가메다(龜田)도 곤도(近藤)와 나란히 앉았다.
「글쎄, 그건 너희들의 自由겠지.」
료헤이(良平)는 두 사람을 남겨두고서, 房으로 들어갔고, 門을 닫고서 고리를 걸었다. 그리고선 도모에의 옆으로 들어갔다.
「어떻게 되었어요?」
소리를 낮추면서 도모에가 묻는다. 도모에나 에리꼬는 醉客相對의 술집에서 일하고 있다. 그렇게 두려워하고 있지는 않았다.
「마루에 버티고 앉아 있단다.」
료헤이(良平)는 도모에의 등으로 팔을 돌렸다.
가메다(龜田)들에게서 妨害를 받았기 때문에, 愛撫는 처음 부터 다시 始作하지 않으면 안 되었다. 그런데, 두 사람은 아직 마루에 버티고 있으므로, 그런 氣分이 나지 않았다.

「그러니까, 하여튼 한숨씩 자자꾸나.」
하니까, 에리꼬가 중얼거린다.
「두 사람 인가요?」
「그럼. 한 사람 이라면 相關없겠니?」
생각하기에 따라서는 대단한 侮辱을 內包하고 있는 말이다. 료헤이(良平)로서는 弄談으로 말한 것뿐이다. 그런데 에리꼬는 意外의 對答을 하는 것이 아닌가..
「좋아요, 한 사람 이라면.」
라고 對答하는 것이다.
「그럼, 가서 가위 바위 보를 하라고 말 할까?」
「싫어요. 그런 것은. 혼자였다면 좋다는 말이에요. 두 사람이 있어, 어느 한쪽을 定해야 한다는 것은 싫어요」
마루는 조용하기만 하다. 마루에서 조금이라도 떠들면, 다른 貫入者들에게 弊를 끼치게 되기 때문이다. 그런 点을 操心을 하고 있는 것 같다. 도모에는 료헤이(良平)에게 안긴 채 가만히 있다가, 조금씩 下腹部를 밀어오면서 다리를 휘감아 왔다.
료헤이(良平)는 그 등을 쓸어준다.
에리꼬가 낮은 소리로 말했다.
「저와는 이젠 끝인가요?」

「그건 그러는 게 좋아.」
도모에가 료헤이(良平) 代身에 말했다.
「背信했기 때문이지.」
「그렇담, 따라와서 損害봤네.」
도모에는 료헤이(良平)를 주물러 왔다.
에리꼬의 혼잣말은 繼續되었다.
「걸어서 돌아갈까 봐?」
「그게 좋겠네.」
어디까지나 도모에는 冷情하기 짝이 없다. 도모에에 있어서 에리꼬가 妨害꾼이라는 것은 當然한 事實이다.
료헤이(良平)의 몸은 도모에의 愛撫로 因하여 다시금 以前처럼 꿋꿋해 졌다. 부드러운 愛撫 때문이다.
快感을 느끼는 場所를 的確하게도 알고 있다.
「그것은 안 돼.」
結局, 료헤이(良平)는 도모에의 말을 막았다.
「夜深한데 혼자서 밤길을 갈 수야 없지. 何如튼 날이 밝을 때까지는 여기 있어야 해.」
도모에 와의 交換은 그 다음에 하는 것이 妥當한 일이라고 료헤이(良平)는 判斷했다. 故鄕에서 노리꼬(紀子)와 그의 親舊와 셋이서 놀았던 그때와는, 事情이 全然 다른 것이다.

「그래도 相關없겠어요?」

「相關없어.」

료헤이(良平)는 도모에의 손의 愛撫를 沮止했다.

「자아, 亦是 한숨 자 두자 구.」

눈을 감았다. 도모에도 굳이 료헤이(良平)의 意見에 反對 하지도 않고, 손을 멈추었다. 그러나, 곧바로 愛撫를 다시 한다.

료헤이(良平)는 다시 그 손을 制止했다. 그런 일을 몇 번인가 되풀이하고 나서, 도모에는 낮은 소리로 쿡쿡 웃으면서 료헤이(良平)의 얼굴에 얼굴을 갖다 대었다.

「만지고 있으면 도무지 그만두고 싶지가 않거든요.」

「그럼 손을 놓으면 되겠지.」

도모에의 팔이 료헤이(良平)의 등으로 돌려졌다.

「當身은 이렇게 하고 있을 때에 그대로 잠을 잘 수 있나요?」

「으음.」

「그렇다면 女子와 相當히 놀았군요?」

「그렇지도 않아. 다만, 自制心이 있을 뿐이야. 그보다도, 자네야말로 제법 經驗이 많은 것 같은데.」

「그렇지도 않아요. 單 두 사람뿐. 그것도, 眞實한 戀愛의 結果에요.」

하자, 에리꼬가 上體를 일으켰다.
「當身의 親舊分, 아직 있을까요?」
어두컴컴한 속에서 들어오는 하얀 얼굴을 료헤이(良平)는 바라보았다.
「가버린 氣色이 없어. 아직 있겠지.」
「그럼, 가서 이야기라도 할 거나.」
「當身만 좋다면 가서 紹介시켜주지.」
「좋지는 않아요. 但只 난, 當身이 맨 가운데서 자면 좋겠다는 것 뿐 이에요.」
「그 程度라면 簡單하지.」
도모에는 잠자코 있다.
「그럼, 그렇게 해 줘요.」
이렇게 해서 도모에와 료헤이(良平)는 자리를 바꾸었다.
「이쪽만을 보기에요.」
讓步를 하는 代身에, 도모에는 强한 얼굴로 그렇게 말했다. 方向이 바뀌었다 뿐이지, 료헤이(良平)와 도모에가 꼭 끌어안고 있는 形態는 똑 같다. 도모에는 입술을 請해왔다. 료헤이(良平)는 그女의 몸을 세게 끌어안았다. 헌데, 유리窓을 두드리는 소리가 들렸다.
「어이, 와까스기(若杉).」
곤도(近藤)의 목소리다. 窓門쪽으로 돌아온 것이다.

그럼 그렇지, 窓門 바깥쪽이라면, 다른 房 사람들에게서 不平을 듣지는 않겠다.

료헤이(良平)는 苦笑를 禁치못했다. 틀림없이 떼거지를 쓸만한 男子다. 료헤이(良平)는 도모에를 끌어안으면서, 바깥까지 들리도록 소리를 보내었다.

「버텨봤자 헛 手苦다. 이제 그만 房으로 들어가서 꼬꾸라져 자는 게 어때.」

「이리 좀 가까이 와 봐. 할 이야기가 있다.」

하는 수없이, 료헤이(良平)는 일어나서 窓門을 열었다. 허리 以上으로 높은 窓門이다. 아래쪽은 壁이다. 上體를 내어밀었다. 곤도(近藤)는 담배를 피워 물고있다.

「뭔데?」

「돈 좀 꿔 주라.」

「무엇에 쓸려고?」

「女子를 안으려 갈랜다. 이대로는 도저히 잘 수가 없어.」

「只今이 몇時ㄴ줄이나 알고서 하는 소리가? 바보 같은 소리 그만 좀 해라.」

「그럼, 어떻게 좀 해 줘라.」

「칭얼대지 말거라. 房으로 들어가서 後輩에게 號令이나 하는 꿈이라도 꾸면서 자는거야. 가메다(龜田)는 어쩌고 있냐?」

「벌써 房으로 들어갔다. 나 혼자야.」

「잘 자라.」

료헤이(良平)는 窓門을 닫고, 걸쇠를 채우고서, 이불속으로 들어갔다. 반듯하게 누웠다. 도모에가 옆에서 안겨왔다. 玄關門이 열리고 닫히는 소리가 들렸다. 들어온 발자국 소리가 육조 房으로 사라졌다. 겨우 곤도(近藤)도 自身의 行動이 바보처럼 느껴졌기 때문이겠다.

「그럭저럭 한 바람 지나갔구나.」

하는데, 도모에가 말했다.

「方今 혼자뿐이라고 했죠?」

「음.」

「그렇다면 에리꼬氏를 紹介시켜 주었더라면 좋았을 걸. 그렇죠, 에리꼬氏. 그렇게 해 주었으면 하고 바랐던 것 아닌가요.?」

료헤이(良平)가 가운데 누웠기 때문에, 도모에의 敵意가 다시 되살아 오르는 것 같다.

二

한 자락의 이불속에 세 사람이 누워 있다. 거북스럽기

짝이 없다. 그나마도 료헤이(良平)는 맨 가운데 이므로 몸을 움직이는데도 마음대로 할 수가 없다. 그렇지만, 그다지 苦痛스럽지는 않다.

兩쪽에 豐滿한 女體가 있기 때문이다.

같은 男子들끼리라면, 이렇게 참을 수가 없을 것이다. 窓門쪽으로, 도모에가 있다. 도모에는 完全히 실오라기 하나 걸치고 있지 않다. 그나마도 료헤이(良平)에게 꼭 붙어 서로 안고 있다.

료헤이(良平)가 하고 싶은 마음만 먹는다면 언제든지 交換을 할 수가 있다. 그런 몸의 壓迫을 氣分 좋게 느끼고 있는 것은 當然한 일이다.

료헤이(良平)는 反對쪽에서의 에리꼬와의 接觸에서도, 性的인 刺戟을 느끼고 있다. 自身의 그런 感情을 이를 깨물면서 참고 있는 것이다. 도모에가 료헤이(良平)代身에 에리꼬에게 對答한 것처럼, 只今 료헤이(良平)는 다시 한 番 에리꼬를 안는다는 것은 생각지도 않았다.

그런데도 性的인 刺戟을 느끼고 있는 것이다.

(이러한 것은, 안고 싶지 않다고 하는 나의 意志는 반드시 本心은 아닌 것 아닌가. 實은 이 女子에게도 아직까지 執着 하고 있는 것이 아닌가하는 것이다.)

그러나, 료헤이(良平)는 에리꼬에게 손을 뻗치는 것을

스스로 禁하고 있다. 손을 마주 잡는다거나 사타구니를 쓰다듬어준다거나 하는 것만으로도, 에리꼬를 容恕하게 되는 셈이 되고 만다. 마음속으로는 에리꼬 쪽에서 손을 뻗어오기를 內心 기다리고 있었다. 그러나, 에리꼬는 微動도 하지 않는다. 操心하고 있는 것이다. 그런中에도, 도모에가 손과 발을 휘감고 있기 때문에, 그런 틈새가 없기 때문이기도 하다. 그러는 中에 료헤이(良平)는 眞짜로 잠이 왔다.

그래서,

「나 잘래.」

하고 어느 쪽이라기보다 말하고선, 그대로 잠을 請했다.

눈을 떴을 때, 窓門이 밝아있었다. 료헤이(良平)는 도모에와 서로 껴안고 있었고, 도모에는 료헤이(良平)의 팔에 안긴 채 가느다랗게 숨을 쉬고 있다. 머리는 료헤이(良平)의 팔을 베고 있다. 고개를 돌려보니까, 에리꼬는 요에서 떨어질 듯한 모습으로 료헤이(良平)에게 등을 보이고서 동그랗게 웅크리고 있다. 자고 있는 것 같다.

료헤이(良平)는 머리맡의 時計를 보았다. 여섯 時 조금 前이다. 잠을 잔 時間은 不過 세 時間이다.

좀 더 자두어야만 한다. 료헤이(良平)는 눈을 감았다.

再次 눈을 떴을 때에는 房안이 제법 환해 있었다.

뒤뜰에서 近處의 아주머니들의 이야기 소리가 들린다.
「깨었어요?」
료헤이(良平)의 팔 안에서, 도모에가 나지막한 소리로 물었다.
료헤이(良平)는 고개를 끄덕인다. 몸은 아침의 現狀으로 힘차게 솟아있고, 도모에를 누르고 있다.
도모에는 그것을 꼭 쥐어왔다. 도모에의 얼굴은 어젯밤과는 달라있다. 그 어떤 荒廢함을 느끼게 한다. 皮膚도 꺼칠꺼칠한 느낌이다. 어젯밤의 아와모리(泡盛)때문이다. 燒酒보다는 質이 좋은 술이라고는 하지만, 알-콜 度數가 强한 것이다.
그런데다가, 잠도 充分히 자지 못했다. 그런데도 료헤이(良平)의 欲望은 絶頂에 達했다.
손은 도모에의 사타구니 속으로 숨어 들어갔다.
아까부터 잠이 깨어 있었던 것이다. 그 周圍 全體가 기름을 발라 놓은 듯한 느낌 이었다.
료헤이(良平)의 손을 받아드리면서, 도모에는 몸을 떨면서 呻吟을 한다. 꽃의 눈은 어젯밤보다도 단단하다.
처음부터 興奮해 있는 것이다.
료헤이(良平)의 判斷力은, 어젯밤보다는 確實해 있다.
길지가 않다. 가로로 도톰한 圓錐形을 하고 있다.

에리꼬는 자고 있는 것 같다. 잠을 깨지 않도록 操心하면서, 도모에가 이끄는대로 료헤이(良平)는 몸을 움직였다. 도모에의 몸 위로 살그머니 덮쳐 안으면서, 도모에의 얼굴을 보았다. 도모에는 입을 반쯤 벌리고서, 呻吟을 하고 있다.

老婆心에서, 료헤이(良平)는 그女의 귀에 입을 가져갔다.
「하야노(早野)와는 아무런 일도 없었니.?」
하고 물었다. "없어요."하고, 잠기는 목소리로 對答하고서는, 료헤이(良平)의 몸을 自身의 곳으로 이끌어 드렸다. 료헤이(良平)는 축축함을 느꼈다. 도모에의 下半身은 료헤이(良平)를 向하여 꼭 부쳐온다. 도모에의 손이 이끄는 대로, 료헤이(良平)는 천천히 움직였다.

途中에서, 도모에는 손을 놓았다. 몸을 비튼다.
료헤이(良平)는 따스한 속으로 다시 밀어 넣고서, 꼭 껴안으면서 停止했다. 도모에는 곧 세차게 움직이려고 했다. 그것을 制止하면서, 료헤이(良平)는 넣은 그대로 꼭 누르고만 있다.

도모에는 참을 수 없다는 듯이 안타까운 소리를 지른다. 료헤이(良平)는 고개를 돌려, 에리꼬쪽을 바라보았다. 에리꼬는 아직도 요에서 떨어지려는 듯한 姿勢로, 저쪽을 向하여 꾸부정하게 웅크리고 있다.

어찌 보면, 아직도 자고 있는 것 같다. 얼굴을 돌리고 도모에의 입맞춤에 應하였다. 도모에는 몸을 비틀고 있다. 입술을 떼자마자, 곧바로 도모에는 몸을 움직이기 始作했다. 그것을 누르는 氣分으로 료헤이(良平)도 받아 드렸다. 도모에는 곧바로 亂暴해지기 始作하더니, 連續으로 소리를 지른다. 에리꼬에게 들리지 않게끔, 료헤이(良平)는 그 입을 입으로 막아야만 했다. 그러자, 고개를 돌려 그것을 避하고서는, 다시금 上氣된 소리를 지른다.
그러는 中에, 료헤이(良平)는 도모에의 입을 막는 것을 그만두었다. 同時에,
(더군다나 에리꼬에게 辭讓할 必要는 없다. 마음 내키는 대로 自由롭게 하도록 내버려 두어도 좋다.)
그렇게 생각했다. 萬一 에리꼬가 세끼모도(關本)와 자지 않았다면, 료헤이(良平)가 들어가 있는 곳은 도모에가 아닌 에리꼬 쪽이었다. 男女 사이란 妙한 곳이 있는 게로군, 하고 생각했다.
도모에는 료헤이(良平)의 豫想보다도 빠르게 最初의 頂上을 달렸다.
료헤이(良平)도 함께 오를 것 같았다.
그러나, 료헤이(良平)는 꾹 참고서, 참으면서 도모에가 停止해 줄 것을 하소연 할 때까지 세차게 律動했다.

(아마도 이미 에리꼬는 잠에서 깨어 있겠지.)

停止하고서 도모에의 內部의 꿈틀거림을 感想하면서, 료헤이(良平)는 이렇게 생각했다. 꼭 부쳐진 그대로, 료헤이(良平)는 도모에를 흔들었다. 그것은 도모에의 몸속의 맛을 보기 爲해서였는데, 생각지도 못한 結果를 불러왔다. 조용히 늘어져있던 도모에가, 갑자기 큰소리를 지르면서 꼭 껴 안겨 오면서, 긴 餘韻을 남기는 呻吟소리를 吐하면서 몸이 활처럼 꾸부려져 오는 것이 아닌가.

다시 되풀이한다. 소리도 繼續지른다. 새로운 反應도 일어난다. 료헤이(良平)는 도모에의 입을 입으로 封했다. 우-,우-,우-, 도모에는 소리를 지르면서, 四肢가 꼿꼿하게 硬直되어져 왔다.

료헤이(良平)가 도모에에게서 떨어져서 반듯이 누웠을 때에, 도모에는 한낱 고기 덩어리가 되어서 축 늘어져 버렸다.

료헤이(良平)는 눈을 감았다.

(다시 한숨 자야겠다.)

에리꼬가 돌아 눕는다. 그쪽으로 고개를 돌리니까, 젖어 있는 눈으로 료헤이(良平)를 바라본다. 그대로 그 눈이 다가온다.

낮은 소리로 료헤이(良平)에게 말한다.

「제게도 해 줘요.」

눈을 감은 료헤이(良平)는, 갑자기 에리꼬의 입술로 입이 막혀져 버렸다. 同時에 에리꼬의 손은 료헤이(良平)의 사타구니로 뻗어 와서는, 바쁘게 움직이더니, 축 늘어 뜨려져 있는 료헤이(良平)를 검어 쥐었다.

도모에에게서 充分히 滿足을 한 直後였다.

(이 女子는 내가, 冷情하게 차버리는 것을 이미 覺悟하고 있다.)

그러나, 료헤이(良平)는 拒否하지를 않았다. 어젯밤 세끼모도(關本)를 拒絶하고 혼자서 히가시우에(東上)線을 타고 왔다. 그런 걸 봐서라도 容恕해 주자. 곁에서 도모에와 交換한 것으로서, 없었던 일로 해도 좋겠지. 그런 氣分이 들었다. 그러는 밑바닥에는,

(於此彼 戀愛關係가 아니지 않는가.)

그런 意識도 있었다. 戀愛關係가 아니고 놀이였다는 것은 에리꼬도 마찬가지다. 료헤이(良平)의 決定을 에리꼬는 否定하지는 않을 것이다.

에리꼬의 愛撫로 因하여 료헤이(良平)는 다시 前과같이 凜然(늠연)하게 되살아났다.

그런데도, 료헤이(良平)는 에리꼬의 몸에는 손을 뻗치지 않고, 가만히 있었다. 愛撫를 許諾한 것만으로도, 료헤이

(良平)의 뜻을 알게 되었겠지. 그러니까, 료헤이(良平)가 愛撫를 해 준다 해도 같은 意味이다.
도모에가 료헤이(良平)의 어깨에 팔을 걸쳐왔다.
「귀여워 해 주려고 그러나요?」
途中에서 알아챈 것 같다. 료헤이(良平)는 에리꼬에서 입술을 떼고서 도모에 쪽으로 向했다.
「글쎄, 어떡할까 망설이고 있는 中이다.」
사랑하지 않으므로 해서 容恕할 수가 있는 것이다.

17

作家訪問

一

아까하네·후미오(丹羽文雄)氏를 訪問하기로 했다.
事前에 간다고 連絡을 한다면 도리어 失禮가 되는 것이다. 만나지 못한다면 다시 찾아가면 되는 것이다. 그렇게 하 기로 했다.
미다까(三鷹)驛에서 午後 한 時에 만나기로 했다.
미다까(三鷹)驛 近處에 살고 있다는 것 밖에 모른다.
그 다음은 地圖에 依存하는 수밖에 없다. 료헤이(良平)는 한 時에 만날 수 있도록 自炊房을 나섰다. 驛으로 向했다.
건널목에서, 한 少女가 電車의 通過를 기다리고 있었다. 료헤이(良平)는 그 少女와 비스듬히 뒤에 섰다.

少女의 목 언저리를 보았다. 머리가 짧다. 하얀 목덜미가 아름답다.
료헤이(良平)의 視線을 알아차렸는지, 少女는 고개를 돌렸다. 눈이 마주쳤다.
「아-.」
료헤이(良平)는 가느다랗게 놀램의 소리를 내었다.
自轉車를 탄 장난꾼에게 帽子를 빼앗겼던 少女였다. 오늘은 帽子를 쓰고 있지 않았다. 그쪽도 료헤이(良平)를 記憶하고 있었다.
몸 全體를 료헤이(良平)쪽으로 돌리고서는,
「요 前番, 너무 感謝했어요.」
하고 머리를 숙여 人事를 한다.
「아니요.」
료헤이(良平)는 答禮를 했다. 바로 그때, 달려오던 電車가 건널목을 通過하였고, 少女는 뒤로 물러났다.
두 사람은 나란히 섰다.
軌道의 摩擦音이 귀를 때린다. 電車는 通過하였고, 두 사람은 나란히 건널목을 건넜다.
「只今부터 學校인가요?」
「아니요.」
료헤이(良平)는 그곳에서, "오늘은 다른 곳에 用務가 있다"고 하면 되는 것이다. 普通이라면 그렇게 말을 했을 것이다. 그런데 어찌된 일인지, 瞥安間에 自己表現을 하고 싶다는 發作이 일어남을 어쩔 수 없었다.

「只今부터 親舊들과 아까하네·후미오(丹羽文雄)氏를 訪問하러 가는 길입니다.」

하고 말했다. 勿論 그런 心理속에는 高名한 作家의 이름을 말함으로서 自身을 팔고 싶은 엉큼스런 마음이 있다는 것은 틀림없는 事實이다. 少女는 別로 놀라는 氣色도 하지 않았다. 그러나 아까하네·후미오(丹羽文雄)라는 이름을 알고 있는 證據로서,

「그건, 대단한 일이군요.」

하고 말했다.

「當身은 오늘은 제법 늦으시군요.」

「네에, 用務가 있어서, 오늘 會社를 쉬었어요.」

그리고선, 若干 목을 움츠리는 모습을 하면서, 말을 訂正했다.

「用務를 핑계로 사보타지(Sabotage) 한 거 에요.」

　※【Sabotage=(프)본디 프랑스의 勞動者들이 爭議中에 Sabot(나무나 금속조각)으로 機械를 부순 옛일에서 나온 말. 怠業】

장난을 틀켜버린 어린애와 같은 모습이다. 너무나 귀엽

게느껴졌다.

「그럼, 只今부터 愛人 만나러 가는 길이로군요.」

「아니요. 데파-트에 物件을 사러 가는 길이세요. 그런 사람, 아직 없어요.」

두 사람은 홈에 到着했다. 같은 電車를 탔다.

나리마쓰(成增) 始發의 電車로서, 나란히 걸터앉았다.

紹介를 받아서 알게 된 사이가 아니기 때문에, 홈에 到着하는 대로 헤어지는 게 禮儀인지도 모르겠다.

그러나 료헤이(良平)는 少女의 淸純함에 빨려들고 말았다. 少女도 료헤이(良平)와 같이 있는 것이 不便스럽다는 것을 나타내지 않았다.

「살고 있는 곳은 어데 죠?」

「觀音菩薩(관음보살) 좀 못미처세요.

※【註=觀音菩薩=觀世音菩薩=(佛)(Avalokitesvara)大慈大悲의 象徵으로서 가장 널리 尊重되는 菩薩. 衆生이 괴로울 때 그 이름을 精誠으로 외면 그 音聲을 듣고 곧 救濟한다고함. 極樂淨土에서 阿彌陀佛(아미타불)을 左右에서 가까이 모시는 脇侍로서 부처의 敎化를 돕는다고 함. 그 形象을 달리함에 따라 千手觀音· 十一面觀音·白衣觀音· 馬頭觀音·魚藍觀音·如意輪觀音等의 이름이 있음. 觀自在菩薩. 大悲觀音.】

료헤이(良平)들의 下宿보다 좀 지나서이다.

「그렇담, 通勤하기에 힘들겠네요. 驛까지는 二十余分 걸어야 하니까.」

「習慣이 되어서요. 그렇지만 밤늦게 올 때에는 若干 困難해요.」

「난 그 길 途中에 살아요.」

료헤이(良平)는 自炊房의 場所를 說明했다. 少女는 얼른 알아들었다.

「와세다(早稲田)로부터는 꽤 멀 텐데 어째서……?」

「아시다시피 空氣가 너무 맑거든요. 그보다도, 眞짜로는 房貰가 싸기 때문이죠. 當身은 여기 토박이 인가요?」

「아니요. 戰時中에 疏開(소개)되어 왔어요. 只今 살고 있는 곳은, 아버지 親舊分의 農家의 倉庫세요.」

少女는 부끄러운 듯한 모습을 얼굴에 떠올리면서, 若干 힘을 드리는 對答을한다. 疎開와 外地歸還과는 事情이 다른 것이다.

그러나, 료헤이(良平)의 큐우슈우(九州) 生活과 비슷하다.

「그러니까, 戰爭이 끝나고서도 그대로 주저앉으셨군요?」

「네에.」

서로가 조금씩 相對의 事情을 알게 되었다. 이젠 이쯤에서 自己 紹介를 해도 되겠다고 생각하면서도, 亦是 료헤이(良平)는 참았다.

瞥安間에, 뻔뻔스럽다는 생각이 듦을 어쩔 수 없었다.
이께부꾸로(池袋)에 到着했다. 두 사람은 내렸다.
이로부터 료헤이(良平)는 신쥬꾸(新宿)를 돌아서 미다까(三鷹)로 가는 것이다. 少女는 이께부꾸로(池袋)의 데파-트(Departnment)로 가겠지.
(이대로 헤어지기는 너무 섭섭한데.)
거기에서 료헤이(良平)는,
「좋으시다면, 茶라도 한잔 할까요.」
하고 말을 건넸다. 拒絶 當한다면 勿論, 망설이는 눈치라도 보인다면, 깨끗하게 提案을 撤回하려고 했다.
「네에, 그렇게 하죠.」
少女는 얼른 應해온다. 그때에 료헤이(良平)는, 네 사람의 親舊들을 조금 기다리게 해도 괜찮다, 고 하는 氣分이 들었다. 餘裕時間을 計算하면서 下宿을 나왔지만, 찻집에 들려서 이야기를 나누다 보면 늦을는지도 모른다.

二

료헤이(良平)가 미다까(三鷹)驛의 改札口를 빠져나올 때에는 約束時間을 二十分 지나서였다. 아무도 보이지 않는다.

메모판을 보았다.

　　【와까스기(若杉), 먼저 간다】

다까야마(高山)의 글씨로 그렇게 쓰여 있다

(亦是 기다려주지 않는구면.)

그러나, 後悔는 느껴지지 않았다. 少女와 새삼스레 重要한 이야기는 없었지만, 적어도 함께 茶를 마셨다는 實績은 만들어 놓았던 것이다. 그리고, 이께다·오사또(池田小里)라는 이름을 알게 된 것만으로도 大成功 이었다. 誘惑해 보고 싶은 마음이 없었던 것은 아니었지만, 淸純한 少女와 知己가 되는 것은 學生生活에 潤澤함을 가져다준다는 意味에서 重要한 것이다. 료헤이(良平)는 電車길을 따라 뻗어있는 길을, 아까하네·후미오(丹羽文雄)氏의 住所쪽을 向해서 急히 걸어갔다.

헌데, 네 사람의 同人親舊들이 나란히 이쪽으로 걸어오는 것과 마주쳤다.

「어찌된 일이냐?」

「안 계신 것 같아.」

하고 다까야마(高山)가 말했다.

「아니야. 계실 꺼다. 만나주지 않는 것뿐이야. 그러니까 내가 反對했던 거다.」

하고 세끼모도(關本)가 말했다.

「내가 葉書를 받았다고 말했었니?」

「아니, 하지 않았는데.」

「언제쯤이면 만나주신다고 했니?」

「그런 말, 묻지도 않더라. 玄關에서 쫓겨났을 뿐이니까. 그래서 냉큼 돌아와 버렸지. 몇 番인가 다리품을 팔면서, 誠意를 보여야만 되는 것 아닌가 몰라. 만나보기 爲해서는 말이야.」

다까야마(高山)는 세끼모도(關本)와는 달리 多情多感하다. 옆에서 이이쓰까(飯塚)가 말했다.

「매달릴 必要는 없어. 家政婦가 나와서 "出他하시고 계시지 않아요." 이렇게 잘라 말 한 것뿐이다. 자아, 신쥬꾸(新宿)에로나 가서 映畵라도 보자꾸나.」

斷念한듯이 그렇게 말했다.

「글쎄. 기다려 봐. 하여튼 葉書를 받았단 말이야. 이 葉書는 틀림없이 先生님이 손수 쓰신 거야. 何如튼 다시 한 番 가보자.」

세끼모도(關本)는 反對했지만, 다른 두 사람은 同意했다. 네 사람은 료헤이(良平)를 합쳐 다섯 사람이 되어서, 다시 아까하네·후미오(丹羽文雄)氏宅을 찾았다. 매우 넓은 건널목이다.
少女와 再會한 건널목을 떠올렸다. 그곳은 작은 건널목이었다. 여기는 몇 個의 路線이 걸쳐있는 큰 건널목이다. 때마침 遮斷機가 올려져있다. 건너서 北側으로 빠지는 길이다.
료헤이(良平)는 다까야마(高山)에게 말했다.
「오사또(小里)라는 이름, 어떻게 생각 해?」
「創作속의 히로인(Heroine＝小說속의 女主人公)의 이름이니?」
「음.」
「素朴하고 귀여운 게 좋은 이름이잖니.」
「조금 前에 그 이름의 少女와 만났단다. 그래서 늦었던 게야.」
아까하네·후미오(丹羽文雄)氏의 邸宅은, 다마가와(玉川) 江을 따르는 길보다 北側으로 달리는 길옆에 있었다.
「한번 玄關에서 물러났는데 다시 찾아간다는 것 若干 異常한데.」
「물었어야만 하는 것을 묻지 않았기 때문이지.」
玄關의 招人鐘을 누른다. 조금 後에, 도어가 조금 열렸다. 키가 작고 얼굴이 동그스름한 少女였다.

警戒하는 눈초리로 료헤이(良平)를 바라본다.
료헤이(良平)는 머리를 숙였다.
「아까 적에는 親舊들만 왔지요. 先生님께서는 정말 계시지 않는 건가요?」
家政婦는 료헤이(良平)를 쳐다보고서는 걸쇠를 벗기고 門을 활짝 열었다. 웃는 얼굴로 變했다.
「오늘은 정말 계시지 않으세요.」
「그렇습니까.」
어쩐 일인지, 葉書의 일을 말할 氣分을 잃었다.
「섭섭하네요. 그럼, 다시 찾아뵙죠.」
머리를 숙인다.
「정말 罪悚합니다.」
家政婦도 깊숙이 머리를 숙인다. 료헤이(良平)들보다는 나이가 아래이지만, 何如튼 相對方은 아까하네·후미오(丹羽文雄)氏의 몸 가까이 있는 사람이다. 權威를 뒷받침 하고 있는 것처럼 생각되었다.
「亦是, 안 계신가 봐. 다시 찾아오기로 하지.」
네 사람에게 알리고 돌아가려고 했다.
하자, 그女가,
「저-,」
하고 말하면서 大門 밖으로 나왔다.

「네?」
「月曜日이 面會日로 定해져 있어요. 다음 月曜日, 틀림 없이 先生님께서는 집에 계실 거 에요.」
「그렇습니까. 고마워요. 좋은 消息 들었습니다. 月曜日 에 다시 찾아뵙죠.」
「그렇게 해 주세요.」
집을 나서서 驛으로 向하면서, 료헤이(良平)는 어깨를 으쓱거린다.
「어때? 다시 찾아온 보람이 있지?」
「너 말이야.」
세끼모도(關本)가 빈정거리듯이 말했다.
「그대로 돌아가자고 했잖냐.」
「멍청아, 그건 포-즈라는 거다. 그女가 무언가를 말 해 주도록 誘導한 거란 말이야.」
이건 거짓말이다. 료헤이(良平)에 있어서는 생각지도 못했던 好意였다. 그렇다 치고, 료헤이(良平)도 그랬었지만, 不良스런 흉내를 내고 있는 세끼모도(關本)마저 ,邸宅으로 들어가자 妙한 얼굴을 했던 것이다. 威壓的인 그 무엇이 느껴졌겠지.
다시 건널목 앞에까지 왔다. 遮斷機는 亦是 내려져 있었다.

「이 遮斷機는 내려져 있는 時間이 더 긴 것 같애.」
「아까하네·후미오(丹羽文雄)氏를 訪問하는 作家나 文學
 靑年이나 編輯者들은, 이 건널목에서 마음을 整理하거
 나 焦燥한 氣分이 되거나 했을 거야.」
드디어 건널목을 건넌 다섯 사람은 이것도 료헤이(良平)
의 提案으로 모리바야시·타로오(森林太郞)의 墓所를 찾
아가보기로 했다.
미다까(三鷹)에 와서 생각이 난 것이다.
墓地는 얼른 찾을 수 있었다. 오우가이(鷗外)의 墓地옆
에 타자이·오사무(太宰治)의 墓地가 있었다.

三

천천히 신쥬꾸(新宿)로 돌아온 다섯 사람은 西쪽 入口에
서 내렸다. 아직도 저녁이 되려면 멀었는 데도, 西쪽 入
口의 飮食店 商街는 奔走스럽기 짝이 없다. 닭고기를 굽
는 煙氣가 냄비를 맴돌고, 醉客의 高喊소리가 이곳저곳
에서 흘러나온다. 다섯 사람은 길옆의 작은 닭구이 집으
로 들어갔다. 닭구이 라고는 하지만 眞짜로는 돼지고기
구이인 것이다. 燒酒로 乾杯 했다.
「何如튼, 月曜日에 만나게 되었다. 헛걸음은 아닌 것 같

다.」

「생각보다 작은 집이더구먼.」

하고 세끼모도(關本)가 말했다.

「난 말이야, 크고 넓은, 말해서 千坪 以上의 넓은 집에서 살고 있을 거라고 생각했지 뭐야.」

료헤이(良平)와는 비슷한 印象을 준것 같다. 그러나 事實은 어떤지 모르겠다. 세끼모도(關本)에게는 自身만은 높게 評價 하고 他人에게는 吝嗇(인색)한 곳이 있다.

「아까하네·후미오(丹羽文雄)氏는 그런 点에 對해서는 別로 興味가 없는 사람 같은데. 作家가 邸宅 짓는데 기울어져 버린다면 끝장이다. 그런데도, 나의 눈에는 宮殿같이 보이더라.」

하야노(早野)가 료헤이(良平)의 팔을 잡는다.

「도모에를 物件으로 만들었다 며.?」

하고 무서운 얼굴로 물어왔다. 컵-에 세 番째의 燒酒를 마시고 난 後였다.

「도모에짱, 뭔가 말 하더냐.?」

「너의 戀人이 되었다고 하더라. 너의 房에서 자고 왔다고 하던데. 眞짜가?」

「그女가 그렇게 말했다면 말 그대로다.」

「빌어먹을.」

온힘을 다해서 료헤이(良平)의 팔을 조여 왔다.
「건방진 子息이야. 내가 먼저 찍어놓았던 사람이란 말이다.」
「自然스런 흐름에 따르다보니, 그렇게 되고 말았다. 야아-, 容恕해 도고.」
그곳에서 료헤이(良平)는 세끼모도(關本)쪽으로 고개를 돌렸다.
「세끼모도(關本), 너 말이야,『아스나로우』의 도모에와 關係를 해 왔다고 떠버리고 다니는 것 같은데, 그女 대단히 火가 나 있단다.」
「하, 하하하.」
세끼모도(關本)는 妙한 音聲으로 웃었다.
「火를 내건 말건 相關없어. 다시는 오지 말라 고 하던 걸. 그거 多幸이야. 외상값을 갚지 않아도 되게 되었으니까. 그런 가시나, 안거나 안지 않거나, 어느 쪽도 相關없어. 그보다도, 너와 나 單 둘이서, 에리꼬의 술집에 가 보자. 어느 쪽을 좋아 하는지, 確實하게 判定을 받아두자 구.」
「세끼모도(關本), 그女에 對해서도 그렇게 떠버리지 말거라. 그女에게는 버젓한 戀人이 있을 뿐 아니라, 보잘 것 없는 한낱 술집 女子가 아니야. 같은 文學部의 同

僚란 말이다.」

「하시모도(橋本) 말이냐. 그 作者는 틀렸어. 才能이 없단 말이야. 그만한 나이에 이름도 없단 말이거든, 두려워 할 것 하나도 없어.」

하야노(早野)는 아직도 료헤이(良平)의 팔을 붙든 채 크게 흔들었다.

「야이, 와까스기(若杉). 도모에를 어떻게 생각하고 있는 거야?」

「몰라.」

「그女는 내게 이렇게 말하더라. 너만 좋다고 한다면, 나와 잠자리를 같이 해도 좋다고. 어때? 좋다고 말 해.」

「그런 말을 내 입으로 할 것 같으니.? 그런데, 너, 그女가 나와함께 잤다고 했는데도, 繼續 사랑하고 있는 거니?」

「아니야.」

하야노(早野)는 고개를 흔들었다.

「처음부터 사랑하고 있지는 않아. 술집의 계집애를 사랑할 理가 없지. 誘惑해 보려는 뜻이었단다. 어느 만큼 가까워지려는 此際에 네게 先手를 빼앗겨 버렸다는 것이다.」

「옳거니. 그랬었구나. 그렇담, 純情한체 한 것은 全部

거짓이란 말이었구먼.」

「그야 그렇지. 그러니까, 그女가 누구와 잤든 關係없어. 單 한번만이래도 좋으니까 陷落(함락)시키고 싶다는 거다. 사나이의 意志란다.」

「그게 意志일까.」

「너도 말하자면 簡單히 맛 한번 본 것뿐이잖니.」

「그런지도 모르지.」

「그렇담, 좋 잖냐? 좋다고 確實하게 말 해 주라.」

「그건 말 할 수 없어.」

「恥事하게 굴지 말어 야.」

한편으로 도모에가 하야노(早野)에게 그렇게 말한 것은 료헤이(良平)의 마음의 眞實을 試驗해 보기 爲해서인지도 모르는 것이다. 쓸데없는 말은 하지 않는 게 좋다.

다까야마(高山)가 하야노(早野)의 어깨를 두드린다.

「그女는 네게 반해 있단다. 와까스기(若杉)와 잔 것은, 와까스기(若杉)를 慰勞해 주려고 했단다. 斷念하지 말거라.」

「그 렇구 말구. 나 絶對로 斷念하지 않아.」

하야노(早野)는 燒酒를 들이킨다.

「勝負는 이제부터다.」

료헤이(良平)는 苦笑를 禁치 못했다. 도모에가 되었건

에리꼬가 되었건, 親舊들과 競爭을 할 必要를 느끼지 않고 있다.

但只, 하야노(早野)가, 本心은 어떻든 間에 "사랑하지 않는다."고 한 말에 對해서, 亦是 선뜻한 氣分이 드는 것이다.

18
주정뱅이들

―

세끼모도(關本)와 함께 에리꼬의 앞에 나서는 것은 너무도 拙劣(졸렬)한 惡趣味인 것이다. 그런 惡趣味를 세끼모도(關本)는 서슴지 않고 實行하려고 짓궂게 달라붙는다.
이이쓰까(飯塚)가 곁에서,
「가보면 좋잖냐. 그러고 보니 겁이 나는 모양이로군.」
하고 들쑤신다.
하야노(早野)도,
「가서, 黑白을 가리는 거야. 가지 않는다면 와까스기(若杉)의 判定敗다.」
하고 소리친다.

常識人의 다까야마(高山)마저,

「재미있는 일 아니냐. 反應에 따라서, 그女가 어떤 女子인지 알 수가 있어. 네가 念慮한만큼 쇼-크는 받지 않으리라 생각되는데. 어쩌면 女子쪽이 大膽하거든.」

하고 말했다. 이렇게 되어서 모두는, 료헤이(良平)가 가지 않더라도 가는 쪽으로 기우려졌다. 하는 수가 없다. 結局, 료헤이(良平)는 同意를 할 수 밖에.

「그 代身에, 그女가 그 집에 있지 못할 程度로 甚한 말은 하 지 않기로 하자.」

하고 못을 박아 놓았다.

「알고 있다. 우리들 이래 뵈도 심술 나쁜 놈들은 아니잖냐.」

세끼모도(關本)가 가슴을 두드리며 約束을 하였고, 다섯 사람은 에리꼬가 일하고 있는 술집으로 몰려갔다.

이이쓰까(飯塚)를 先頭로 해서, 다섯 사람은 商店안으로 들어갔다.

多幸스럽게도, 안에는 다른 손님은 없었다. 에리꼬와 主人마담이 나란히 서 있었다.

「어서 오세요.」

뒤돌아보는 에리꼬는 료헤이(良平)를 보고서 微笑를 보내었으나, 뒤따라 들어오는 세끼모도(關本)를 보자마자 그 微笑가 싹 가셨다.

그에 關係없이 세끼모도(關本)는,

「야아, 오래간 만인데.」

하고 말하면서, 앞으로 다가가서 카운터-에 두 팔꿈치를 올려 놓았다.

「따뜻하게 데워서 가져와요.」

굳어진 에리꼬의 얼굴이 하야노(早野)나 다까야마(高山)를 거쳐 료헤이(良平)에게로 向했다.

「어쩐 일이세요?」

「아니 그런 게 아니고,」

이런 때에 료헤이(良平)는 마음이 弱하다.

「모두 함께 오겠다고 해서, 잠깐 들린 것뿐이다. 앉아도 괜 찮겠지?」

「앉으세요.」

세끼모도(關本)는 료헤이(良平)와 에리꼬를 번갈아 바라보면서,

「이쪽으로 와서 앉아.」

自身의 옆을 턱으로 가리킨다. 關係를 가진 두 사람의 男子가 나란히 앉겠다는 意味다.

「싫다.」

료헤이(良平)는 하야노(早野)를 그쪽으로 앉혔다.

다음으로 다까야마(高山)가 앉고, 료헤이(良平)는 맨 끝에 앉았다.

에리꼬의 表情이 제대로 돌아왔다.

「자-, 約束대로, 와까스기(若杉)를 데리고 왔다. 이것으로 됐지?」

하고 세끼모도(關本)가 말했다.

「네에, 고맙네요.」

하고 비웃는 듯이 對答하고선, 료헤이(良平)쪽으로 다가갔다.

「오래간 만이네요. 當身의 高校時代의 親舊들, 意外로 紳士들 이시더군요.」

「그럼, 여기 있는 僞善者들과는 바탕이 다른 純眞한 애들이지. 于先 文學靑年의 비뚤어진 심보가 없으니까.」

에리꼬는 술잔이나 안주를 나르면서 繼續 료헤이(良平)에게 말을 걸어왔다.

「여러분들, 아르바이트를 하고 있나요?」

「음, 그래.」

「當身 혼자군요? 아무 일도 하지 않는 사람은.」

「弄談하지 마.」

료헤이(良平)는 고개를 젓는다.

「나도 아르바이트를 하고 있다. 아르바이트 때문에 入學式에도 參席하지 못했단 말이다. 여름 放學때에도, 거의 아르바이트였단다. 난 集中的으로 하고 있지. 그렇게 하지 않으면 이렇게 마실 수가 없거든.」

事實이다. 入學後 료헤이(良平)는, 收入이 좋은 아르바이트를 얻었었다. 곤도(近藤)의 行動力 德分으로, 保守黨의 選擧에 關係되는 일거리를 갖게 되었던 것이다.

사까다(酒田)도 이에 對해서, "敵의 資金을 뽑아내는 것은 잘 한 일이다"고 하는 論理로서 肯定 했던 것이다.

「떠들썩해서 아주 좋더군요. 언제라도 때때로 놀러가도 괜찮겠죠?」

「아아, 좋 구 말구. 그치들에겐 언제든지 大歡迎이지.」

어떻게 보면 에리꼬는 세끼모도(關本)를 無視하기 爲해서 료헤이(良平)에게 줄곧 말을 걸고 있는지도 모른다. 말을 받아주면서, 료헤이(良平)는 세끼모도(關本)의 表情을 읽고 있었다.

세끼모도(關本)는 모르는 체 相關없다는 듯이 이이쓰까(飯塚)에게 어려운 議論을 이야기 하고 있다. 무릇 文學論에는 關心이 없는 이이쓰까(飯塚)는 盞이 비면 다시 채워가면서 乾性으로 듣고만 있다.

「어이, 술이 떨어졌다.」

갑자기 세끼모도(關本)가 에리꼬를 돌아다보고서 소리쳤다.
表情이 굳어져 있다.
「네에.」
하고 對答한 것은 主人 아주머니로서, 에리꼬는 들은척만척,
「그리고서, 여러분들, 어떤 食事를 하고 있는 걸까요?」
等等 이야기를 繼續한다. 료헤이(良平)는 그에 對한 對答을 하지 않은 채, 낮은 목소리로,
「세끼모도(關本) 앞으로 가 봐.」
하고 忠告를 한다.

二

「어이, 너, 내가 두려운 게지?」
세끼모도(關本)가 유달리 소리를 높여 그렇게 말한 것은, 에리꼬가 료헤이(良平)의 忠告를 받아드려 세끼모도(關本)앞에 서자마자였다.
「쬐끔도.」
어깨를 슬쩍 으쓱해 보이면서, 에리꼬는 노래를 부르듯이 對答했다.

「아니야. 두려워하고 있어. 넌, 내게 흠뻑 빠질까봐서 두려워 하고 있는 거다. 그리고서 내게로부터 逃亡치려 하고 있다.」

「대단한 自慢이로군요. 글쎄요, 혼자서 실컷 그렇게 생각해도 좋겠죠.」

「나와 더 以上 만나게 되면, 自身의 主體性을 잃어버리겠다고 直觀하였기 때문이지?」

「글쎄올시다. 무엇이든 지껄여 봐요.」

「오늘밤에는, 하시모도(橋本)는 오지 않는 겐가?」

하자, 에리꼬의 얼굴이 險惡하게 變하였다.

세끼모도(關本)의 입으로부터 戀人의 이름이 튀어 나온 것은, 亦是 不快한 일이다.

「다른 사람에 關한 것은 어떻든 相關없지 않은가요?」

「그렇게는 안 돼.」

세키모토(關本)는 술을 한 모금 마셨다.

「如何튼 間에 나와는 兄弟之間 이니까. 나타나면 人事라도 해야 되는 것 아니야? 그리고, 너와 와까스기(若杉)와의 關係도 報告 해야 하거든. 게, 게-게-게-. 아무 것도 모르는 것은 書房님 뿐이로군. 同人雜誌를 낸다기에 若干 치켜 주었더니 제법 作家 흉내를 내고 지랄이야.」

갑자기 에리꼬가 테-불을 두드린다.

「當身, 나가줘요. 빨리 나가요. 形便없는 子息이야.」

다까야마(高山)도 세끼모도(關本)의 팔을 붙든다.

「틀림없이 妄言이다. 아무리 醉했어도 할 말 못할 말이 있는 거다.」

「뭐라꼬 子息, 잘난 척 하지 마. 네가 쓰는 小說이 재미가없다는 것은 너의 그런 고리타분한 感覺때문이다.」

「나에 對한 惡評은 얼마든지 해도 좋아. 그러나 쬐끔이라도 禮節은 지켜야지.」

「禮節이란게 都大體 뭔데?」

이번에는 세끼모도(關本)는 다까야마(高山)에게 대어든다.

「나의 辭典에는 그런 通俗的인 말은 들어 있지 않아.」

「좋 아 좋아, 나가자꾸나. 네가 다니는 단골술집까지 내가 데려다 줄 테니까.」

「난 여기서 마실 테다.」

「더 以上 이곳에서는 마시게 내버려두지 않을 게다. 자, 일어서.」

다까야마(高山)는 強制로 세끼모도(關本)를 일으켜 세워서 끌고 나갔다.

「이것 봐?」

세끼모도(關本)는 다까야마(高山)에게 먹지로 끌려가면서 에리꼬에게 말했다.
「商店이 끝나는 대로, 내가 기다리는 곳으로 나와라. 나 東쪽入口의 마케-트 안에 있는 『논베에(술부대)』에서 마시고 있을 테니까.」
「흥.」
에리꼬가 어깨를 으쓱거리자, 세끼모도(關本)는 繼續 지껄인다.
「對答은 必要없어. 내가 갈 것 같애 라고 하지만 結局 넌 오고 말거다. 拒逆을하든 괴롭든 間에, 結局은 오게 돼 있어. 그것이, 너의 나에 對한 宿命이라는거다.」
소리를 고래고래 지르면서, 세끼모도(關本)는 다까야마(高山)에게 이끌려서 밖으로 나갔다.
「저 런 저런.」
이이쓰까(飯塚)가 말했다.
「이래서 겨우 조용해 졌다.」
一旦 닫혔던 門이 열리면서 다까야마(高山)가 고개를 들이밀었다.
「얼른 돌아 올 테니까 여기서 기다려 줘.」
「알겠다. 여기서 기다릴 테니까.」
세끼모도(關本)들이 나가고 난 五分程度뒤에 하시모도

(橋本)가 나타났다. 그의 얼굴을 보자마자 에리꼬의 얼굴에 기쁜 빛깔이 스쳐갔다.
「어머, 어서 와요.」
료헤이(良平)의 느낌에서 인지는 모르겠으나, 그 목소리도 들떠 있다.
세끼모도(關本)를 對할 때와는 하늘과 땅 差異다.
「그럭저럭, 겨우 끝냈다. 먼저, 시원한 麥酒를 마실까.」
하시모도(橋本)는 자리에 앉자마자 이렇게 말했다.
「疲困했었죠?」
에리꼬는 多情했다. 보는 눈에 情이 담뿍 서려 있다.
세끼모도(關本)가 이것을 보았다면 一大騷動이 일어났을 것 이다.
하시모도(橋本)가 료헤이(良平)를 알아 본 것은 麥酒의 첫盞을 단숨에 비우고 나서였다.
하시모도(橋本)가 고개를 끄덕이자, 료헤이(良平)도 人事를 했다.
亦是 께름칙한 그 무엇인가를 느꼈다.
「요즈음 잘 보이지 않던데?」
「이런 집에서야 마시기 힘 들죠.」
「이 집은 그렇게 비싸지 않을 텐데. 雜誌의 이름은 定해졌나.」

「아니요, 아직 입니다.」
「意見이 紛紛하겠지? 그렇게 하다가 結局에는 흔해빠진 이름으로 定해지게 마련이야.」
료헤이(良平)가 하시모도(橋本)와 이야기를 하고 있는데, 瞥安間에 이이쓰까(飯塚)가,
「어이, 에리꼬.」
하고 소리 내어 부른다.
「우리들은 돌아가련다. 와까스기(若杉)는 여기 두고 간다. 너의 집으로 데리고 가겠지.?」
分明히 하시모도(橋本)에게 들려주기 爲한 行動이다.
에리꼬는 唐慌하지도 않는다.
「설마요, 番地數가 달라요. 이 分은 와세다(早稻田)의 도모에짱 인걸요.」
하시모도(橋本)는 이이쓰까(飯塚)를 노려본다. 戀人의 이름을 함부로 불렀기 때문이다. 이이쓰까(飯塚)가 일어서더니 하시모도(橋本)를 노려보면서 싱긋 웃는다. 눈을 똑바로 뜨고 노려본다.
「뭐야, 넌?」
「난 이이쓰까(飯塚)다. 싸움쟁이 이이쓰까(飯塚)란 말이야. 異議 있어?」
아무런 理由도 없이 이이쓰까(飯塚)는 하시모도(橋本)와

한판 붙고 싶은 마음이 일어난 것 같다. 酒癖인 것이다. 세끼모도(關本)는 머리통이 커서 意識的으로 醉한체한다. 이이쓰까(飯塚)는 그 反對로, 無意識中에 亂暴해지는 것이다. 몸집이 커서 强하게 보이므로 相對方이 꼬리를 뺀다. 그러니까 더더욱 우쭐대는 것이다.

「좋아.」

하시모도(橋本)가 일어섰다.

「밖으로 나가자. 後輩인 주제에, 건방진 子息이다. 두들겨 魂찌검을 내어 줄 테니까.」

료헤이(良平)도 일어섰다.

「글쎄, 조금만 참으세요. 이 子息 너무 醉해 있어요. 어이, 하야노(早野), 저 子息을 얼른 끌고 나가 줘.」

三

이이쓰까(飯塚)는 술瓶을 瓶채로 입으로 가져간다. 얼굴을 쳐 들고 술瓶을 거꾸로 해서 全部 마시고서는, 하시모도(橋本)를 바라보면서 大膽스런 웃음을 흘리고 있다.

「너무 거들먹거리지 않는 게 좋을 껄. 이쪽은 싸움쟁이 이이쓰까(飯塚)란 말씀이야.」

천천히 나간다. 따라 나가려는 하시모도(橋本)를 료헤이(良平)는 兩팔을 벌리면서 極口 말렸다.

「容恕하세요. 저 子息, 自身도 아무것도 모르고 있는 겁니다.」

겨우 하시모도(橋本)를 가라앉히고 자리에 앉혔다.

료헤이(良平)도 따라 앉았다. 에리꼬는 이이쓰까(飯塚)들이 마시고 나간 자리를 치우고 있다.

다까야마(高山)가 되돌아왔다.

「아 아니, 이이쓰까(飯塚)는?」

「今方 나갔다.」

다까야마(高山)는 鄭重히 하시모도(橋本)에게 人事를 했다. 이이쓰까(飯塚)의 無賴한 行動을 료헤이(良平)는 報告했던 것이다.

「이 子息도 저 子息도 形便없는 子息들 뿐이야. 마시는 法이 꼭이 시골 촌놈 같애. 佛文科의 아가씨들이 우리들 곁에 다가 올 턱이 없지.」

「그렇습니다.」

료헤이(良平)가 하시모도(橋本)에게 說明을 한다.

「저 子息들 德分에 우리까지도 誤解를 받는다니까요.」

「저런 子息들과 雜誌를 낸다는 거 그만 두는 게 좋겠다. 大學在學時節의 雜誌의 同僚는 一生동안 어울리게 마련인데, 損害를 볼 거야.」
「그렇게 하는 便이 좋을는지도 모르겠네요.」
다까야마(高山)가 고개를 끄덕인다.
「저도 그렇게 생각 되네요.」
하고, 에리꼬도 한목 거든다.
「어떻게 보아도 거리의 깡패라니까요. 그런데, 여기 술 값은 어떻게 되는 거 에요?」
「내가 낼 게요. 하는 수 없지.」
「저런 치들은 그런 버릇이 있어요. 當身이 支拂하더래도 받아내지는 못할 거 에요.」
「천만에. 그렇게는 안 되지. 사람 수대로 나누어서 받아내고 말거야.」
그런 다음 료헤이(良平)들은 하시모도(橋本)의 文學論을 拜聽하기로했다. 이이쓰까(飯塚)가 亂場판으로 만든 後였으므로 좀 더 얌전하게 굴지 않으면 안 되었다. 어려운 이야기를 나누는 途中에 갑자기 하시모도(橋本)는 上體를 뒤로 제키면서 료헤이(良平)를 바라다본다.
「자네, 에리꼬의 집에서 자고 간 일이 있는가.?」
갑작스런 質問이다. 료헤이(良平)는 천천히 고개를 저었다.
「없습니다. 그 子息, 先輩님을 刺戟시키려고 되지도 않는　소리를 아무렇게나 지껄인 겁니다.」

하시모도(橋本)는 이번에는 얼굴을 료헤이(良平)의 얼굴에 바싹 들이 대고서,

「이 애는 손대지 말게나. 나의 女子니까.」

「알고 있습니다.」

에리꼬가 말한다.

「같은 히가시우에(東上)線에서, 한 두번 마지막 電車에서 함께 간 일이 있어요.」

에리꼬는 이 술집에 드나드는 다른 손님과도 關係를 하고 있는 게 틀림없다. 하시모도(橋本)는 그 点에 對해서는 아무것도 모르고 있는 것 같다.

(가엾게 스리, 속고 있구나.)

조금後에 료헤이(良平)와 다까야마(高山)는 『이찌마루』를 나왔다.

「설마하니 세끼모도(關本) 子息, 되돌아오지는 않겠지?」

「모르지. 제법 에리꼬에게 執着해 있는 것 같던데.」

「어디서 마시고 있는 게야?」

「가서, 내가 데리고 가겠다. 電車에만 실어 놓으면 괜찮겠지.」

세끼모도(關本)가 마시고 있는 술집으로 가니까, 이이쓰

까(飯塚)들도 와있어, 제법 떠들썩하게 燒酒를 마시고 있다.

「여어, 왔구나.」

이이쓰까(飯塚)는 上體를 흔든다.

「그치, 붉으락푸르락 했었겠지. 只今부터 세끼모도(關本)와 함께 가려고 한다. 세끼모도(關本)라면 堂堂하게 그女와 關係했다는 것을 말 하겠지?」

「當然하고 말고. 가서 對決하는 거야. 그 둘 사이를 깨어 부셔 버리는 것도 재미있거든. 女子에게 속고 있는 주제에 제대로 된 小說이나 쓰겠냐.」

다까야마(高山)가 세끼모도(關本)의 팔을 붙잡는다.

「인마!, 너와 나는 같은 方向의 電車다. 함께 돌아가자.」

하야노(早野)가 소리친다.

「난 『아스나로우』에나 갈랜다.」

언제부터인가 하야노(早野)는 이이쓰까(飯塚) 以上으로 더 醉해 있다.

(요 子息들과 마시고 있으면, 이쪽은 醉할 틈이 없단 말씀이야.)

료헤이(良平)는 한숨을 吐한다.

19

文學敎室

一

이러 저러한 트러블이 있긴 하지만, 亦是 親舊는 親舊다. 아직 雜誌를 만든 것은 아니지만, 作品은 돌려가며 읽고 있다.

『저딴 子息』하고 생각하면서도 異常한 連帶感을 느끼고 있는 것이다.

세끼모도(關本)의 爲惡主義는, 紳士인 다까야마(高山)의 內部에도 實은 存在하고 있다. 이이쓰까(飯塚)의 無賴派 的인 志向은, 純眞多情한 하야노(早野)도 가지고 있는 것이다. 서로가 많은 共通点을 가지고 있는 것이다.

료헤이(良平)는 그렇게 생각했다. 그룹-으로 부터 떨어져나간다는 것은 생각해 보지도 않았다. 제 各各, 앓고 있는 形態가 若干씩 다를 뿐이다.
月曜日이 되었다. 다섯 사람은 다시 미다까(三鷹)驛에 集合했다. 이번에는 료헤이(良平)는 늦지 않았다. 約束된 時間에 얼굴이 全部 모였다. 큰 건널목의 遮斷機는 亦是 내려져있었다.
三分程度 기다린 後에 電車가 지나간 다음 긴 건널목을 건넜다.
「月曜日이 面會日이라고는 하지만, 바로 말해서 우리들까지 만나줄지 어떨지, 訪問客 全部를 만나준다고 한다면 限度 끝도 없을 텐데.」
하야노(早野)가 걱정스럽다는 듯이 이렇게 말했다.
그런 하야노(早野)는 土曜日 밤부터 신쥬꾸(新宿)二町目(賣春街)에 밤새껏 있었다고 말하고, 蒼白한 얼굴에 눈이 움푹 꺼져있다. 小說을 쓰려면 女子를 描寫하지 못하면 안 된다. 女子를 알기 爲해서는 娼婦를 相對하는 것이 빠른 길이다.
그러한 目的때문에, 오늘 밤에도 다시 二町目의 그 娼婦에게로 간다고 했다. 얌전한 性格의 男子지만, 한편으로는 이러한 徹底的인 行動力을 보여 주기도 한다.
아까하네·후미오(丹羽文雄)氏의 邸宅으로 들어갔다.

周圍의 住宅들에 比하여 門이 낮고, 親하기 쉬운 느낌이 들었다.

그러나, 玄關앞의 돌을 쌓아올린 벽은 重厚한 멋을 풍겨 주고 있다.

東쪽 壁에 박혀 있는 招人鐘을 눌렀다. 드디어, 門이 조금 열리더니 그 前에 만났던 家政婦가 얼굴을 내어 밀었다. 그女는 료헤이(良平)를 보자마자 얼른 걸쇠를 벗기고 門을 활짝 열었다.

「어서 오세요.」

웃는 얼굴로 그렇게 말한다. 료헤이(良平)를 記憶하고 있는듯하다.

「저-. 요전번에 찾아뵈었던…….」

그렇지만 료헤이(良平)는 順序로서 說明하려고 했다.

途中에 그女는 알겠다는 듯이,

「알고 있습니다. 좀 기다려 주십시오.」

門을 열어 놓은 채 그女는 안으로 들어갔다가, 곧 되돌아 나왔다.

「어서 들어 오십시오.」

도어를 들어선 료헤이(良平)는 가지런히 놓여 져 있는 구두를 보았다. 數 十足이나 되겠다. 모두가 來客의 구두일 테지.

그女는 스리퍼를 내어왔다. 다섯 사람은 올라갔다.
세끼모도(關本)도 이이쓰까(飯塚)도 緊張된 얼굴을 하고 있다.
勿論, 료헤이(良平)는 맨 먼저 人事를 드리지 않으면 안 되었기 때문에 더 더욱 緊張이 되었다.
「자아, 이쪽으로, 여기 입니다.」
오른 쪽 켠의 도어-를 家政婦는 열어 주었다.
「고맙습니다.」
人事를 하고서 료헤이(良平)는 들어갔다. 담배煙氣가 숨이 막힐 程度로 꽉 차 있고, 커다란 테-블의 周圍에, 몇 분인가 머리가 보였다. 正面의 窓을 등지고 和服(日本男子의 平常服)차림의 아까하네·후미오(丹羽文雄)先生님이 앉아있고, 팔뚝을 걷어 올린 두툼한 손을 놀리면서 무언가를 이야기 하고 있다.
(寫眞의 얼굴보다 重厚한 느낌이다.)
하고 료헤이(良平)는 생각했다. 左右로 나란히 앉아있는 사람들은 中堅 新進作家들 이거나, 編輯者들 임에 틀림없다. 그러나, 그分들의 얼굴을 바라볼 餘裕는 조금도 없다.
다섯 사람은 도어入口쪽에 나란히 서자, 아까하네·후미오(丹羽文雄)先生님은 이야기를 멈추고 료헤이(良平)를 바라 보았다. 따스한 느낌의 얼굴 이었으나, 어딘가 文壇의 重鎭 와세다(早稻田)派의 總帥라고 하는 意識이 료헤이(良平)에게 있기 때문에, 몸이 얼어붙어, 딛고 있는 마루ㅅ바닥의 感覺도 느끼지를 못 했다.
기어들어가는 목소리로 우물우물 하면서, 便紙를 보내서 答狀을 받은 와세다(早稻田)의 學生이라고, 自己 紹介를 했다.
「아,아, 그런가.」
아까하네·후미오(丹羽文雄)先生님은 고개를 끄덕였다.
「그런데, 作品은 골라보았는가.」
亦是 아까하네·후미오(丹羽文雄)先生님은 記憶하고 있었다. 作品을 한점 選擇해서 찾아뵙겠다고, 료헤이(良平)는 便紙를 썼던 것이다. 그에 對한 答狀이 왔던 것이다.
只今의 自己 紹介에서는 그 点에 對해서는 말씀을 드리지 않았다.
感激속에서 료헤이(良平)는, 作品을 뽑는다는 것이 쉽지가 않았다고 說明했다.
「그랬을 테지.」
아까하네·후미오(丹羽文雄)先生님은 웃는다.
무엇이든 꿰뚫어 보는듯한 느긋한 態度였다.
「意見의 一致를 본다는 것은 쉬운 일이 아니지.」

「그렇습니다.」

료헤이(良平)는 겨우 元氣를 되찾았다.

「그래서 雜誌를 만들면서 工夫를 하려하고 있습니다.」

아까하네·후미오(丹羽文雄)先生님의 周圍의 사람들이 이야기를 멈추고 一齊히 이쪽을 바라보고 있다. 女子손님도 있다.

「그래서 여러가지 面에서 가르침을 받고자 이렇게 찾아 뵙게 된 것입니다.」

「아아, 그런가. 그렇지, 雜誌를 내면서 工夫를 하는 것이 第一좋은 方法이겠지. 그 쪽으로 들 앉게 나.」

자리는 마침 다섯 程度 비어 있었다. 實은 비어 있었던 게 아니고, 아까 료헤이(良平)들을 案內해 주었던 家政婦가, 反對쪽의 第二 應接室에서 方席을 옮겨다 놓았는데, 아까하네·후미오(丹羽文雄)先生님을 對하면서 너무들 緊張해있던 료헤이(良平)들은 그것을 미쳐 알지 못했던 것이다.

자리를 물리어 받아서, 겨우 료헤이(良平)들은 어깨를 꼭꼭 붙이고서 앉았다.

「그래서, 雜誌의 이름은 定했는가?」

「그것이 그……」

候補에 올라 있는 雜誌名을 료헤이(良平)는 세 個 程度

말했다.

아까하네·후미오(丹羽文雄)先生님이 首肯해 주는 것으로 定하려 했다. 셋 모두, 아까하네·후미오(丹羽文雄)先生님은 고개를 左右로 흔들었다.

「別로 좋지가 않는데. 딱딱한 느낌이군. 그런 힘이 들어 있는 이름은 쓰지 않는 게 좋지.」

그러자, 아까하네·후미오(丹羽文雄)先生님의 바로 곁에 앉아있는 眼鏡을 낀 사람이,

「그럼요, 우리들도 처음 同人誌를 낼 때에 雜誌 이름에 對해서 無知하게 애를 먹었지요.」

하고 말했다. 그에 應해서 反對쪽으로부터,

「同人 한 사람 한 사람이 自己가 지은 이름을 固執해서, 밤새껏 議論한 적도 있지요.」

하고 곁들어 말한다. 暫時동안, 雜誌의 이름에 對하여, 여러 이야기가 紛紛했다. 료헤이(良平)는 焦点이 自身들의 일에 쏠리고 있는데 對하여, 精神이 번쩍 들기도 했다. 座席은 다시 떠들썩해 졌다.

아까하네·후미오(丹羽文雄)先生님은 여러분의 이야기에 고개를 끄덕이면서 듣고 있다.

暫時 後, 아까하네·후미오(丹羽文雄)先生님은 료헤이(良平)에게 말씀하셨다.

「그렇지. 雜誌名은 천천히 생각하는 게 좋겠다. 그런데, 자네들은 와세다(早稻田)의 佛文科로서, 같은 形態로 글을 쓰는 者들의 모임 인가?」

드디어 文學理念의 核心으로 다가왔다. 료헤이(良平)는 다시 緊張이 되었다.

「그렇지는 않습니다. 觀念的인 作品을 쓰는 者가 있는가하면, 그反對도 있습니다. 모두가 제 各各 다릅니다. 實은 그런.点 때문에 先生님에게 보여드릴 것을 뽑지 못했던 겁니다.」

「그랬었겠지.」

아까하네·후미오(丹羽文雄)先生님은 微笑를 띠우면서 首肯했다.

「여러 形態의 쓰는 法이 있으면 좋은 거다. 여러 가지 文學論을 가지고 있는 게 좋은 거지. 無理하게 決定하려고 들지 말게나. 自身의 個性에 알 맞는 方法으로 工夫하는 것이 좋겠다.」

「네에.」

「모두 합쳐 몇 名인가?」

「다섯입니다.」

「응, 꼭 알맞은 數字로군. 佛文科라면 아라소오(新壓)인데 아라소오(新壓)의 講義를 듣고 있는가?」

「아라소오(新壓) 教授님은 三學年이 되고서부터 입니다.」

「아아, 나까무라(中村)君.」

아까하네·후미오(丹羽文雄)先生님은 갑자기 오른쪽으로 고개를 돌린다.

「네에.」

나까무라(中村)라고 불리어진 사람이, 姿勢를 고치면서 對答을 한다.

「佛文科라면, 자네의 直屬後輩다. 只今부터 잘 指導해 주게나.」

「네에, 잘 알겠습니다.」

나이는 三十四, 五歲, 머리가 若干 벗겨져 있다. 점잖은 느낌을 주는 사람이었다.

(나까무라·하찌로(中村八郎)氏로구나.)

하고 료헤이(良平)는 알아차렸다. 이미 수차례에 걸쳐 나오기(直木)賞 候補에도 올려졌던 中堅 作家다.

아까하네·후미오(丹羽文雄)先生님은 다시 료헤이(良平)에게로 고개를 돌렸다.

「나까무라(中村)君은 훌륭한 伯樂이다. 여러가지를 배워 두게나.」

　　※【伯樂=有望한 젊은이를 發掘하여 大成시키는데
　　　　솜씨있는 사람을 일컬음.】

「네엣-.」

료헤이(良平)는 자리에서 벌떡 일어서서,

「아무쪼록 付託 드리겠습니다.」

하고 머리를 숙였다. 하니까,

나까무라·하찌로(中村八郞)氏도 亦是 자리에서 일어서서 答禮를 한다. 료헤이(良平)를 뒤따라서 세끼모도(關本)들도 人事를 했다

「그리고.」

아까하네·후미오(丹羽文雄)先生님은 맨 처음에 誌名에 關해서 말을 한 바로 곁에 앉아있는 사람을 紹介했다.

「이쪽은 이시가와·도시히꼬(石川利光)君.」

아꾸다가와(芥川)賞 作家이다.

료헤이(良平)가 人事를 하자

빙긋빙긋 웃으면서 答禮를 했지만 일어서지는 않았다. 代身에,

「그러는 사이에 『新作家』에 登場할 수 있도록 熱心히 하게나.」

하고 激勵해 주었다.

「이쪽은 야기·요시도꾸(八木義德).」

이시가와·도시히꼬(石川利光)는 戰後의 受賞者 이지만, 야기·요시도꾸(八木義德)는 戰前의 아꾸다가와(芥川)賞

受賞者다.

검은 테 眼鏡을 쓴, 얼굴도 몸집도 威嚴있게 보인다.

료헤이(良平)의 人事에 對하여,

「젊음은 좋은 거구나. 可能性에 充滿해 있어. 힘껏 해 보게나.」

하고 말해 주었다. 얼굴과는 反對로 상냥스런 목소리를 하시는 分이다. 그 야기·요시도꾸(八木義德)는 그런 다음 아까하네·후미오(丹羽文雄)先生님을 向하여,

「그런데, 이렇게 先生님의 門을 直接 두드린 것을 보면, 이 親舊들은 대단한 勇氣를 가지고 있는 거 아닙니까. 그것 하나만 봐도 싹이 보이는데요.」

하고 말한다. 아까하네·후미오(丹羽文雄)先生님은 다만 조용히 웃을 뿐이다. 료헤이(良平)로서는 너무나도 過分한 稱讚을 받은 것 같이 느껴졌다.

「야기(八木)君도 佛文科랬지?」

「네, 그렇습니다. 저희들 때에는, 숫자도 적었지요.」

여기서 暫間동안 와세다(早稻田)의 學生의 增加에 對하여 이야기가 오간다음, 다시, 아까하네·후미오(丹羽文雄)先生님은 야기(八木)氏 옆자리의 人物을 료헤이(良平)에게 紹介시켜주었다.

「오오다·유우가이(多田裕計)君.」

亦是 아꾸다가와(芥川)賞 作家이다. 佛文科의 先輩다.
이렇듯 아까하네·후미오(丹羽文雄)先生님은 번거롭다는 表情 하나 없이 차 례 차례로 作家나 評論家를 료헤이(良平)들에게 紹介시켜 주었는데, 이것이 前例가 없던 일이라는 것을 료헤이(良平)가 알았던 것은, 그로부터 훨씬 뒤의 일이었다.

座席 中의 切半 程度는 료헤이(良平)도 알고 있는 人物들이었다.

나머지 切半 程度도, 文壇에서 이름이 알려진 作家나 評論家들이었다. 료헤이(良平)가 印象에 남아있는 것은, 도가에시·하지메(十返肇)라는 몸집이 矮小(왜소)한 사람으로서, 어쩌면 評論家 인듯하다.

人事를 하는 료헤이(良平)에 對해서,

「자네, 어떻게 되어서 小說을 쓰겠다는 마음을 가지게 되었는가?」

날카로운 質問을 퍼부우면서 冷笑的인 눈으로 바라본다.
唐慌하면서도 곧바로 료헤이(良平)는,

「네, 그것을 모르기 때문에, 써 보려는 氣分이 되었는지도 모르겠습니다.」

하고 對答했다. 건방스런 對答인지 모르겠다고 생각했지만, 그 外 別다른 對答꺼리가 없었기 때문이다.

미네유끼·사까(峰雪榮)라는 女流作家는 아까하네·후미오(丹羽文雄)先生님의 등을 돌아 窓가로 다가 가 서서는,

「저런 젊은이들이, 瞥安間 아차!하는 사이에 훌륭한 것을 써 낼는지도 모르는 것이죠.」

하고 말한다. 그때쯤 해서는 료헤이(良平)들도 제법 安定되어 있었고, 그 女流作家가 제법 美貌를 갖추고 있다는 것을 알아볼 수 있게끔 되었다.

아까하네·후미오(丹羽文雄)先生님은 미네유끼·사까(峰雪榮)의 말에 고개를 끄덕인다.

「젊은이들은 끊임없이 成長하는 거지. 成長하지 않는다면, 나의 즐거움이 없어지고 말아.」

얼굴이 하얗고 肉感的인 女子가 있었다.

료헤이(良平)들은 紹介를 받지는 않았지만, 아마도 『新作家』의 有力한 作家인듯, 自身있는듯이 이야기를 한다. 그 女子가 료헤이(良平)를 向하여,

「자네, 只今 몇 살?」

하고 質問을 한다. 료헤이(良平)가 對答을 하자, 한숨을 쉬면서,

「우리들도 꾸무럭거리고만 있을 때가 아니로군요.」

하고 말한다. 그런 뒤에 누군가가, 그女를 보고서는,

「세도우찌(瀨戶內)君.」

하고 불렀다. 그래서 료헤이(良平)는 그 女子가 雜誌 『新作家』에 이따금씩 써 내고 있는 세도우찌·키요요시(瀨戶內晴美)라는 作家임을 알게 되었다.

아직은 無名作家다. 無名으로 아직 젊은데도 아꾸다가와(芥川)賞 受賞作家들과 對等하게 이야기를 하고 있다.

아까하네·후미오(丹羽文雄)先生님과도 아무런 辭讓없이 이야기를 나누고 있다.

(氣가 센 女人이로구나.)

하고 생각도 해 보았다. 드디어 이야기는, 료헤이(良平)들이 들어오기 前의 이야기로 되돌아갔다.

아까하네·후미오(丹羽文雄)先生님이 現在 어떤 文藝雜誌에 連載하고 있는 作品의 『테-마(Thema)』와 方法에 關한 이야기였다.

勿論, 료헤이(良平)들도 읽어 보았다. 具體的인 例를 材料로 한 살아있는 文學敎室 이었다. 더군다나 作家들의 質問에 對答하고 있는 사람은 作家自身 이었다.

評論家들의 周圍를 빙글빙글 돌면서 꼬집는 表現과는 달리, 쉽고 淡淡하게 說明을 하 기 때문에, 료헤이(良平)들도 알아 들을 것 같았다.

다른 作家들이 若干은 阿諂(아첨)하는듯한 곳이 느껴지기는 했지만, 그건 마음에 걸리는 만큼의 것은 아니었고,

료헤이(良平)는 온 몸이 緊張되어서 아까하네·후미오(丹羽文雄)先生님의 한 마디 한 마디를 듣고 있다. 말하자면 료헤이(良平)로서는 作家가 自作한 것에 對해서 말하는 生生한 音聲을 처음으로 들어보는 것이었다. 그러는 사이에, 야기·요시도꾸(八木義德)와 도가에시·하지메(十返肇)가 論爭을 벌렸다.

作家인 야기(八木)쪽이 더 論理的이고, 도가에시(十返肇)는 逆으로 相對를 바늘로 찌르는 듯한 刺戟的인 말로 應對하고있는 것이다.

프로세스를 說明하는 것이 귀찮아서 이겠다.

아까하네·후미오(丹羽文雄)先生님은 누구便도 들지 않고, 잠자코 듣고만 있다. 論爭은 結論이 나지 않았고, 그러는 中에 다른 사람이 다른 質問을 하자, 今時 現代 프랑스 文學으로 이야기가 옮겨졌다. 最近 飜譯된 話題作을, 아까하네·후미오(丹羽文雄)先生님도 읽었었다.

窓門은 열려져 있다. 그런데도, 많은 사람이 담배를 피우고 있기 때문에 煙氣가 자욱해 있다. 그런 속에서 熱氣에 찬 이야기들을 繼續 하고 있는 것이다.

應接室이 그대로 文學敎室로 變해 있는 느낌이다.

료헤이(良平)들이 한쪽 구석 쪽에서 앉아 있기를 두어 時間쯤 되어서 몇分인가가 서로 信號를하면서 일어섰다.

「그럼, 오늘은 이쯤에서 失禮할까 합니다. 요 다음號가 기다려지는데요.」

그럭저럭 거의 半數程度가 돌아가려는 것이다. 벌써 저녁때가 가까워졌다.

(特別한 사람을 除外하고는 이쯤에서 돌아가는 거겠지.)

료헤이(良平)들도 일어섰다.

「오늘 정말 感謝합니다. 雜誌의 이름, 잘 생각해 두었다가 다시 찾아뵙겠습니다.」

아까하네·후미오(丹羽文雄)先生님은 穩和한 얼굴로 료헤이(良平)를 바라보면서, 고개를 끄덕인다.

「아암, 그렇게 하게나. 雜誌도 그렇게 唐慌스럽게 만드는 게 아니라네.」

맞이해 주던 家政婦의 餞送을 받으면서, 료헤이(良平)들은 玄關을 나섰다.

「오늘 정말 感謝했습니다.」

료헤이(良平)는 人事를 했지만, 그건 後에 세끼모도(關本)에게서 세찬 非難을 받았다.

「使用人에 對해서 그럴 程度로 굽실거릴 必要가 있는 게냐?」

「굽실거리지는 않아. 오늘 이렇게 아까하네·후미오(丹羽文雄)先生님을 만날 수 있게 된 것은, 그女의 好意

때문 이었단다. 人事를 해서 나쁠 것 없잖니?」

다섯 사람은 신쥬꾸(新宿)로 나왔다. 아와모리(泡盛)집에 들렸다.

다섯 모두 큰일을 끝낸 氣分 이었다.

但只 만난 것뿐인데도 말이다. 誌名도 認定 받지를 못했었다. 그러나, 만나는 것 그 自體 만으로도 대단한 것이었다.

「그렇게 하면서 每週, 모두는 先生의 小說에 對하여 생각하는 것을 들으러가서, 創作上의 參考로 삼으려는 거로구나.」

大學의 講義時間에서는 찾아 볼 수 없는 新鮮함이 있었고, 熱氣가 充滿해 있었다. 그리고, 參席한 作家들의 作品을 료헤이(良平)는 大部分 읽어 본 적이 있다.

따지고 보면 료헤이(良平)들은 그 사람들 中의 누구엔가를 訪問하여 指導를 받았어야만했다. 그런데 瞥安間에 아까하네·후미오(丹羽文雄)先生님에게 부딪쳤던 것이다.

그런 일로해서 다까야마(高山)는 료헤이(良平)의 어깨를 두드렸다.

「시골 촌놈의 뚝심을 餘地없이 보여 주었다. 何如튼 間에 一學年인 주제에, 겁도 없이 만났다. 大 成功이라 해도 좋겠지.」

「그렇게 생각한다. 오늘 先輩님들의 이야기를 듣고 있자니, 술만 벌컥벌컥 마시고 있을 때가 아닌 것 같다. 좀 더 工夫를 해야지.」
「그치들의 文學論은 낡아빠져 있단 말씀이야.」
세끼모도(關本)는 여전히 『新作家』의 傾向에 對해서 批判的이었다.

20

『街』

―

또다시 月曜日이 돌아왔다. 이번에는 료헤이(良平)들은 세 사람이서 아까하네·후미오(丹羽文雄)氏 宅을 찾아갔다. 다까야마(高山)는 아르바이트 일로해서 도저히 빠져나올 수가 없었고, 세끼모도(關本)는 學校에 모습을 나타내지 않았었다.

玄關에는 亦是 많은 구두들이 가지런히 늘어져 있고, 應接室은 滿員 이었다.

(이들 사람들은 아까하네(丹羽)先生님의 말씀에 따라 工夫를 하려고 하는 것 뿐 만이 아니다. 思慕하고 있는 것이다. 마음 깊숙이에서 그렇게 느끼고 있는 것이다.)

新聞의 學藝欄에, 와세다(早稻田) 出身의 作家나 作家의

鷄卵들이 모두들 미다까(三鷹)를 訪問하고 있는 것에 對해서 嘲笑를 보낸 글이 실려 있었다. 요전번의 訪問에서, 그것은 속 事情을 알지 못하는 者의 偏見에서 나온 것이라는 것을 료헤이(良平)는 確認 했었다. 더군다나 료헤이(良平)는 先輩님들의 『小說좋아함』에 혀를 내둘렀던 것이다. 그러나 單純하게 『小說좋아함』 이기 때문만이 아니라, 아까하네·후미오(丹羽文雄)先生님에게는 사람을 따르게 하는 그 무엇을 지니고 있는 것처럼 보였다. 오로지 小說 한길만을 살아온 아까하네·후미오(丹羽文雄)先生님은 但只 普通 이야기를 하고 있는데도 이쪽의 마음이 깨끗이 씻기어지는 무엇이 있었다.

료헤이(良平)가 아까하네·후미오(丹羽文雄)先生님에게 感動을 받은 가장 큰 原因은 『海戰』을 읽고 나서였다. 戰時中의 作品으로서, 아까하네·후미오(丹羽文雄)先生님이 從軍記者로서 海戰에 參加 했을 때의 것을 쓴 것이었다. 그 的確한 描寫力의 밑바탕에는, 危急속에 빠져 있으면서도 作家로서의 觀察눈을 번득이고 있었다. 그런데도 軍에 迎合하는 文章이라고는 단 한 줄도 찾아볼 수 없었다. 當時 作家들이 놓여있는 狀況을 생각 해 보더라도, 『海戰』의 純粹함은 重要한 價値가 있는 것이었다.

아까하네·후미오(丹羽文雄)氏에게는 思想이 없다, 라는

것은 一部 評論家의 批判이다. 그들 여러분들의 論文도, 료헤이(良平)는 읽어 보았었다. 세끼모도(關本)가 恒常 떠버리는 말솜씨가 바로 그 評論家들을 흉내 내고 있는 것이다.

그러나 료헤이(良平)는, 아까하네·후미오(丹羽文雄)先生님의 文章 그 自體가 思想이 아닌가, 하고 생각해 보기도 했다.

아까하네·후미오(丹羽文雄)先生님은 『海戰』을 이와같이 그렸다. 그곳에 作家 아까하네·후미오(丹羽文雄)라는 人間에의 姿勢가 있다.

思想의 表現으로서는 難解한 말이나 觀念을 늘어뜨려 놓지도 않는다.

료헤이(良平)는 入學하고 나서부터, 戰後派 作家의 作品에 疑問을 품기 始作 했다. 새로운 文學의 工夫라고 생각하면서, 읽고는 있다. 읽어보아도 재미있는 곳이라고는 없다. 읽는 그 自體를 自身에게 强要하고 있는 것이다. 그러한 自身에게 疑問을 품어 보기도 했다.

高校時節 國語敎師로서 아라라기派의 歌人 다까가끼·신지(高垣新治)는, 子規의 寫生에 關해서 되풀이해서 말했다. 子規의 寫生을 深化시킨 다께요시(茂吉)의 『實相觀入』의 理論을 講義했다.

※【實相觀入=短歌에서 表現만의 寫生에 그치지 않고, 自然의 實相을 捕捉(포착)하여 自己와 自然이 하나가 된 境地를 描寫해 내는 일】

료헤이(良平)는 그 時節 特히나 그 授業을 追憶해 본다. 그것은 와세다(早稻田)의 그 어떤 講義보다도 文學的이었다. 그래서 료헤이(良平) 自身, 말장난의 노래보다도 寫生을 基本으로 하는 노래에 感動을 느끼고 있다.

지난週와 같은 자리에 아까하네·후미오(丹羽文雄)先生님은 앉아 있었다.

료헤이(良平)들은 아까하네·후미오(丹羽文雄)先生님에게 人事를드리고, 左右의 여러분들에게도 머리를 숙였다.

左右에는 새로운 얼굴들도 몇 간 보였다.

료헤이(良平)들보다 한발자국 먼저, 學生服을 입고, 女子를 同伴한 사람이 들어갔다. 그 두 사람은 맨 끝 座席에 앉았다. 女子는 아직 少女의 앳된 모습을 풍겨주고 있다. 들어가는 것을 보고서 하야노(早野)는,

「대단한 녀석인데. 女子를 데리고 왔단 말씀이야. 놀랄 만한 勇氣인데.」

하고 속삭이고 있었다.

아까하네·후미오(丹羽文雄)先生님은 한 卷의 얇은 雜誌를 손에 들고 있었다. 료헤이(良平)는 女子와 同行한 學

生 옆자리에 앉았다. 學生은 姿勢를 꼿꼿이 세우고서 緊張된 表情으로 아까하네·후미오(丹羽文雄)先生님 쪽을 바라보고 있다.

아까하네·후미오(丹羽文雄)先生님은 雜誌를 뒤적이면서,

「學習院에서도 小說을쓰는 學生이 더러 있는 모양이지.」

하고 중얼거린다. 하자,

「네엣.」

하고 分明한 語調로, 옆 學生이 對答한다. 그러고 보니 그는 學習院의 學生으로서, 雜誌를 만들었으므로 아까하네·후미오(丹羽文雄)先生님에게 贈呈하기 爲해서 들린 것 같다.

료헤이(良平)는 부끄러움을 느꼈다.

(이 親舊들은 分明히 雜誌를 들고왔다. 아까하네·후미오(丹羽文雄)先生님에게 보여드릴 것을 가지고 왔다. 우리들은 저번 週에나 오늘도 아무것도 가지고 오지못했다.)

學生에게 꼭 붙어 앉아 있는 모습의 女人은, 수줍은 듯이 눈을 아래로 내리 깔고 있다. 아까하네·후미오(丹羽文雄)先生님은 다시 學生에게 質問을 하자, 學生은 큰소리로 質問에 對答한다.

아까하네·후미오(丹羽文雄)先生님으로부터 한 사람 건너

서 나까무라·하찌로(中村八郎)氏가 앉아 있다.

아까하네·후미오(丹羽文雄)先生님의 學生에 對한 質問이 一旦 끝난 사이에, 나까무라·하찌로(中村八郎)氏가 료헤이(良平)쪽을 돌아보았다.

「雜誌의 이름이 決定되었는가?」

「네에.」

료헤이(良平)는 나까무라·하찌로(中村八郎)氏의 好意를 느끼면서, 다섯 사람이 結論을 내린 誌名을 말씀 드렸다. 아까하네·후미오(丹羽文雄)先生님은 천천히 고개를 앞뒤로 흔들고 있는데, 이것은 료헤이(良平)가 말한 誌名에 對해서 贊成하는 몸짓이 아니었다. 簡單한 목 運動일 뿐이었다.

「別론데. 너무 딱딱하게 느껴지누 만.」

이로서 誌名은 다시 原点에서부터 생각지 않으면 안 되었다.

료헤이(良平)가 勇氣를 내어서,

「이제 곧 創刊號를 내기 爲해서 다섯 모두 熱心히 하고 있습니다. 곁드려서, 先生님의 卷頭의 말씀을 얻고 싶습니다. 이렇게 付託을 드려도 되는지 모르겠습니다.」

하고 말한 것은 한바탕 小說에 關한 이야기가 오고간 다음, 途中에 자리를 떴던 아까하네·후미오(丹羽文雄)先生

님이 되돌아와서 자리에 앉고 나서 바로 直後였다.
周圍의 눈들이 놀랬다는 듯이 료헤이(良平)에게 쏠리고 있는 것을 意識했다. 어느 程度 貫祿이 붙어있는 文學靑年들의 雜誌라면 何如튼, 一年生의 햇병아리들이 만드는 雜誌인 것이다. 두꺼워 도 限없이 두꺼운 낯짝이다.
생각하기 나름으로는 一笑에 부쳐버린다거나 無禮에 對한 꾸중을 받는 것이 當然한 일이다. 만나서 末席에 앉아서 이야기를 듣는 것만 해도 그런 榮光이 없는 일인데, 當代의 唯一한 流行作家에게 그것도 無償으로 卷頭의 原稿를 付託한다.
常識으로는 도저히 생각해 볼 수도 없는 일이다.
아까하네·후미오(丹羽文雄)先生님은 료헤이(良平)를 바라본다.
놀랍게도, 그 눈매에는 非難의 모습이 보이지 않는다.
「아아, 좋겠지. 길게는 쓸수 없지만, 언제까지면 좋을는지.」
료헤이(良平)는 가슴이 뜨거워져 왔다. 어리벙벙한 狀態에서 必要한 날자를 말씀 드렸다. 그날도, 료헤이(良平)들은 다른 訪問客과 함께 門을 나섰다. 女子와 同行한 學習院의 學生도 함께였다.
걷기를 始作하자마자, 그 學生이 말을 걸어왔다.

「전, 이런 사람입니다. 오늘 처음으로 아까하네·후미오 (丹羽文雄)先生님을 뵈었습니다.」

名銜(명함)을 내어민다. 名啣에는 요시무라·아키라카(吉村昭)라 고 쓰여 있다. 료헤이(良平)와 하야노(早野)도 名啣을 내어 밀면서,

「저희들이야말로 付託드립니다.」

하면서 머리를 숙였다. 이이쓰까(飯塚)는 名啣을 만들지 않는다. 입으로 이름을 말했다. 恒常 덧붙이는『싸움꾼』이라는 形容詞는 붙이지 않았다. 本來의 얼굴을 할 때에는 얌전하기 그지없다.

요시무라·아키라카(吉村昭)와 헤어지고 나서 바로, 하야노(早野)는,

「저기 두 사람, 勿論 雜誌의 同人이겠지만, 同僚들 속에서 單 두 사람만 온 것은, 말하자면 班長과 副班長 役割인가 부지.」

제법 그럴듯한 推理를 해 본다.

「戀人 사이 같기도 한걸.」

하고 료헤이(良平)는 말했다. 男子쪽에서는 冷淡한 모습을 보이고 있지만, 女子의 男子에 對한 態度에는 그것이 確然히 느껴지는 것이다.

「女子쪽 말이야, 이름이 뭐라고 하더라? 잘 안 들려서

말이야.」

女子쪽에서는 名啣을 주지 않았다.

「목소리가 낮아서 잘 들리지 안 던 데.」

「分明히 무슨 무 슨 세쓰꼬(節子)라 하던가.」

數年後 요시무라·아키라카(吉村昭)의 夫人으로서 아꾸다가와(芥川)賞을 受賞한 쓰무라·세쓰꼬(津村節子)가 바로 이 사람이다.

日本的인 少女의 印象을 받았다.

二

제 各各의 原稿를 脫稿했다. 自稱 名作들을. 月曜日, 이이쓰까(飯塚)의 집에서 第一回 編集會議를 열기로 했다. 다섯 個의 原稿가 모아졌다. 杖數는 三十枚 前後이다. 얇은 雜誌가 되겠지만, 돈이 없기 때문에 하는 수가 없는 것이다.

이번에는 다른 네 사람의 原稿는 읽지 않기로 했다.

읽더라도 活字化 하기 以前에는 絶代 批判은 하지 않기로 했다.

評價는 雜誌를 읽은 사람들에게 맡기기로 했다.

이이쓰까(飯塚)의 집은 니시다께(西武)線 이께부꾸로

(池袋)驛에서 걸어서 十分程度의 場所에 있다.
와세다(早稻田)에서 가까울 뿐 아니라, 下宿이 아니다. 한 채의 집의 房 한 칸만 쓰고 나머지 房은 貰를 놓고 있다. 이이쓰까(飯塚)의 父母님은 아사기누(麻布)에 있는 本家에 살고 계신다. 自身의 집이면서도 父母님이 안 계시기 때문에, 議論을 하든가 술을 마시면서 떠들기 에는 安城맞춤 이었다.
네 사람은 午後 네時에 이이쓰까(飯塚)의 집에 모이기로 되었었다.
료헤이(良平)는 다시 생각한 誌名을 가지고 아까하네·후미오(丹羽文雄)先生님을 訪問했다. 이미 이렇게 된 以上 어떻게 해서라도, 아까하네·후미오(丹羽文雄)先生님께서 고개를 끄덕거릴 程度의 이름을 붙이고 싶었다.
첫째, 新入生 중대가리들의 同人雜誌등, 아까하네·후미오(丹羽文雄)로서는 어떻게 되든 相關 없지 않는가. 그런데도 고개를 옆으로 저었다. 그것에 對해서 료헤이(良平)는 깊은 感動을 받았던 것이다. 놀랍게도 아까하네·후미오(丹羽文雄)先生님은 마음에 들지 않았기 때문에 고개를 저었던 것이다.
特別히 關心이 있는것도 아니다. 그러나 료헤이(良平)는, (그렇다면, 언젠가는 고개를 끄덕거리도록 무언가 보여

드려야만 해.)

하고 깊이 생각해보았다. 前과 變함없이, 아까하네·후미오(丹羽文雄)先生님의 邸宅의 應接室은 滿員 이었다.

들어가지 않고서도 알고도 남았다. 열려진 窓門으로부터, 담배煙氣가 끊임없이 밖으로 흘러 나가고 있었다. 그날은 『新作家』가 出版된 直後이므로, 그 册에 실려 있는 作品에 對한 것이 話題가 되어있었다.

료헤이(良平)가 안으로 들어갔을 때에, 키가 제법 큰 男子가 일어서서, 큰 목소리로 무언가를 이야기 하고 있었다. 료헤이(良平)에게는 처음 보는 얼굴 이었다. 그 外에도 료헤이(良平)가 처음 보는 얼굴들이 몇 分 계셨다.

(都大體가, 이렇게 해서 月曜日의 面會日에 찾아오는 사람을 합해서 몇 名 程度나 될까.)

「이보게, 곤도(近藤), 그만 앉게나.」

하고, 옆 座席의 男子가 말했다. 곤도(近藤)라고 불리어진 등치 큰 男子는 얌전히 앉았지만, 繼續 이야기를 했다. 어떤 作品을 稱讚하고 있는 中이었다.

(다른 사람의 作品을 이렇게 熱을 올려가면서 稱讚해 주고 있다. 純粹하고 正直한 사람이다.)

하고 료헤이(良平)는 생각했다. 後에 안 事實이지만, 그 키가 큰 男子는 곤도·게에따로(近藤啓太郎), 앞으라고 말한 사람은 다께다·한따로(武田繁太郞)로서, 두분 모두 『新作家』의 젊은 作家였다.

료헤이(良平)로서는 좀 더 빨리『新作家』의 會員이 되고 싶었다.

그 前番과 같이 나까무라·하찌로(中村八郞)氏가 틈을 보아서,

「雜誌의 이름은 어떻게 되었는가?」

하고 물어왔다. 同時에 아까하네·후미오(丹羽文雄)도 關心이 있는 듯한 눈으로 바라보았다. 료헤이(良平)는,

(이번에야말로)

하고선 생각해 둔 誌名을 말했다.

「그건 別론데.」

하고 말한 것은 곤도·게에따로(近藤啓太郞)였다.

「흔해빠진 이름 아닌가, 자네.」

辭讓이라고는 조금도 없는 사람이다. 료헤이(良平)는 失望할 따름이다.

「음, 좋은 이름은 아니군.」

아까하네·후미오(丹羽文雄)先生님도 고개를 젓는다.

「네에.」

료헤이(良平)는 고개를 숙였다.

어찌된 영문인지, 鄕里에 있는 戀人 사까다·요시꼬(酒田

美子)의 幻影이 떠오른다.

하는데,

「어떻게 생각하나?」

하고 아까하네·후미오(丹羽文雄)先生님께서 말씀하신다.

「『街』를 자네에게 주겠네.『街』라는 誌名으로 하게나.」

료헤이(良平)는 고개를 번쩍 들었다. 갑자기 봄날의 따스한 햇볕 속으로 내어 던져진 氣分이었다.

同人雜誌『街』는 쇼오와(昭和) 文壇史上에 길이길이 남아 있는 이름이었다. 아까하네·후미오(丹羽文雄)先生님이 와세다(早稻田)에 入學해서 처음으로 參加했던 雜誌인 것이다.

와세다(早稻田)의 文學部에는 只今까지 數百種類의 同人雜誌가 생겼고 생겼다간 없어지곤 했다. 그 속에서 이 『街』만큼 人材를 많이 輩出한 雜誌는 없었다.

이러한 由緖깊은 雜誌의 이름을 使用해도 좋다는 許可가 내려졌던 것이다.

「녯, 녯 그렇게 하겠습니다. 付託 드리겠습니다. 感謝합니다.」

료헤이(良平)는 일어서서 머리가 땅에 닿을 듯 깊숙이 머리를 숙였다.

아까하네·후미오(丹羽文雄)는 료헤이(良平)들의 進展도 없이 뱅글거리는 것을 애처롭게 보아 준 것 일게다.
료헤이(良平)의 執念에 두 손을 번쩍 들었는 지도 모르겠다.
「잘되었구나, 자네.」
나까무라·하찌로(中村八郎)氏가 自己 일인 것처럼 목 메인 소리로 祝福해 주었다. 곤도·게에따로(近藤啓太郎)는,
「자네, 이건 대단한 일이라네. 責任이 莫重한거야.」
하고 脅迫처럼 말한다.
「네엣, 잘 알고 熱心히 努力하겠습니다.」
「眞짜로 알고 있는 건가, 이 親舊.」
그러나, 곤도·게에따로(近藤啓太郎)의 이러한 말에는 毒이 들어있지가 않았다. 反對로, 後輩를 생각해 주는 따스한 마음씨를 료헤이(良平)는 느끼고 있었다. 나무라는 입은 親密感의 形態를 바꾼 表現 이었다. 德分에 료헤이(良平)의 更直된 마음이 풀어졌다.
「정말 잘 된 일이다. 힘껏 努力해 보게나.」
나까무라·하찌로(中村八郎)氏는 웃음이 가득한 얼굴로 료헤이(良平)의 어깨를 두드려 주었다. 료헤이(良平)는 처음으로 入門을 許諾받은 氣分 이었다. 그러나, 아직도 어떤 것을 쓸 것인가는 말하지 않았다. 아까하네(丹羽)

邸宅을 나선 료헤이(良平)는, 이런 吉報를 한발이라도 먼저 모두에게 알리기 爲해서 미다까(三鷹)驛까지 내리달렸다. 이이쓰까(飯塚)의 집에 到着해서, 玄關의 門을 威勢도 좋게 열어젖히고선,

「어이, 이이쓰까(飯塚)!」

하고 외쳤다. 이미 다른 세 사람도 와 있었다. 밥상으로 代身한 册床위에 原稿와 메-모用紙가 놓여 있다.

「어이, 『街』의 이름을 받아왔다. 우리는 第二次『街』를 만들게 되었다.」

「眞짜갓!」

하고 소리친 것은 세끼모도(關本)였다.

顏色까지 變해버렸다.

「弄談이 아냐. 아까하네·후미오(丹羽文雄)先生님께서 손수 그렇게 許諾해 주셨는걸.」

「이거야말로 대단한 事件인 걸.」

언제나 시니컬(Cynical=冷笑的인,비꼬는)하게 아까하네·후미오(丹羽文雄)에게도 批判的인 세끼모도(關本)의 눈이 번쩍이고 있다. 文學工夫에 對해서 만은 다섯 中에 제일 進步되어 있다. 그래서『街』가 얼마나 古典的인 誌名인가를 잘 알고 있다.

다까야마(高山)도 呻吟을 吐한다.

「眞짜로 주더란 말이지.」
이이쓰까(飯塚)가 册床을 두드린다.
「좋았어. 오늘은 귀찮은 이야기는 쑥 빼기다. 마시자, 마시자 구.」
「勿論이지. 乾杯가 빠져서야 말이 아니지.」
다섯 모두, 原則으로 말하자면 大學의 敎室에서 講義를 듣지 않으면 안 되는 身分들이다. 忠實한 學生들은 敎授의 조름 끼 섞인 講義를 노-트에 옮기고 있을 때였다. 그러나, 료헤이(良平)들은 敎室등에 關해서는 아예 念頭에도 없었다.
재빨리 돈을 捻出해서, 이이쓰까(飯塚)와 하야노(早野)가 술을 사기 爲해서 밖으로 나갔다. 세끼모도(關本)가 물어왔다.
「오늘도 많이 모였었니.」
「그럼. 다께다·한따로(武田繁太郎)라는 제법 好 男子도 있었다.」
「알고 있다. 『新作家』의 호-프 中의 한사람이다. 獨文科다.」
「곤도·게에따로(近藤啓太郎)라는 豪傑도 있었다.」
「그 親舊는 美術 敎師란다. 호오, 오늘은 젊은 치들이 大擧 왔었구먼. 나도 갔더라면 좋았을 걸. 理論을 한바탕 論했으면 좋았을 텐데.」
갔었더라면 료헤이(良平)처럼 찍소리도 못하고 쳐 박혀
있었을 주제에 제법 큰 소리를 치고 있다.
「그리고 卷頭言은?」
다까야마(高山)는 眞짜로 아까하네·후미오(丹羽文雄)氏
가 써 줄는지, 그것이 걱정이었다.
「木曜日에 주신다고 했다.」
「大家의 卷頭言을 받았다고 批判하는 치들도 있겠지.
  그러나, 우리 쪽은 激勵(격려)를 받았다는 것을 自身
  의 마음속에 심어두기 爲해서 받으려는 거다.」
이이쓰까(飯塚)와 하야노(早野)가 술병과 안주꺼리를 안
고서 돌아왔다. 소의 內臟과 野菜였다.
「번거로우니까, 모두 뒤섞어서 부엌에서 조려가지고 올
  테니까.」
「이런 때에는 女子애들이 있으면 좋을 텐데.」
「얌전한 女子애들을 相對하고 있지를 못하니까 別 수
  없는 거다. 우리들도 學習院의 요시무라·아키라카(吉
  村昭)를 본 받아야 만 해.」
「그런데, 佛文科의 계집애들은 우리들을 주정뱅이들로
  보고 있으니까, 希望이라곤 全無야.」
소의 內臟을 잘게 썰은 것과 野菜가 볶아지기 始作할 무

렵, 마침 나팔을 불면서 豆腐 장수가 지나간다.

「그렇지. 스끼야끼에는 豆腐를 넣어야 제격이지. 불러 세워.」

「이것이 스끼야끼(전골) 라 하는 거냐?」

드디어 냄비가 상위에 올려지고, 술도 若干 데웠다.

「자아, 乾杯다.」

「옛날의 『街』는 아까하네·후미오(丹羽文雄)先生님을 爲始해서, 히노·요시히라(火野葦平), 테라사끼·히로시(寺崎浩), 다하다·슈이찌로(田畑修一郞), 나까야마·쇼사부로(中山省三郞), 미요시·다까오(三好季雄), 쓰보다·가쓰(坪田勝). 全部 文壇에 섰다.」

「우리들도 힘내자 구.」

「오-오-오-.」

다섯 사람은 단숨에 술을 목구멍 속으로 흘려 넣었다.

21

文科의 學生

一

面會日이 아닌 날에 訪問하는 것은 처음 이었다.
언제나의 그 應接室로 案內 되었다. 그 前과는 달리, 커다란 테-블을 둘러쌓고, 빈 椅子들만이 나란히 놓여있다. 아무도 보이지 않는다.
空氣는 차갑게 느껴졌다. 家政婦가 葉茶와 케이크를 놓고 나간 다음, 료헤이(良平)는 구석 쪽 椅子에 앉아있었다. 온 집안이 조용하기만 했다.
료헤이(良平)가 葉茶를 두어 番 훌쩍이고 있었을 때에, 스리퍼의 끄는 소리가 들렸다. 家政婦는 스리퍼를 신지 않는다. 료헤이(良平)는 緊張이 되었다.
도어가 열리고, 와복(和服＝日本人의平常服)차림의 아까

하네·후미오(丹羽文雄)先生님이 들어오셨다.
료헤이(良平)는 일어서서 人事를 드렸다.
아까하네·후미오(丹羽文雄)先生님은 커다란 封套를 들고 계셨다.
「내가 쓴 글씨는 읽기에 힘이 들 게야.」
선채로 封套속의 原稿를 끄집어내었다.
「짤막하니까 한번 읽어주지. 이쪽으로 오게나.」
「네에.」
아까하네·후미오(丹羽文雄)先生님이 封套를 열자, 료헤이(良平)는 아까하네·후미오(丹羽文雄)先生님 곁에 나란히 바짝 붙어 섰다.
아까하네·후미오(丹羽文雄)先生님은 읽기 始作했다. 原稿의 글자를 료헤이(良平)가 볼 수 있도록 해주었다. 료헤이(良平)는 그 글씨를 보면서, 先生님의 朗讀을 들었다. 틀림없이 그 글씨는 達筆임에 틀림없거니와 速記의 記號처럼 省略이 많기 때문에, 그대로 解析하려고 보면 苦生하기 짝이 없겠다.
료헤이(良平)는 귀와 눈에 온 神經을 集中시켰다.
두 장의 原稿는 금새 읽혀졌다.
「알아볼 것 같은가?」
「네에, 그럴 것 같습니다.」

아까하네·후미오(丹羽文雄)先生님은 原稿를 封套에 넣고서는,

「그럼, 가지고 가 보게나.」

「네엣, 바쁘신 時間을 내어 주셔서 너무 感謝합니다.」

溫情이 담뿍 서린 激勵의 文章이었다. 感動을 平凡한 文章으로 表現한 것이 若干 섭섭했다.

아까하네·후미오(丹羽文雄)先生님께서는 家政婦를 부르지 않고, 손수 玄關의 門을 열어 주셨다. 료헤이(良平)는 門을 나서기 前에 머리를 숙여 人事를 드렸고, 밖으로 나와서도 다시 人事를 드렸다.

「雜誌가 나오는대로, 第一 먼저 가지고 들리겠습니다.」

「그러게나.」

아까하네·후미오(丹羽文雄)先生님은 고개를 끄덕였다.

이이쓰까(飯塚)의 집에는 네 사람이 모여 있다. 곧 바로 료헤이(良平)는 原稿를 들고서 모두 앞에 나타났다.

「받아 왔단 말이다.」

「어디 어디.」

封套속에서 原稿를 끄집어내어, 테-블 위의 雜多한 것을 치우고, 그 위에 펼쳤다. 네 사람은 네 方向에서 뚫어지게 내려다본다.

「으-ㅁ.」

다까야마(高山)가 呻吟을 吐한다.
「作家의 原稿란게 이런 것인가.」
「果然 品格이 배어 있구먼.」
하고 세끼모도(關本)가 感歎辭를 連發한다.
「멋들어진 글씨가 아니냔 말이야.」
하야노(早野)가 글씨의 專門家처럼 말한다.
「이봐들, 너희들 이 原稿를 읽을 수 있겠나.」
「옳거니.」
세끼모도(關本)가 읽기 始作했다. 한 줄도 읽기 前에 막히고 말았다.
「누구도 읽지 못하겠는데.」
「들어 들 봐.」
료헤이(良平)는 어깨를 으쓱했다.
「난 말이야, 읽어 주시던 걸. 아무튼, 先生님의 얼굴에 얼굴을 맞대고 듣고 있었다. 너무 어리벙벙해 있다가, 나중에 읽지를 못한다면 큰일이므로 온 神經을 쥐어짜면서 듣고 있었단다.」
료헤이(良平)는 손가락 끝으로 글자를 짚어가면서 읽기 始作했다.
네 사람은 머리를 맞대고 듣고 있다. 잘못해서 읽지 못하는 글자가 나오면 어떡하나 걱정을 했는데, 亦是 듣고 온 直後였으므로 끝까지 틀리지 않고 읽을 수가 있었다.
「으-ㅁ. 이것이 『다』 字이고, 이것이 『니』 字란 말이지. 이것이 『學』 字이고. 하여튼 대단한 原稿다.」
모두들 感歎하고 말았다.
「읽어주셔서 千萬 多幸이다. 그런데 編輯者들은 이 程度를 읽지 못한다면 編輯者 失格 이겠구나.」
暫時동안 글자에 關해서 이야기를 한 後에, 료헤이(良平)가 잘 듣고 온 것에 對하여 稱讚을 아끼지 않았다. 文章에 嚴格한 作家의 原稿인 것이다. 但 한 글자라도 잘 못 읽거나 誤字가 있어서는 안 되는 것이다.
「이렇게 하여, 익숙해지다 보면 흘려 쓰는 方法이나 文章의 리듬-을 習得하게되고, 그럭저럭 읽을 수 있게 되겠지. 文章은 글자와는 달라서 明快하고 的確한 것이니까.」
「어떻든 간에 印刷工을 울리겠는데.」
「아니야, 印刷所에 넘기기 前에 淸書를 하는 것 같더라. 이것도 淸書를 하자구나. 이 原稿를 지저분하게 해서는 안 돼. 우리들의 寶物이거든.」
「何如튼, 編輯者들도 얻기가 힘드는 아까하네·후미오(丹羽文雄)先生님의 原稿다. 學生의 身分으로, 더군다나 공짜로 原稿를 얻었다는 것은, 우리들이 처음 일 걸」

글씨에 正確한 다까야마(高山)가 淸書하기로 했다.

빈틈없는 다까야마(高山)이기에, 료헤이(良平)가 읽는 것을 잘 記憶하고 있기 때문에, 처음부터 끝까지 틀림이 없이 淸書했다.

「雜誌가 나와서, 훌륭한 것은 卷頭言밖에 없는 것은 아닌지 모르겠군.」

「어찌되든 間에, 이것을 와세다(早稻田)의 書店에 놓고 보자 구. 다른 雜誌 가운데 壓倒的으로 눈에 뜨일 것은 틀림없는 事實일 테니까.」

「『街』라는 이름과 卷頭言. 何如튼 다른 雜誌보다는 읽어줄 確率이 높은 거야.」

「그래서 팔리는 거지.」

「그런데, 그 部數와 페이지 數가 問題인데 말씀이야.」

이이쓰까(飯塚)가 印刷所와의 交涉의 結果를 說明하기 始作했다.

二

同人雜誌를 發刊하는데는 印刷所와의 交涉이 매우 重要하다. 와세다(早稻田)에서 發刊되고 있는 雜誌中에는, 矯導所에서 印刷되는 것이 많다. 矯導所는 값이 싸다.

그렇지만 市內 中心部까지 들락거려야만하고, 날자가 많이 걸린다. 더군다나 出入이 까다롭고 손이 많이 가는 게 흠이다.

료헤이(良平)들이 交涉하고 있는 印刷所는 고쓰까(戶塚)의 작은 印刷所였다. 紙型을 뜨는 것이 아니다. 골라 끼운 活字에서 直接 종이에 印刷하는 方法이다.

「할 수 있는데 까지 깎고 깎아서 이런 價格이 나왔다.」

「豫想보다 비싼데.」

「우리들이 計算한 것은 昨年의 費用 이었다. 다른 곳에도 부딪쳐 보았지만 여기가 第一 싸게 먹히더라. 契約金 半額에, 나머지는 雜誌 引渡時에 주기로 했다.」

同人雜誌라는 것이 거품과 같아서, 차례차례 發刊되면서도 소리 所聞도 없이 사라진다. 제법 信用이 없으면 代金의 後拂은 생각지도 못하는 일이었다.

와세다(早稻田)처럼 同人誌가 많은 곳도 없다.

때문에 와세다(早稻田)周邊의 자그마한 印刷所만큼, 個人雜誌에 휘말려 든 곳도 없을 程度다. 어느 印刷所도 조심조심 相對를 고르는 것이다.

그런데도, 印刷所는 젊은 文學靑年들에게 속아 넘어가고 만다.

三號, 四號로 繼續하다보면, 어느 사이에 情이 흐르고 만다. 支拂을 延期하고서 雜誌를 于先 받게 되는 것이다.
많은 作家들이 이러한 個人 同人雜誌에서부터 出發하는 것이다.
日本의 文學世界에 거리의 조그마한 印刷所가 끼친 影響力은 매우 크다 하겠다.
「問題는 이러한 돈을 어떻게 마련하느냐 인데, 雜誌에 따라서는 同人費 프러스 揭載費라하는 二重構造로 하는 곳도 있긴 있는 모양이더라. 한 페-지 當 얼마를 定한다음, 그쪽이 揭載하는 페이지만큼 돈을 내는 거지.」
「우리들은 다섯인 만큼, 다섯 모두 發表를 하게 된다. 그 費用을 五 等分하면 되는 것 아닌가.」
「페이지의 많고 적음이 있잖니.」
「그런 것 까지 쩨쩨하게 計算하는 거 그만 둬라.」
「내일, 原稿를 넣는다. 그렇다면, 二, 三日中으로 半程度 納金해야 된다.」
「그 한 사람 分이 얼만 고 하니, 에 에또……..」
그것은 료헤이(良平)의 한 달 分 生活費의 三分의一 이었다.
「모두 걱정 안 해도 되는 거니?」

모두들 首肯했다. 當然한 일이니만치, 그 程度만큼 飮食費나 책값을 줄이지 않으면 안 되었다. 當初의 豫定보다도 豫算 오-버(Over)이긴 하지만, 그렇다고 페이지 數를 줄일 수는 없는 것이다.

아까하네·후미오(丹羽文雄)先生님의 本 原稿는 이이쓰까(飯塚)가 冊床서랍 깊숙이 넣어 두었다. 內心, 료헤이(良平)는 아까하네·후미오(丹羽文雄)先生님의 原稿를 받게 된 것은 自身의 功績이라고 생각해 보았다. 그래서,

「記念으로 내가 保管해도 좋겠지.」

하고 말하고 싶은 心情이었다. 그러나 아까하네·후미오(丹羽文雄)先生님은 同人 모두에게 준 것이므로 會議 集合場所인 여기에 保管해 두는 것이 當然한 것이다. 自身의 慾心을 억눌렀다.

使用이 끝난 原稿는 作者에게 돌려주는 것이 合法的 處置라는것을, 료헤이(良平)들은 모르고 있었다. 그리고, 普通 印刷所에서도 原稿는 거의 돌려주지 않는다.

業務가 끝난 것은 저녁 무렵 이었다.

「자, 그럼, 한 盞 할 꺼나.」

「오늘은 燒酒로 하자. 三號 程度에서 끝나지 않도록 해야 하니까. 그 때문에라도, 돈은 貴重한거야.」

「如何튼 創刊號는 나온다. 그런 다음, 새로운 同人들을

募集하는 거야. 同人들이 많으면 많을수록 運營도 쉬워 질 테니까.」

燒酒를 마시기 始作하고서 부터, 이야기는 佛文科의 다른 學生들의 일로 넘어갔다.

「우리들이 第二次의 『街』를 내려는 것을 이미 大部分의 學生들은 알고 있다.」

하고 하야노(早野)가 말했다.

「그런데도 參加하기를 願하는 子息들은 한 놈도 없는 것이 異常하단 말씀이야.」

「小說을 쓰려는 치들만 있는 게 아니잖나. 女子애들의 거의 全部가 結婚前에 "와세다(早稻田)佛文科卒"이라는 네임·밸류(Name·Value(日)=著名人士의 이름을 지닌 宣傳 價値)가 必要한 거야.」

「프랑스文學의 硏究家가 되려는 사람들도 있긴 있어. 프랑스語를 工夫하기爲해서 들어온 親舊도 있는가 봐.」

알-콜이 들어가자마자 세끼모도(關本)는 크라스·메이트를 罵倒(매도)하기 始作했다.

「高等學校 先生이 되려고 들어온 사람이 있는가 하면, 但只 어쩐지 들어오고 싶어서 들어온 사람도 있다. 요전번에 어떤 子息과 이야기를 한 적이 있지만, 그

子息은 와세다(早稻田)의 學部를 네 個씩 이나 다녔더구 면. 政經學部, 法學部, 教育學部, 文學部. 政經學部 以外는 모두 合格했으나, 自身은 政經學部에 다니고 싶었단다. 하는 수 없이 文學部에 들어왔다는구나.

佛文科學生인 주제에, 사르트르, 까뮤는 勿論, 바르자크도 스땅따르-도 읽어보지도 않았다. 난 말이야, 入學前에는 와세다(早稻田)의 文學部 文學科는 作家志望 뿐이라고 생각 했던 거야. 그런데 그게 아니었다.

小說을 志向하는 사람은 極히 드물다는 거지. 高校時代에는 試驗工夫만 熱心히 했지만, 머리가 나빠서 東大에도 政經部에도 떨어지고, 그래서 文科에 들어왔다는 거야. 그런 子息들이 많다니깐. 別로 재미있는 것도 아니야.」

다까야마(高山)도 맞장구를 친다.

「나도, 入學하고 나서 그런 幻滅을 느꼈었다. 그 子息들에게는 와세다(早稻田)를 選擇할 理由도 없었고, 特別히 選擇한 것도 아니야. 文學科를 選擇할 理由도 없고 말이야.」

佛文科라는 것은 俗稱으로서, 正式으로 말하자면 文學部 文學科 佛文學專攻 이라는 것이 妥當하겠다.

「小說과는 無緣한 佛文科 學生이란 말이지.」

「試驗이 어렵게 되고부터, 그러한 子息들이 많아졌던 거다. 只今부터도 試驗은 漸漸 까다롭게 되고, 그러한 合格者가 불어 날거야. 高校時代에 文學에 빠져서 彷徨하는 者들은 合格이 어렵게 되고 말겠지.」

「아니야. 그런 무리들 뿐만은 아니겠지.」

료헤이(良平)도 끼어들었다.

「난 半 程度는 小說을 쓰려고 생각하고 있다고 본다. 實은 秘密로 쓰고 있는 者들도 있을게야.」

「그렇다면 왜?, 佛文科에서 雜誌를 낸다고 떠들고 亂離를 쳤는데도 우리들에게 贊成하는 치들은 한 놈도 없단 말이냐?」

「여러 가지 理由가 있겠지. 세끼모도(關本)의 酒亂을 싫어하는 者들도 있겠지. 술보다도 커-피나 베-토벤으로 文學을 論하려는 者들도 있겠고. 제 나름대로의 한 마리 늑대란다.」

三

醉해서 下宿으로 돌아 온 것은 밤 열 時頃 이었다. 房으로 들어가서 옷을 벗고 있는데, 곤도(近藤)가 들어왔다.

「아까하네(丹羽)先生님의 原稿는 받아내었니.?」

「받았다.」

「그거 대단한데. 雜誌가 나오면 열권程度는 팔아주지.」

「付託한다. 조금이래도 팔린다면, 二號를 빠른 時日에 낼 수가 있단다.」

곤도(近藤)가 兩班다리를 하고 앉는다.

「저녁때쯤, 女子가 찾아 왔더라.」

「내게?」

「응, 제법 반듯한 애 던 걸.」

「이름이 뭐라 했는데?」

「이름은 물어보지 않았다. 얼굴이 갸름하고, 파-마는 하지 않았었다. 아름다운 눈을 가지고 있었다. 女高를 갓 卒業한 나이 또래였을까.」

「너, 저녁때에 집에 있었단 말이 가.?」

「氣分이 좋지 않아서 일찍 돌아 와서 자고 있었다.」

「그래서, 어떻게 되었는데.?」

「없다고 했더니, 섭섭하다는 얼굴로 돌아갔단다.」

이께부꾸로(池袋)에서 커-피를 마신 少女라고 료헤이(良平)는 생각했다.

「이곳을 나가서 어느 쪽으로 갔었니?」

「뒤 쪽으로 가던데. 이 近方에 사는 애 같더라.」

亦是나, 틀림이 없다.

「아깝게 되어버렸네.」

「너, 말이야, 그렇게 네 활개를 휘졌고 다녀도 괜찮은 거니?」

「別로 휘저은 적이 없는데.」

이야기를 하고 있는 中에 사까다(酒田)도 들어왔다. 료헤이(良平)의 房만이 若干 떨어져서 도어로 되어 있기 때문에 이야기 程度로는 다른 房의 잠자리에 그다지 妨害를 주지 않는다.

「사랑은 가까운 곳에서 찾아야만 하는 것이다.」

하고 사까다(酒田)가 말했다. 곤도(近藤)에게서 듣고서 少女의 來訪을 알고 있는 듯 했다.

「술집의 계집애들과 놀아나는 것은 單純한 欲情의 遂行일 뿐이다. 대단한 것이 못 돼. 그러나, 오늘 찾아온 애는 그렇지가 않는 것 같애.」

료헤이(良平)는 苦笑를 禁치 못했다.

「인마!, 大綱 알 것 같다. 人事만 나누었을 뿐이다. 擴大 解析은 하 지 말거라.」

「아니야, 내게는 그런 豫感이 든단 말이야.」

사까다(酒田)는 료헤이(良平)를 바라본다.

「누나에게 요즈음 便紙를 보내지 않는 것 같던데. 너의 마음이 漸漸 멀어져 가는 것을 누나도 느끼고 있는 것 같더라. 내가 너의 일을 꼬치꼬치 써서 보내는 것은 달갑지 않는 일이거든.」

「뭐라고 쓰여 있었는데?」

「잊어버렸다. 누나에게 結婚이야기가 많이 들어오고 있는 것 같더라. 記憶하고 있는 것은 이것뿐이다.」

곤도(近藤)와 사까다(酒田)가 나가고 나서 료헤이(良平)는 이불속에 엎드려서 요시꼬(美子)에게 편지를 쓰기 始作했다. 마음이 멀어져 가고 있는 것이 아니다. 便紙를 보내는 것을 操心하고 있는 것이다. 鄕里의 女子에게 便紙만 보내는 것도 낯 뜨겁게 느껴졌다. 그리고, 平凡한 生活이므로, 報告 할 만한 꺼리가 없다. 報告할 事件이 없다면, 어찌 보면 感情의 漂白이 되고 만다. 그것 또한 낯을 뜨겁게 만든다.

오늘밤에는 報告할 事項이 있다.

아까하네·후미오(丹羽文雄)先生님의 激勵辭(격려사)를 받았을 뿐만 아니라, 그럭저럭 雜誌創刊의 第一步를 내어 디뎠던 것이다.

두 장째의 便紙紙로 옮겨갈 때쯤 窓門을 두드리는 소리가 들렸다.

료헤이(良平)는 일어서서 窓門을 열었다.

도모에의 얼굴이 보였다. 그 背後에 하야노(早野)가 서

있다. 하야노(早野)는 相當히 醉해 있었고 가까이 다가오면서도 비틀거리고 있다.

「어찌된 일이야?」

「왔어요.」

도모에는 굳어진 얼굴모습 이었다.

「누가 함께 있나요?」

「아 아니, 나 혼자야. 들어와. 어이, 하야노(早野), 들어와라.」

료헤이(良平)는 窓門을 닫았다. 두 사람은 玄關으로 돌아서 들어왔다. 료헤이(良平)는 便紙紙를 접어서 冊床서랍에 넣었다.

두 사람이 함께 무슨 일로 찾아 왔을까?

22
엿보는 心理

一

도모에의 뒤를 따라 하야노(早野)도 들어왔다.
료헤이(良平)는 이불위에 兩班다리를 하고 앉았다.
새삼스럽게 이불을 접고서 맞이할 손님들은 아닌 것이다. 도모에는 료헤이(良平)에게 무릎이 맞닿을 程度로앉았다.
하야노(早野)도 그 옆에 쭈그리고 앉으면서,
「술 있거든 내어 놓아.」
하고 말했다.
「그만 해. 그 보다도, 둘이서, 어떻게 된 셈이냐?」
「너와 헤어지고 나서, 우리들은 이 사람의 술집으로 갔었다.」

「알고 있어.」

「그리고, 난 이 사람을 꼬드겼단다. 그렇게 하니까, 이 사람, 너만 좋다고 한다면, 나와 자 주겠다고 하더라. 네가 前番에 相關없다고 말했다고 해도 고지 듣지를 않는 거야.」

「내가 그렇게 말했다고?」

「말 했잖냐. 於此彼 넌 一時的인 氣分풀이 였겠지.? 이 애를 좋아 했을 턱이 없다고. 그렇게 말했잖니.」

틀림없이, 언제였든가 醉해서 그와 비슷한 말을 한 記憶이 난다. 그런데, 그 말을 當事者인 女子를 앞에다 두고 할 말은 아니다. 그러나, 目的을 達成하기 爲해서는 무엇이든지 利用 하려하는 것이 人之常情이다. 하야노(早野)는 自身에게 正直했을 뿐이다. 非難해서는 안 되겠지. 료헤이(良平)는 苦笑를 禁치못했다.

「글쎄다, 若干 쑥스럽구먼. 그리고, 사랑하는 女子도 있다. 도모에짱과는 妙한 因緣으로 사이좋게 되어버렸다. 이렇게 말한 것은 記憶난다. 그러나, 네게 안겨도 좋다고는 말하지 않았다. 愉快한 일이 못 된다는 것은 事實이니까. 特히 도모에짱을 위해서는 말이다. 」

「너와 똑같은 말을 한다니깐. 그 말을 이 女子는 信用 하지를 않아. 너와 만나서 確認을 하자. 그렇게 말하면서 나를 끌고 왔던거다. 내가 좋아서 따라 온 것이 아니야.」

「알겠다.」

료헤이(良平)는 도모에 쪽으로 向했다.

「난 하야노(早野)가 말 한대로 말한 事實이 없다.」

「그러리라 생각했어요. 그런데, 오늘 저녁에는 어째서 함께 오지 않았나요?」

「돈이 다 떨어졌기 때문이다. 그리고 이이쓰까(飯塚) 집에서 너무 많이 마셨거든. 헌데, 이미 電車는 끊어졌다. 두 사람 모두 여기서 자고 가야만 되겠다.」

「그럴 생각으로 왔어요.」

도모에는 하야노(早野)를 돌아다보았다.

「未安하게 되었네요. 이 分은 그런 말 한 적이 없대요. 그러니까 안 돼.」

「이 子息은 거짓말을 하고 있단 말이야. 도모에, 넌 속고 있는 거야. 틀림없이 난 들었단 말이다.」

「그렇지 않아. 그러나, 도모에짱, 내가 좋다고만 한다면, 정말 괜찮겠어?」

「에에, 좋아요.」

「그렇다면, 나로서는 재미있는 일은 못되지만, 하야노(早野)의 뜻을 따라주면 어떻겠나? 이 親舊는 자네를 즐겁게 해주기 위해서 二町目에 가서 三日間 씩이나 테크닉을 배워왔거든.」

「지저분해요. 그렇지만, 當身이 勸한다면 좋아요. 오늘 밤, 只今부터래도 좋아요.」

「勸하는 것은 아니지만, 妨害는 놓지 않겠다.」

여기에서 도모에에게 료헤이(良平)에 對한 貞操를 要求한다면, 도모에에게 하나의 地位를 附與하는 셈이 되는 것이다.

료헤이(良平)는 눈앞의 獨占慾을 없애기로 했다.

「그럼……」

도모에는 하야노(早野)를 돌아다보았다.

「좋아요.」

「이렇게 되는 게 自然스런거야.」

하야노(早野)는 急速히 冷情을 되찾은 듯이 보였다.

「그럼, 나가지 그래.」

威勢좋게 벌떡 일어섰다.

「驛까지 가보면 旅館이 있겠지. 旅館에서 자자꾸나.」

「싫어요.」

도모에는 움직이려고도 안했다.

「더 以上 걷지도 못하겠어요. 나, 여기서 잘래요. 요다음 機會를 봐서 하 기로 해요.」

「그런 바보같은……. 너를 여기에다 두고 나갈 것 같애? 그렇다면 나도 자고 가겠어.」

료헤이(良平)는 일어서서, 하야노(早野)의 어깨를 두드린다.

「걱정하지 마. 이렇게 된 以上 나도 男子다. 깨끗이 비켜주지. 亦是나, 너와 도모에짱은 서로 사랑하고 있는 거다. 네가 天方地軸 놀아나고 있으니까, 이 사람은 反抗心이 일어 나를 利用한 거란다. 너희들과 같은 類의 戀愛도 있다. 재미있는 工夫가 될 것 같은데.」

맨 처음, 『아스나로우』에 갔었던 그날 밤부터, 하야노(早野)와 도모에의 微妙한 사이를 료헤이(良平)는 斟酌하고 있었다.

純情한것처럼 보이는 것은 相對를 誘惑하기 爲한 手段일 뿐이라고 하야노(早野)는 큰소리 치고 있었지만, 亦是 先手를 빼앗긴 분풀이였는지도 모른다.

「나 저쪽의 親舊 房으로 가서 잘 테니까. 이房과 이불과…..」

료헤이(良平)는 하야노(早野)에게서 떨어져, 册床서랍 속에서 콘돔(Condom)을 꺼내었다.

「이 豫防品을 너희들에게 提供하겠다. 엊그제 산 그대로 하나도 使用하지 않았다. 한 타-스다. 이 程度만 있으면, 네가 얼마만큼의 精力家인지는 모르겠다만 充分할게야.」

「오오, 빌리겠다. 未安한데.」

료헤이(良平)는 이불을 바로잡아준다. 도모에는 잠자코 있다.

료헤이(良平)는 準備를 끝내고서,

「자, 그럼 健鬪를 빈다.」

하고 말하고서 房을 나가려고 했다.

「기다려요.」

날카로운 목소리로, 도모에는 료헤이(良平)를 불렀다.

「當身도 여기서 함께 자요.」

「나 妨害꾼이 되고 싶지 않는데.」

「妨害되지 않아요. 逃亡갈 必要가 없잖아요? 나도 요 전번에 참고 있었는데.」

「弄談이 아니야. 그날 밤, 난 에리꼬와는 아무 일도 없었단 말이야.」

「거짓말해도 알아요. 그女, 그대로 참고 끝낼 사람이 아니에요.」

「놀랬는데. 그런 誤解를 하고 있었단 말 이가? 眞짜로, 아무 일도 없었다.」

「何如튼, 그날 밤 그女를 자고 가게 한 것은 틀림없잖아요. 그러니까, 當身도 오늘 밤 여기서 같이 자는 거에요.」

「復讐란 말이지. 이 런 이런.」

「別로 그런 깊은 뜻은 없어요.」

료헤이(良平)는 하야노(早野)를 바라보았다.

「여기 있어도 괜찮겠니?」

「좋 구 말구. 난 相關없어. 그러나, 異常한 짓거리를 하면서 妨害는 하지 말거라.」

「하지 않아.」

하야노(早野)는 매우 醉해있고, 도모에도 제법 醉해있다. 료헤이(良平)도 제법 마신 뒤다. 료헤이(良平)는 이불을 다시 폈다. 두 자락으로 펴져있는 요를 펴서 자리를 넓혔다.

「그럼, 하야노(早野)가 맨 가운데 누어라.」

「싫어요.」

도모에는 일어서서 옷을 벗기 始作했다.

「내가 가운데서 잘래요.」

재빠르게 스립-모습으로 한 도모에는, 그대로 한가운데로 들어가더니 이불을 둘러쓴다.

「될 대로 되라지.」

하야노(早野)도 옷을 벗고, 窓門쪽켠에 눕더니, 재빨리도 도모에를 끌어안는다.

「어이, 電燈은 어떻게 할까?」

이불속에서 도모에가 말한다.

「끄세요.」

료헤이(良平)는 電燈을 껐다. 헌데, 窓門의 밝음 때문에 房안은 稀微하게 들어나 보인다. 료헤이(良平)는 도모에에게 닿지 않게끔 注意하면서 옆자리로 들어갔다.

하야노(早野)에게 안겨 있으면서도, 도모에는 반듯하게 天井을 쳐다보고 있다.

료헤이(良平)는 도모에에게서 등을 돌리고, 손과 발을 웅크리고 서는 눈을 감았다.

(바보 같은 일이지만, 글쎄다, 이것도 工夫의 一種이다. 그렇기는 하지만, 亦是 도모에도 變했구나. 自己自身의 모랄(Morale=道德)을 갖고 있는 듯이 보인다. 自我意識이 强한 애로구나.)

二

료헤이(良平)는 自身의 마음속을 드려다 본다. 등 쪽의 두 사람은 아직 움직이지도 않는다. 이제부터겠지. 그 이제부터를 豫期하면서, 잠이 올 턱이 없다.

(여기서 잠을 잘 수가 있다면, 난 大物임에는 틀림없지만, 그렇지 못 할 거야.)

客氣(객기)를 부리는 것이 아니다. 일부러 모양새를 갖추는 것도 아니다. 打算的인 面은, 若干 있는 듯하다. 그러나, 그것이 全部는 아니다. 이렇게 되는 것이 純理라는 느낌이 들었다. 元來, 료헤이(良平)가 도모에를 안은 것은 狀況의 흐름에 不過한 것이다. 그런 일이 없었다고만 생각한다면, 어디 까지나 료헤이(良平)自身은 第三者에 지나지 않는다. 第三者로서, 男女의 情交에 入會를 하려 하고 있다. 그러한 興味가, 료헤이(良平)의 가슴속을 꽉 채우고 있는 것이다.

嫉妬心을 앞세운 마음의 괴로움은 없을 수가 없다. 사랑하지는 않지만, 어쨌든 간에 살을 섞은 女子인 것이다. 세끼모도(關本)가 에리꼬와 잠자리를 같이했다는 것을 들었을 때, 똑같은 稀微한 괴로움을 맛보았다. 그런데, 只今은 바로 눈앞에서 目擊하려 하고 있다. 그런데도, 緊迫感이나 悲壯感이 들지 않는 것이 異常할 程度다. 등 뒤에서,

「쪽」

하는 소리가 들렸다.

(입맞춤이 始作 되었구나.)

結果的으로 본다면, 이들 두 사람은 都心을 벗어난 閑寂한 사이다마(埼玉)縣의 료헤이(良平)의 自炊房까지, 두 사람의 濃厚한 사랑의 場面을 보여주기 爲해서 달려온 셈이 되어 버렸다.

료헤이(良平)는 아까하네·후미오(丹羽文雄)先生님의 小說의 한 句節을 생각해 보았다.

同居하고 있는 女子가 일하고 있는 술집에서 돌아온다. 主人公은 二層에서 工夫를 하고 있었다.

小便이 마려움을 느낀 主人公이, 化粧室에 가기爲해서 階段을 내려온다. 階段옆의 가운데쯤에 유리窓으로 되어 있어 應接室이 보이게 되어 있다. 그 應接室에 電燈이 켜져 있고, 돌아온 女子와 바래다주려고 같이 온 男子가 서로 부둥켜안고 있다. 主人公은 발소리를 죽이면서 二層의 自己房으로 되돌아간다.

틀림없이 이런 場面이었다. 료헤이(良平)는 그 小說을 읽으면서, 부둥켜안고 있는 男女에게는 아무런 感情을 느끼지 못했다.

色에 빠진 大膽한 男女의 普通의 背德일 뿐이다.

여기서 普通의 男子라면, 姦夫 姦婦의 現場을 붙잡았기 때문에 大騷動을 일으켰을 것이다. 잘못하면 칼부림 事態로까지 일어날 수도 있는 것이다.

아까하네·후미오(丹羽文雄)의 小說의 主人公은, 그렇지가 않다. 仔細하게, 狀況을 觀察하고, 가슴속에 심어 두는 것뿐이다. 그 主人公의 心理속에, 豫測도 할 수 없는 두려움이 內在하고 있는 것이다. 도모에는 료헤이(良平)의 『女子』라고는 할 수 없다. 때문에 그와 같은 險惡한 氣分이 들지 않는다.

한편으로는 亦是 自身을 叱責(질책)하는 分子도 없지는 않다. 그 分子가 只今부터의 事態를 즐겁게 觀覽하려하는 心理와 同居하고 있는 셈이다. "쪽" 하는 입맞춤 소리가, 最初의 具體的인 行動表現이었다.

「좋아 해?」

도모에의 목소리였다.

「좋아 하구말구. 좋아하지 않았다면, 이렇게 먼 곳까지 쫓아오지도 않았는 걸.」

「한 가닥 놀이겠죠?」

「眞짜, 좋아 하는 거야. 아- 아-.」

이불이 들썩거린다.

(끌어안았구나.)

다시, 등쪽이 움직인다.

「아주 멋진 乳房인데.」

어떻게 보면 하야노(早野)는 료헤이(良平)의 귀를 意識

하고 있는 것 같다. 進行狀況을 報告하고 있는 것이다.
(하야노(早野) 子息, 意外로 서-비스 精神을 갖고 있구나. 아니라면, 露出을 즐기는 趣味가 있는 거 아닌가.)
「빨아줘요.」
하고, 도모에가 말했다. 背後가 크게 움직였다.
「아- 아-, 아-아-!.」
도모에는 안타까워 어쩔 수 없다는 듯한 소리를 지른다. 료헤이(良平)도 옛날에 들어 보았던 소리였다. 瞥安間에 료헤이(良平)는,
(다른 男子에게 行動을 시키고, 난 이렇게 그것을 듣고 있다. 게으른 놈은 이러한 趣味를 가지고 있는지도 모르겠군.)
하고 생각도 해 보았다. 아마도 하야노(早野)는, 乳房을 빨아 주는 즐거움 以上으로 도모에의 反應을 즐거워하고 있을 것이다. 反應을 즐기는 点에 對해서는 료헤이(良平)와 같다. 그것은 自身의 힘에 依한것이나 그렇지 않느냐의 差異点 밖에 없을 뿐이다.
(女子를 즐겁게 해주는 것이, 男子의 性에 對한 즐거움의 大部分이다. 하면, 그 主體는 꼭 自己 自身이 아니어도 좋다. 嫉妬할 必要가 없지를 않는가.)
도모에의 呻吟소리를 들으면서 妙한 생각을 하고 있는

데, 무언가가 료헤이(良平)의 머리를 붙잡는다. 돌려 세운다. 해서, 료헤이(良平)는 그 힘에 이끌려서 반듯하게 누웠다. 도모에쪽을 바라보았다. 도모에의 가슴위에 하야노(早野)의 머리가 올려져있다. 료헤이(良平)의 머리를 붙잡고 있는 것은 도모에로서, 그 얼굴은 료헤이(良平)를 보고 있다.

「아-아-, 氣分이 너무 좋아.」

료헤이(良平)를 바라보면서, 도모에는 그렇게 말했다. 어두컴컴한 속에서 도모에의 입술이 움직인다.

(나에게 한 말이구나.)

료헤이(良平)는 고개를 끄덕여 주었다. 도모에의 손이 료헤이(良平)의 턱을 감싼다. 위로 잡아 끈다. 또다시 같은 말을 되풀이한다. 료헤이(良平)는 다시 끄덕여준다. 무언가 말은 해 주고 싶지만, 그렇게 하면 너무나 熱中해서 도모에의 乳房을 빨아주고 있는 하야노(早野)의 氣分을 사그라뜨릴 念慮가 있는 것이다. 도모에의 呻吟소리가 漸漸 커지고, 몸 全體를 비비꼬기 始作했다. 료헤이(良平)의 눈을 意識하고 있는 것이 分明하다.

이따금씩 료헤이(良平)의 턱을 치켜 올리는 손에 힘이 加해진다.

(나를 괴롭히려고 한다면, 잘못 짚은 거다.)

(내가 견디지를 못하고 中止해 달라는 말을 하리라 생각했다면 그건 큰 誤算이다.)

료헤이(良平)는 천천히 도모에의 손을 밀어내고, 다시 등을 돌려 누웠다.

「이젠 그만.」

하고, 呻吟을 吐하면서 도모에는 말했다. 제법 술이 깬 것 같은 音聲이다. 背後에서 다시 움직인다. 아마도 正常的으로 다시 보듬어 안은 것 같다.

(료헤이(良平)의 엉덩이에 도모에의 몸이 부딪쳐 왔다. 그래서, 료헤이(良平)는 몸 全體를 움직여, 앞으로 밀었다. 밀려서 요에서 벗어 날 것 같다.

(그래그래, 좋아. 이 程度는 두 사람을 爲해서 참아 주어야지.)

可能한한 若干이나마 떨어져 있는 것이 좋다. 實은, 內心의 好奇心에 違背되는 일이지만, 하는 수가 없지 않는가. 하야노(早野)의 숨소리가 들려왔다. 도모에가 呻吟하고 있다.

瞬間的으로 크게 움직인다. 료헤이(良平)가 당겨준 만큼 다시 밀어 왔던 것이다.

「오오, 이렇게 흠뻑 젖어 있구나.」

하고 하야노(早野)가 말했다.

「부드럽게 만져줘요.」

하고 도모에가 對答한다. 드디어 하야노(早野)의 손이 도모에의 秘境을 만지고 있는 것 같다.

(中間을 省略했구나. 그렇지, 二町目의 娼婦를 相對로 배웠으니까 攻擊이 急한게로군.)

료헤이(良平)라면 그곳에 到着하기까지 여러 方法으로 몸뚱이를 즐기고 있었을 것이다. 도모에의 몸뚱이가 꿈틀거린다.

소리가 새어 나온다.

「아-아-, 自己야.」

「응.」

「좋아해요.」

「나도다.」

이불속에서 男女의 平凡한 이야기가 오고간다. 第三者가 듣기 에는 平凡한 말 일지 몰라도, 本人들에게는 情感을 높이는 重要한 行爲인 것이다.

입을 맞추는 소리가 들린다.

「나도 만져 봐도 돼요?」

떨리는 목소리로 도모에가 그렇게 말한다.

(어찌 보면, 이로부터 나는 無視되고 있는지도 모른다.)

하야노(早野)가 對答한다.

「아까부터 기다리고 있었단 말이야. 쇠방망이보다 더 단단해져 있을 걸.」
도모에는 마침내 료헤이(良平)에게 등을 돌린 채 하야노(早野)에게 안겨 들어 간 것 같았다.

23

奇妙한 밤

一

도모에와 하야노(早野)의 狀況은 急速度로 進展되어 갔다. 背後에서 그것을 느끼면서, 료헤이(良平)는 도모에의 心理를 생각해 보았다.

(原來부터 性質이 한 가닥 있는 애다. 내가 에리꼬를 부드럽게 應對해 준 것이, 實은 氣分이 매우 좋지 않았던 것 같다. 侮辱感을 느꼈는지도 모르겠다.)

(제법 놀아났던 계집애다. 이렇게 나의 곁에서 하야노(早野)에게 안기는 것을 부끄럽게 여기 기는 커녕 오히려 더 强한 刺戟을 느끼고 있는지도 모른다.)

(何如튼 間에, 女子는 액센트릭(Accentric=괴팍스런)하게 나올 때에는 두려운 存在다. 常識的으로는 도저히 생

각지도 못하는 行動을 하는 것이다.)

하야노(早野)는 어떤가? 이거야 말로, 도모에를 眞짜로 사랑하고 있는 것일까, 아니면 單純한 好色的인 野心을 품고 있는 것뿐일까, 何如튼 間에, 二町目에 줄곳 찾아가서 精을 쏟으면서, 女子의 演劇같은 즐거움에 찬 悲鳴소리를 眞짜라고 믿고 있는 男子다. 醉해있기는 하다. 료헤이(良平)에 對하여 辭讓을 할 턱이 없다.

이것도 오히려, 료헤이(良平)에 對하여 先手를 빼앗긴 분풀이로『개자식』라는 氣分을 가지고 있음에 틀림없다. 놓칠 수 없는 찬-스라고 勇氣百倍 해 있는지도 모른다. 밀려난 료헤이(良平)로서는, 만일 背後의 두 사람이 료헤이(良平)에게 復讐 비슷한 意味를 품고 있다면,

(誤算도 이만저만이 아니다.)

하고 생각해본다. 勿論 많은 感慨(감개)가 없는 것은 아니지만, 그 中에서도 가장 뚜렷한 생각은 自身 以外의 男子의 肉體的 行爲를 直接 볼 수 있다는 好奇心 이었다. 不快感은 거의 없다.

매저키즘(Masochism) 的인 心理도 거의 없다.

　※【Masochism＝異性에게 虐待를 받으므로 해서 快
　　　　　　　　感을 느끼는 變態 性慾者】

(아까하네·후미오(丹羽文雄)의 小說속의 主人公과는 立

場이 다른 것이다.)

「자- 기- 야- 아-.」

도모에의 달콤한 목소리가 들려온다.

「너무 凜凜 하군요.」

愛撫하고 있는 하야노(早野)의 쇠방망이에 對한 鑑賞을 말하는 게 分明하다.

「네 꺼야 말로.」

하야노(早野)의 목소리가 잠기어 있다.

「狀態가 너무 좋아.」

보다 濃厚한 말을 찾아보면 좋으련만, 하고 료헤이(良平)는 하야노(早野)를 爲해서 생각해 본다. 그렇더라도 斷定을 내리지 않고, "그렇다." 하고 推理해 본 것이지만, 分明히 良心的이고 正直한 말이기도 하다. 無責任한 男子라면, 愛撫하는 途中에 女子를 稱讚해 준다. 몸에 對한 稱讚을 받고서 싫어할 女子가 이 世上에 어디 있겠는가.

「이봐요. 키스 해 줘요.」

「오오.」

하야노(早野)는 키스를 한다. 그 소리가 들려온다.

「아 아니, 입이 아니고 내꺼에 키스 해 줘요.」

(그러리라 생각했다.)

맨 처음 말투에서 료헤이(良平)는, 도모에가 어디에다

키스해 달라고 말했는지를 알아채었다. 亦是 틀림없었다. 그런데 하야노(早野)는 미쳐 그곳까지는 생각이 미치지를 못한 것같다.

하야노(早野)의 對答을 료헤이(良平)는 기다렸다. 對答이 없다.

움직이는 氣色도 없다.

(옳거니, 여기서 하야노(早野)가 이 女子에게 빠져 있는지 어떤지를 알 수 있겠구나.)

빠져 있지 않더라도, 抱擁, 입맞춤, 性交는 할 수 있다. 그런데, 女子의 秘境에의 키스는, 色을 좋아하는 男子나 淸潔感(청결감)을 잃어버린 中年男子를 除外하고는 亦是 抵抗感을 느끼는 것이다.

「이봐요.」

도모에는 허리를 흔든다.

「싫어요?」

「싫지는 않지만.」

하야노(早野)는 탐탁치 않는 목소리로 對答한다.

「그렇지만 료헤이(良平)가 보고 있잖니.」

「相關 없잖아요?」

「저 子息, 모두에게 일러바칠게 틀림없어. 저 子息이 없을 때에 해 줄게.」

(짜아식, 逃亡치는구나.)

료헤이(良平)는 苦笑를 禁치못한다.

(亦是 옴쭉 빠져있는 것이 아니로구나.)

「왜 그러는데요?」

도모에는 다시 엉덩이를 흔든다.

「말 하더라도 相關 없잖아요?」

도모에도 제법 끈질기게 군다. 그런데, 그러한 愛撫는 氣分이 最高潮에 達했을때 愛撫하는 쪽에서 積極的으로 하게 되는 건데, 그 反對인 것이다. 무언가 底意를 느낄 수 있을 것 같다 그렇지 않다면, 도모에가 征服慾을 充足시키기 爲한 짓인지도 모른다.

「요다음, 두 사람만이 있을 때에, 응.」

「싫어요, 只今 해 줘요.」

「오늘밤에는 無理다.」

「그럼, 좋아요. 나를 좋아한다고 한 말 全部 거짓말 이었군요. 잘 알겠어요.」

움직이는 기척이 난다고 느꼈는데, 도모에는 료헤이(良平)를 끌어 안아왔다. 하야노(早野)에게서 등을 돌리고서 말이다.

「어이, 어떻게 된 거야?」

료헤이(良平)는 꼼짝 않고 있었지만, 하야노(早野)는 唐

慌스런 모습으로, 도모에를 잡이 끌어 方向을 바꾸려고 했다.

「暴力은 관두는 게 좋겠네요. 이젠 얌전히 자기요. 當身의 마음을 잘 알았으니 까요.」

「誤解란 말이야. 어이, 도모에.」

도모에가 등 뒤에서 꼭 껴안아왔기 때문에, 료헤이(良平)는 完全히 요위에서 밀려나고 말았다.

「이쪽으로 돌아 누워요.」

「그럼, 내가 한 말 들어 줄래요?」

끝까지 도모에는 하야노(早野)의 입의 愛撫를 要求하고 있다.

(心術이 고약한 女子로고. 女子가 우쭐해지면 저렇게 變하는 것인가?)

료헤이(良平)는 어이가 없어 하면서, 하야노(早野)가 사나이로서의 본때를 보여 주기를 期待했다.

그런데도, 하야노(早野)는 끝까지 低姿勢로, 끊임없이 도모에의 氣分을 돌리려 애를 쓰고 있다.

二

어떻게 해서라도, 도모에와 하야노(早野)는 妥協이 되지를 않는다.
그러자 結局 하야노(早野)는,
「그렇다면 좋아. 네 마음대로 해 봐. 난 이젠 자겠다. 아무리 제멋대로 라기로서니 限界가 있는 法이야.」
그렇게 말하고선, 끝내 돌아 눕고 말았다.
暫時동안 도모에는 잠자코 있더니만 드디어 료헤이(良平)의 가슴위에 놓여있던 손이 移動을 開始하면서, 뜨거운 입김을 료헤이(良平)의 목 언저리에 흘리면서 료헤이(良平)를 주무르기 始作했다.
료헤이(良平)의 몸은 只今까지는 부드럽게 늘어져 있었다. 쥐어오자마자, 그 손을 밀었다.
「이러면 안 돼.」
낮은 소리로 말했다.
「듣고 있었지만 네가 너무 한 거다. 자, 이렇게 되었으니까 그만 자자구나.」
천천히 손을 밀쳐낸다. 손목을 붙잡아서 등 뒤로 돌렸다.
「심술쟁이.」
「그건 바로 너다.」
「나, 속고 있었던 거 에요.」
「그런 일 없어.」
말투에 힘을 넣어서 하야노(早野)가 反論 하였다.

「그렇게 해 주기를 바랐다면, 自身이 먼저 해 주는 것이 順序가 아닌가 말이야.」
「왜들 이러는 거야.」
도모에가 일어났다.
「나 돌아갈래요.」
電燈을 켜고 옷을 입기 始作했다. 相當히 히스테(Hysteric=病的 興奮)하다.
하야노(早野)도 물끄러미 쳐다보고만 있다. 옷을 모두 입은 도모에는 핸드·백을 들고서 房을 나가려 했다.
료헤이(良平)는 하야노(早野)를 바라보았다.
「돌려보내도 괜찮은 거니.?」
「相關없어. 이런 계집애, 만나는 거 그만 두겠다. 흥.」
그런데, 電車가 끊긴지는 벌써 오래다. 그나마도 驛까지는 人家가 드물다. 危險하다. 료헤이(良平)는 벌떡 일어나서 도모에를 뒤따랐다. 房을 나서서 구두를 신고 있는 도모에의 팔을 붙들었다.
「아니야, 房으로 들어가자.」
「싫어요.」
「只今 어디를 가려고 하니?」
다른 房에 들리면 困難하기 때문에 낮은 목소리로 말했다.

「어디든 相關 없잖아요? 걱정 같은 거 손톱만큼도 해주지 않는 주제에.」

「何如튼 房으로 들어가는 거야.」

强制로 팔을 끌어 房으로 끌고 들어와서는 도어를 잠궜다.

「자, 잠이나 자자.」

「그럼, 이쪽 끝에서 잘래요.」

「그게 좋겠다.」

좀 前에 입었던 옷을, 도모에는 벗기 始作했다. 스립을 벗고, 팬티도 브라저도 모두 벗고, 완전히 裸體가 되었다.

(하야노(早野)에게 反抗하고 있는 것이다.)

하야노(早野)는 그러나 窓쪽을 向하여 돌아 누워 있다.

료헤이(良平)는 한가운데로 들어가서 누웠고, 도모에는 료헤이(良平) 옆으로 들어왔다. 갑자기 료헤이(良平)를 꼭 껴안는다.

기척으로 그것을 눈치 챈 하야노(早野)는 엎드리는 姿勢를 취했다. 電燈은 켜진 채로 있다.

「賣春婦 같으니 라 구.」

미움에 가득 찬 소리로 그렇게 던져버리고선, 담배를 피우기 始作했다. 료헤이(良平)도 도모에의 팔을 밀치고 엎드린 姿勢로 담배를 피워 물었다.

「이봐, 하야노(早野).」

「왜 그래?」

「너도 틀려먹었다.」

「무슨 말 하는 거야?」

「淸潔을 내세울 만큼 깨끗한 입은 아니잖니. 그리고, 네가 眞짜로 사랑에 빠져 있다면, 무슨 일이던지 해 주어도 좋잖니?」

「빠지고 자시고도 없어.」

「그렇담, 亦是 네가 거짓말을 하고 있는 게야.」

「그야 두말하면 잔소리지. 一時的으로 慰安삼아 가지고 놀아보려고 했다. 주물러 보았으니까, 이젠 大蓋는 알 것 같애. 別 볼 일 없는 女子에 不過 해.」

「져서 火가 난다고 그렇게 함부로 말하는 게 아냐. 내가 保證한다. 아주 멋들어진 몸이다, 너.」

「그럼, 너나 실컷 즐겨 보라 구. 이번에는 내 쪽에서 구경이나 할 테니까.」

「저 런 저런.」

료헤이(良平)는 한숨을 내어쉰다.

「넌 나보다 더 훨씬 善人이다. 적어도 惡人은 아니야. 惡人이었다면, 그런 固執은 부리지 않아.」

「固執부리는게 아니야. 내 自身에 忠實할 뿐이다.」
「너, 무엇 때문에 예까지 따라왔지? 目的을 잊어버리고 있는 거다.」
「그런 거, 이젠 相關없어.」
하야노(早野)는 재떨이에 담뱃불을 끄자마자, 電氣 스탠드로 손을 뻗어, 房을 어둡게 하고선, 료헤이(良平)에게 등을 돌린 채 이불을 뒤집어쓴다. 료헤이(良平)는 自己가 피우고 있는 담뱃불을 물끄러미 내려다본다.
(狀況이 妙하게 돌아가는구나. 어떡하면 좋다지.)
드디어 료헤이(良平)도 담뱃불을 끄고서 도모에 쪽으로 고개를 돌렸다. 등을 껴안아 왔다. 도모에는 입술을 要求하고 있다. 조금 前까지만해도 하야노(早野)와 濃厚한 입맞춤을 했던 입술이다. 료헤이(良平)는 이것을 살짝 避하면서,
「그만, 이대로 잠이나 자자.」
하고 말했다. 도모에도 짓궂게 쫓아오려고도 않고, 이번에는 얌전하게 首肯했다.

三

발가벗은 女體를 안고 있다고는 하지만, 醉해있는 狀態

였고, 밤도 제법 깊어져 갔다. 료헤이(良平)는 잠에 빠져 들었다.

한데, 갑자기,

「이 子息, 떨어지지 못해.」

하야노(早野)가 료헤이(良平)의 어깨를 잡아 끌었다.

「왜 그러는 거야?」

고개를 돌려 바라보니까, 하야노(早野)는 上體를 일으킨 姿勢로 위에서 이쪽을 드려다 보고 있다.

「아무것도 하지 않는다고. 너도 뻔뻔 스럽기 짝이 없구나.」

「알겠다.」

료헤이(良平)는 도모에를 안고 있는 팔을 풀고서, 반듯하게 누웠다.

하야노(早野)가 일어선다.

「너, 이쪽으로 와라. 내가 가운데 눕겠다. 이렇게 하지 않으면, 뭘 하는지 알 수가 없단 말이야.」

「나, 잠이 와 죽겠단 말이다.」

「거짓말 하지 마. 아무도 모르게 愛撫하고 있었는 주제에.」

「그래, 좋다.」

료헤이(良平)는 窓쪽으로 비키자, 하야노(早野)가 맨 가

운데로 들어왔다. 하자, 그것을 기다렸다는 듯이,
「當身같은 사람하고는……」
하고 말하면서 이번에는 도모에가 일어섰다. 어두컴컴한 房 안에 하얀 裸像이 떠오른다. 그것이 움직이더니, 료헤이(良平)와 壁사이로 끼어든다. 료헤이(良平)는 이번에는 하야노(早野)를 밀치고 도모에를 들게 했다. 하야노(早野)가 다시 일어섰다.
「이 子息, 와까스기(若杉). 이쪽으로 와라.」
「네 에, 네에.」
뒤쫓는 格이다. 료헤이(良平)는 이번에는 다시 하야노(早野)를 가운데로 들게 했다. 하자 다시 도모에가 일어서서는 료헤이(良平)쪽으로 끼어든다.
「이봐. 와까스기(若杉). 이쪽으로 와.」
「야-, 그 만 그만.」
료헤이(良平)는 電燈을 켰다.
「都大體 어떻게 하자는 거니? 이렇게 하는 거 끝이 없는 거야.」
「아침까지 繼續 할 수 밖에.」
「그러지 마. 나 잠이 와서 죽을 지경이다.」
「그런 거, 내가 알바 아니야. 난 잠이 오지 안 걸랑.」
「그럼, 좀 기다려 봐. 도모에짱을 說得시켜 볼테니까.」

료헤이(良平)는 도모에의 귀에 입을 모았다.
「어이, 하야노(早野)가 안절부절 못하고 있단다. 어떻게 좀 해 줄 수 없겠니? 이런 狀態라면, 내가 견딜 수가 없단 말이다.」
「싫어요.」
도모에는 꼭 끼어 안겨 온다.
「가지고 놀겠다는 男子곁으로 가서 자란 말인가요.」
事實이 그렇다. 료헤이(良平)는 하야노(早野)쪽을 돌아 보았다.
「야 인마!, 아까 적에 한 말 取消할 수 없겠냐?」
「取消 못해. 何如튼, 난 오늘밤에는 너희들에게 妨害만 놓으면 그만이니까.」
「그럼, 내가 너 쪽을 보면서 자면 되겠지?」
료헤이(良平)는 하야노(早野)쪽으로 돌아 눕는다.
「음, 그렇게 한다면 좋아.」
하야노(早野)는 반듯하게 누웠다.
「電燈은 끄지 마.」
「알겠다.」
료헤이(良平)는 눈을 감았다. 겨우 조용해 졌기 때문에, 잠을 請했다. 헌데, 다시 하야노(早野)가 지껄이기 始作했다.

「야 이 子息, 도모에.」

도모에는 료헤이(良平)의 등에 乳房을 密着시키고 료헤이(良平)의 가슴을 안고 있다. 對答을 하지 않는다. 相關없이 하야노(早野)가 말을 繼續했다.

「난 놀이로 너를 안으려했다. 넌 그것을 拒否했다. 그렇담 료헤이(良平)는 어때? 료헤이(良平)도 나와 다를 바 없어. 사랑하는 女子가 分明히 있으며, 너 같은 女子는 아무렇게도 생각하고 있지 않다 이 말씀이야.」

「……………」

對答 代身에 도모에의 손이 腹部로해서 아래쪽으로 내려오면서, 아까와 똑같이 료헤이(良平)를 주무르기 始作했다. 이번에는 료헤이(良平)는 그 손을 그대로 내버려 두었다. 하야노(早野)는 繼續 지껄이고 만 있다.

「료헤이(良平)와 함께 어울려 노는 것은 괜찮고, 나와는 어째서 안 된다는 거냐? 응? 自身의 處地를 생각하란 말이다. 어딘가 한 盞 술집의 酌婦가 아닌가 말이야. 뻐기지 말란 말 이다. 치켜 주니까 제멋대로 짖고 까분단 말이야.」

어떻게 말해야 좋을지 모르겠지만 親舊로서는 그렇게 얌전하고 純眞한 하야노(早野)로서는 보기 드문 毒舌이었고 暴言 이었다.

(이 子息 봐라. 眞짜로 도모에를 좋아하고 있는 것 아냐? 그렇게 본다면, 그 때문에 마음이 混亂해져서 亂暴해진게 아닌가?)
도모에의 손가락 愛撫로 뜨겁게 달아오르면서, 료헤이(良平)는 고개를 갸우뚱 해 본다. 그렇다 치더라도, 現在의 狀況은 異常스럽게 돌아가고 있는 것이다. 어딘가가 잘못 돌아가고 있음에 틀림없다.

24
아르바이트[Arbeit]

― 一 ―

原稿는 印刷所로 넘겨지고, 다섯 사람이 쓴 제 各各의 自稱 名作들은, 처음으로 活字化 되기 始作했다. 그 外는 別다른 일 없이 날이 흘러갔고, 료헤이(良平)는 比較的 忠實하게 講義를 듣거나 아르바이트를 하거나 했다. 文學部 地下層에있는 아르바이트 紹介所에는, 雜多한 求人廣告가 붙어있다. 大學에 到着하면 맨 먼저 가 보는 것이, 大部分 大學生의 日課이기도했다. 條件이 좋은 아르바이트는, 今時 應募 마감이 되 기일수다.

때문에 하루에 몇 번이고 들려보는 學生도 있다. 映畵의 엑스트라(Extra)도, 條件이 좋은 아르바이트 中의 하나다. 家庭教師도 그렇다.

家庭教師로 가서 가르치는 애의 젊은 엄마와의 사이에 不倫의 사랑 行脚을 일으키는 것은, 젊은 한때의 하나의 꿈이기도 했다.

事實 그렇게 되어진 者가, 같은 文學部의 다른 科에 있다고 들었다. 映畵의 엑스트라는 하는 일도 어렵지 않으면서도, 賃金이 높으며, 好奇心을 充足시키기에도 充分하다.

「移徙하는데 도우는 일도 좋은 아르바이트다.」

이렇게 가르쳐 준 사람이 하야노(早野)였다. 료헤이(良平)의 房에서 끈질기게 도모에의 肉體를 손에 넣으려다 失敗한 하야노(早野)는, 그 後에도 二町目에 자주 가는 듯하다.

그러기 爲해서는 알바를 熱心히 하지 않으면 안 되었다.

「但 하루밖에 일하지 않았는데도 規定 外에 돈을 더 주는 곳도 있다. 그 집에서는 必要도 없는데 우리들에게는 必要한 物件을 공짜로도 준다. 때로는 그 집의 아가씨와 親하게 사귀는 境遇도 있단다.」

男子가 없는 집의 移徙를 도와주고 그렇게 늙지 않는 未亡人과 親密하게 되어서, 結局에는 그 집으로 下宿을 옮겨가는 男子도 있다고 한다. 또는 反對로, 일하는 모습을 主人으로부터 認定을 받아서, 每日 일 할 수 있는 새로운 알바(Arbeit) 場所를 紹介받은 사람도 있다. 使用人의 와세다·맨(Waseda·Man)에 對한 信用은 다른 大學에 比해서 훨씬 높게 評價를 받고 있다. 東大生은 計算만 높고 弱하다. 融通性이 없다. 일일이 理由를 달고 나오기 때문에 부려먹기가 힘 든다. 慶大生은 妙한 프라이드가 있어서, 일하려 왔는지 놀러 왔는지가 分明치 않다. 첫째, 손을 더럽히는 일은 하려들지를 않는다. 무엇보다, 알바를 꼭 해야만 한다는 必然性이 없는 무리 들이다. 戰後에 再開된 野球의 早·慶戰에서, 와세다(早稻田)가 스트레이트로 敗했다. 그 最大의 原因은 Nine(9)의 飮食物에 있다는 것이 定評이었다.

말하자면 게이오(慶應)팀은 하얀 쌀밥을 먹으면서 演習에 臨한 反面에, 와세다(早稻田)Nine(9)은 감자나 고구마 밖에 먹지를 못 했던 것이다.

「一般的으로 말해서, 감자만 먹고서야, 볼을 던질때나, 배-트를 휘두를 때에는 瞬間的으로 힘을 넣어야 하는데 그게 되지를 않아. 試合에만 專念할 수가 없는 것이다.」

眞짜로 再開 첫 게임에 와세다(早稻田)가 졌는지는 잘 알 수가 없는 일이지만, 그 理由가 說得力이 있는 것이다. 그럴 程度로 와세다(早稻田)와 게이오(慶應)의 學生

들의 經濟力 差異는 한결같았다. "야세다!. 야세다!(瘦=말라깽이. 말라깽이. 이 말은 應援할때에 흡이 비슷하기 때문에 와세다(早稻田)選手들을 비꼬아서 하는 말이다.)의 傳統은 只今도 남아 있는 것이다.

알바 中에 아주 色다른 것은, 韓國戰爭때에 戰線에서 戰死한 아메리카兵의 死體處理 였다.

하루에, 다른 아르바이트의 열 倍 以上의 給料가 나온다. 韓國의 山野에서 戰死한 아메리카兵의 遺骸가, 飛行機로 그대로 日本으로 실려 온다. 그때에는 이미 腐敗해 있는 것이다. 그 內臟을 끄집어 내어버리고 腐敗하지 않는 物件을 집어넣는다. 그外의 處理도 시키는 대로의 作業으로서, 報酬가 매우 높다. 그 代身에, 한달 程度는, 그 惡臭가 콧속에 배어 있어서 때때로 嘔吐를 할 程度이다.

「黑人 兵士의 遺骸는 없어. 黑人쪽이 많이 戰死한걸로 알고 있거든. 黑人兵士의 遺骸는 戰後의 山野에 그대로 놓아둔 채, 美國으로 護送할 必要가 없는 것 같더라. 죽은 後에 까지도 皮膚色깔을 差別하고 있는 것이다. 이것이 아메리카·데모크라시(America Democracy)의 正體란다.」

勿論, 이 아르바이트는 大學의 學生 生活課를 通해서 募集되는 것이 아니다. 秘密裡에 募集하는 것이다.

基地 近方의 수버니어·샵(Souvenir·Shop)에서 일하는 者도 있다. 이것은 아메리카兵과 어느 程度 會話가 可能하지 않으면 안 되게 되어 있고, 장사 끼도 있어야만 한다. 또한 夜警이 있다. 夜警에는 應募者가 殺到한다. 夜警은 빌딩에 가서 자지 않고 책만 읽고 있으면 되는 것이다. 工夫도 하면서 돈도 버는 것이다.

거의 혼자서는 걸을 수 없는 老人을 北海道까지 모시고 가는 일도 있다. 이 일에 뽑힌 者는 國文科 學生으로서 모두가 그 幸運을 부러워 할 程度였다.

神社의 祝祭日에 祝祭의 큰 가마를 다루는 일이 있는데, 료헤이(良平)는 그 일을 맡은 일이 있었다. 커다란 神位를 安置한 가마가 이 神社를 나와 서는, 거리를 向해 나간다. 그것을 二十余名의 사람이 붙잡고 메고 가는 것이다. 하얀 衣裳을 걸치고, 옛날 武士나 神主가 쓰는 巾과 같은 帽子를 쓴다. 가마는 무겁고, 대단한 重勞動이다. 저녁때쯤 祝祭가 끝날 때에는, 너 나 할 것 없이 完全히 녹초가 되고 만다.

「異常한 일이로군.」

아르바이트 學生들은 모두 이렇게들 말했다.

「管內에는 젊은이들이 많을 텐데, 어째서 交代를 해 주지 않는 거지. 우리들처럼 關係도 없는 사람들이 돈을 받아 가며, 祝祭의 主體인 이 가마를 멘다. 이건 어떻게 생각해 보아도 異常하단 말씀이야.」

「異常해도 相關없지 뭐. 그 德澤에 우리는 好條件의 알바가 생기는 것이니까.」

「그런데 이렇게 힘들 줄은 미처 몰랐는 걸. 하루 더 해 달라고 해도, 아 이구, 맙소사 다.」

그러나, 료헤이(良平)들은 管內의 有志들과 함께 酒宴에 參加해 주도록 勸誘를 받고, 술도 얻어 마시고, 맛있는 飮食도 배불리 먹을 수가 있었다. 第一 年長者 分이 료헤이(良平)들의 勞苦를 致賀하고, 술잔에 술을 따라 주면서,

「정말 手苦가 많았었네. 부끄러운 이야기다만, 그 가마를 다룰 힘 있는 者들이 없다네. 모두 避해버리는 거야. 요즈음의 젊은 애들은 覇氣(패기)가 없어. 자네들은 정말 잘해 주었다네. 자네들 德分에 이 祝祭를 아무런 탈 없이 잘 끝마쳤다네.」

規定의 아르바이트 金額 外에 祝儀金 封套를 얹어 주면서, 神의 加護가 이들에게 내려 줍시사 하는 祝言도 곁들어 해 주셨다. 一般的으로 祝祭의 아르바이트는 條件이 좋다.

家屋 新築을 도와주는 일도 좋다. 심부름만 해주는 것으

로, 말씨가 거친 都木手 아래서 일하게 되는 것이지만, 意外로 職業人들은 마음씨가 고운 分들 뿐이다. 이것도 일이 끝나면 都木手로부터 술을 얻어 마실 때도 있는 것이다. 學問이 깊은 大學生이 學問이 짧은 自己의 命令을 고분 고분 따라주는 것이 그 分들에게는 氣分좋은 일 이었다. 술이 거나한 都木手가 료헤이(良平)의 어깨를 두드리며,

「小說을 쓰는 거나 집을 짓는 거나 똑 같겠지. 設計를 하고, 터를 닦고, 하나하나 材木을 다듬어, 한段 두段 지어 올라간다. 마음에 드는 집이 세워졌을 때의 그 氣分이야말로 대단하지. 요즈음에 와서는 그러한 집이 세워지지가 않는다네. 가짜만 지을 뿐이라네.」

하고 말한 때가 있었다.

二

大邸宅을 지켜주는 일도 있다. 旅行中의 一家가 키우고 있던 개나 고양이, 작은 새를 돌보는 일이다. 이렇듯 財産이 많은 집에 몇日 間을 혼자서 사는 것이다. 信用이 없으면 안 된다. 아르바이트 學生이 나쁜 마음이라도 먹게 된다면, 學校의 信用에도 關係가있는 것이다. 그러나,

學生 生活課에는, 應募者에게 아무런 身上 체-크도 하지 않는다.

雇用主는 와세다·맨(Waseda·Man)을 信賴하고, 大學은 學生을 信用하고 있는 것이다. 그에 副應 해서 學生도 亦是 그 信賴에 副應하고 있는 것이다.

第一 많은 것이, 行商을 하는 일이다. 이것은 파는 만큼 벌어가는 것이다. 파는 物件이라고는, 고무끈, 사카링, 비누, 수세미, 콘돔. 아이스캔디 等等. 雜多한 日用雜貨를 들고서 住宅街로 가서 戶別訪問을 하는 것이다. 어느 學生이 地域會議 中의 婦女子들에게 붙잡혔다.

實際로는 파는 사람이 主婦를 붙들고 雄辯을 吐해야만 하는데, 이 學生의 境遇는 그 反對가 되어 버렸다. 안고 있는 物件들을 내려 뜨려, 內容物을 늘어놓게 했다. 그 속에 콘돔이 들어 있었던 게 禍根(화근)이었다.

「이거 뭐 하는 데에 쓰는 거죠?」

「아이, 나도 처음 보는 物件인데.」

「어떻게 使用하는 건데요?」

타-스로 묶어져 있는 것뿐이 아니고 낱개로도 팔 수 있게끔 되어 있다. 그런데, 槨(곽)속에 넣어져 있는 것도, 이것저것 들쳐 내게 되어있다.

「이봐요, 펴 보아도 괜찮은가요?」

「와아, 宏莊히 큰데. 이봐요, 當身것도 이렇게 길어요? 한번 끼워 볼래요?」

「이것을 끼고 하면 느낌이 어떤 데요?」

이쪽저쪽에서 놀려댄다. 그러나, 結果로서는 그는 幸運兒였다. 主婦들의 關心은 오직 콘돔에만 쏠려, 그것을 두고 웃으며 즐겁게 弄도 하고 했지만, 드디어는, 콘돔뿐만이 아니고 가져간 物件 全部를 팔아주는 것이다. 와세다(早稻田)의 學生들이 가지고 다니며 팔고 있는 物件에는 가짜가 없고, 그 價格도 市場 價格과 다름이 없다. 왜 그런지는 몰라도, 그女들은 머리에서부터 믿고 있는 것 같다. 實은 物件은 아르바이트 學生과는 關係가 없고, 따라서 여느 學生의 物件이고 간에 똑같은 品質이다.

가짜 學生이 많은 것도 와세다(早稻田) 이다. 어느날 밤, 신쥬꾸(新宿)의 막걸리 집에서 료헤이(良平)가 혼자서 마시고 있는데, 옆에 앉아 있던 學生服이 말을 걸어왔다. 政經의 뱃지를 달고 있다. 이야기를 나누면서 마시고 있자니, 두 사람 모두 醉하게 되었다.

목소리도 自然히 크게 되었다. 相對方은 조용히 文學部의 事情을 듣고만 있다. 政經에 對한 말은 한마디도 하지 않는다.

政經에 다니는 주제에 文學部에 興味를 갖는다는 것은.

實은 文學部에로 가고 싶었지만 父母들이 許諾을 해 주지 않았기 때문에 하는 수 없이 政經에 다니고 있는 文學靑年이라고 생각했었는데, 그렇지도 않는 것 같다. 異常하다고 생각하면서 이야기를 하다가, 時間도 그만해서 두 사람은 함께 술집을 나섰다.

十餘메-터를 걷고 있는데, 뒤따라 온 三人 그룹의 야쿠자처럼 보이는 男子들이 료헤이(良平)들을 에워쌌다.

「너희들, 와세다(早稻田)냐?」

「그렇다.」

료헤이(良平)가 말했다.

「親舊사이냐?」

「아 아니, 이 술집에서 만났다.」

「그래, 學生證을 꺼내 봐.」

밤의 술집에서 술집을 保護한다는 핑계로 돈을 뜯어가는 일은 흔히 있는 이야기다. 료헤이(良平)는 斷念을 하고서 學生證을 꺼내었다.

「좋아.」

男子 한 사람이 學生證을 드려다 보고서 돌려주었다.

「넌?」

政經의 뱃지를 단 男子에게 손을 내어밀었다. 男子는 고개를 숙이고 잠자코 서 있다.

「이것 봐라.」

한 사람이 료헤이(良平)의 팔을 잡아 끌었다. 驛方向으로 暫時 걷다가, 男子는 료헤이(良平)의 팔을 놓았다.

「야아, 警察에 알리면 재미없을 줄 알어. 오늘 밤은 곧바로 電車를 타고 돌아가는 거야.」

「저 學生은 어쩌려고 하는데?」

「헷-.」

男子의 왼쪽 볼에 傷處 자국이 보인다. 그 傷處를 움지럭거리면서 冷笑를 흘린다.

「너희들은 아까 그 술집에서 너무 騷亂을 피웠다. 아주 잘난 척 말들을 잘도 하더군. 저치는 덴뿌라(가짜학생의 은어)야. 죄끔 손을 좀 봐 줘야겠어. 남의 일에는 相關하지 마. 操心해서 가란 말이다. 넌 말이야, 안주머니에 있는 學生證을 잃어버릴 뻔 했단다. 어딘가에 利用하려 했는지도 모르지. 이쪽은 말씀이야, 신쥬꾸(新宿)의 밤의 警察이다.」

「그럼, 그치, 가짜學生?」

「그럼, 우리가 点찍은 그대로야. 와세다(早稻田)의 學生이라면 若干 騷亂을 피운다 해도 눈감아 주지. 덴뿌라는, 글쎄 ,그냥 보낼 수는 없는 거다. 操心해서 돌아가. 잘 가라.」

깡패 같은 사람들에게 붙잡힌 그 學生服이 어떻게 되었는지는, 료헤이(良平)는 알 수가 없다. 그가 말 한대로 곧바로 電車를 탔기 때문이다. 그 가짜學生은 일자리를 찾기爲해서 學生證이 必要했는지도 모른다. 그런 나쁜 생각만 할 게 아니고, 이번에는 文學部의 가짜學生이 되고파서 료헤이(良平)의 文學部 이야기를 귀담아 들었는지도 모른다.

어느날 저녁때쯤, 료헤이(良平)는 江건너 街道를 흐느적거리며 걸어가고 있는 靑年과 마주쳤다.

學生服 上衣를 벗어 팔뚝에 걸치고 있다. 이따금씩 電信柱를 붙들고 넘어질듯 하기도 했다. 보고 있는 中에 말을 걸었는데, 료헤이(良平)를 쳐다보는 얼굴이 흙색 이었다. 눈이 게슴츠레, 입은 반쯤 헤벌리고 있다.

「付託 좀 합시다.」

하고 學生은 말했다.

「이 近方 어딘가 쉴 곳이 없는지요. 나를 그곳으로 좀 데리고 가 주시오.」

「病院으로 가는 것이 어때요?」

「아니요, 病院이 아니요. 疲困해서 그래요. 한숨 잘 곳이면 좋겠는데요. 아아, 日本의 麥酒가 마시고 싶어.」

「日本의 麥酒?」

「그렇소, 아메리카製의 캔-맥주가 아닌, 日本의 麥酒말이요.」

료헤이(良平)는 間間히 다니고 있던 오-뎅집으로 그 學生을 데리고 갔다. 데리고 가는 途中에, 그가 와세다(早稻田)의 文學部學生이라는 것을 알게 되었다. 들고 있는 學生服 上衣에 뱃지가 달려있었다.

안쪽의 房에 눕히고, 麥酒를 가지고 갔다.

그는 兩班다리를 하고서, 목소리도 요란스럽게 단숨에 麥酒 盞을 비워버렸다.

「아아, 맛있다. 빌어먹을.」

목 구비에 수도 없이 빨간 점이 돋아나 있다.

「都大體 어떻게 된 일입니까?」

「어쩌다가 죽을 뻔했지 뭐요. 이런, 當身도 文學部ㄴ가요.?」

「그렇습니다. 當身은 무슨 科.?」

「佛文學科입니다.」

「그럼, 先輩시군요. 몰라 뵈서 죄송합니다, 전, 佛文科 一年입니다.」

「난 三年이요. 그렇군, 後輩에게 도움을 받았단 말이지, 아 아니, 고맙소. 이래서, 살아서 下宿으로 돌아가게 되었군.」

「무슨 일이래도 있었습니까?」

「付託합시다.」

그는 자리에 눕는다.

「한 時間 程度 자게 해 줘요. 돈은 있소. 그 사이, 내가 支拂할테니까, 마시고 있어 줘요.」

그대로 눈을 감는다. 한 時間 程度 後에 료헤이(良平)는 房으로 가보았다. 先輩는 코를 골 면서 자고 있다. 다시 한 時間 後에, 제법 醉해서 다시 가 보았다. 아직도 잠에 떨어져 있다. 코를 골고 있기 때문에 살아 있다는 것은 틀림없다.

료헤이(良平)는 座席으로 되돌아왔다. 醉氣가 掩襲(엄습)해 왔다. 다시 狀態를 보려 갔다.

(이쯤에서 일으켜 볼거나.)

료헤이(良平)가 그의 어깨를 흔들자 先輩는 눈을 떴다.

「아아, 여기가 어데 야?」

눈을 뜨는 瞬間, 先輩의 얼굴에 恐怖의 色깔이 스쳐갔다. 하자, 물끄러미 료헤이(良平)의 얼굴을 바라보더니 本來의 얼굴 모습으로 돌아 와서는 낮은 목소리로 물어왔다. 료헤이(良平)는 事情을 仔細히 說明했다.

「아아, 그렇게 되었군요. 나 살아 났구나.」

「글쎄요, 어찌된 일인지 이야기나 들어봅시다. 어떻게

해서 그런 危險한 일에 부닥치게 되었습니까.?」

「아르바이트였지요.」

「아르바이트.?」

「그럼요. 자, 마시면서 이야기 합시다. 저쪽은 店鋪군요. 店鋪라면, 사람들이 많이 있겠군요. 사람들이 들으면 猖披(창피)한 일이라서. 여기서 마시지 않을래요.?」

「그렇게 합시다. 이쪽으로 가져오라고 시키죠.」

「그렇게 해요.」

료헤이(良平)는 麥酒와 컵, 안주꺼리를 이쪽으로 옮기게 했다.

두 사람은 마주보고 앉아서 自己 紹介를 했다.

24

幸 運 兒

―

先輩는 사까노·쇼이찌(坂野昭一)라고 말했다. 찬찬히 보니까, 제법 好男子로 보였다. 눈썹이 짙고 눈이 크며, 코가 오뚝하다.

제법 어울리는 얼굴 모습이다. 元氣를 되찾아서 本來의 얼굴모습으로 돌아온 것 같다. 사까노(坂野)는 맛있는 듯이 麥酒를 마셨다.

「亦是, 麥酒는 日本麥酒가 왔다 야.」

「아메리카軍의 基地에 알바로 갔었단 말입니까.?」

基地는 아사가스미(朝霞)에 있다. 가까운 곳이다.

「아니, 그렇지가 않아. 자네, 一學年이라 했지.?」

「네에.」

「그럼, 童貞인가.?」

갑작스레 妙한것을 물어 온다.

「아니, 그렇지도 않아요.」

「그렇겠지. 그렇다면 좋아.」

바로 그때에 이집의 女主人이 조갯살과 양파를 넣어 조린 안주를 날라 왔다.

「바로 이거야. 이거야말로 日本人이 먹는 것이다.」

사까노(坂野)는 매우 즐거워하면서 먹기 始作했다.

女主人이 나가고, 료헤이(良平)는 사까노(坂野)가 먹고 있는 모습을 바라보았다. 마치 오래 동안, 外國에 갔다가 돌아온 것처럼 말한다. 그러나, 그렇다고 보면, 걸어가는 場所가 異常하다. 여기는 하네다(羽田)空港 近處도 아니고 요꼬하마(横浜)도 아니다.

그런데도, 日本의 麥酒라든가 양파의 生鮮조림이나 童貞이 무슨 關係가 있는지, 료헤이(良平)의 興味가 깊어만 갔다.

「아르바이트를 했다고 말씀하셨죠.?」

「그럼.」

사까노(坂野)는 繼續 맛있게 麥酒를 마신다.

「죽지 않고 살아서 돌아온 氣分이다.」

「어떤 알바인데요.? 그렇게 힘든 일 이었던가요.?」

「힘 든다고 했나. 文字 그대로 地獄 그대로였지. 僥倖(요행)히 살아서 돌아왔지 뭐야.」

「네에.」

「最後에는 이젠 죽는구나했다. 아니, 죽이려 한다고 생각했지.」

여기서 사까노(坂野)는 얼굴을 료헤이(良平)쪽으로 바싹 붙여 왔다.

「언젠가 난 이 體驗을 小說로 쓰고 말거야. 꼭 써야 해. 나흘 前인가. 난 신쥬꾸(新宿)의 公園에 있었다네.」

「네에.」

「잔디위에 눕거나 걷거나 하면서, 밤이 되기를 기다리고 있었지. 밤 七 時頃에, 親舊들과 驛前의 어느 술집에서 만나기로 約束이 되어 있었거든.」

「네에-.」

「연못위에 걸려있는 다리를 건너고 있자니 저쪽에서 外國人 女子가 걸어오고 있었다. 나이가 二十五, 六歲 程度 되었을까. 제법 쭉 빠진 美人으로 肉感的인 몸매였다. 가까이 다가오면서, 푸른 눈으로 나를 뚫어져라 바라보는 거야. 나도 되받아 보았지. 두 사람은 부딪칠 뻔 했단다.」

「男子가 비켜주는 것이 禮儀라고, 相對는 생각 한 거로군요.」

「그런 것 같애. 머리칼은 브론드로, 하얀 드레스를 입고 있었다. 그런데, 액세서리(Accessories)는 하나도 걸치지 않았더군. 우리는 다리 한가운데서 서로 노려보면서, 내가 말했지. 勿論, 英語로 말일세. "當身과같은 美女와 만나게 되어서 매우 기쁩니다." 그리고선 덧붙여서, "當身이 日本의 夫人들처럼 男子를 尊敬하는 精神을 가지고 있다면, 當身은 나무랄 데 없는 理想의 女性입니다." 하고 말이야.」

「아 아니, 그렇게 어려운 英語도 할 줄 아십니까?」

와세다(早稻田)文科의 學生들은 一般的으로 語學力은 매우 弱한편이다.

「난 할 수 있다네.」

사까노(坂野)는 自身이 한 말을 英語로 들려준다.

료헤이(良平)는 英語로 말은 안 된다. 但只, 仔細하게 日本語로 들려 준 것을 英譯해 준다면, 大略的으로 理解가 된다. 眞짜, 잘 한다.

「아주 能熟하시군요.」

「그렇게 보이나? 하니까 相對는 싱긋 웃으면서, "日本에 와서 처음으로 사무라이 같은 男性을 만났다. 이렇게 기쁜 일이 없다. 어디에로 가서 커-피라도 마시지 않을래요?" 하고 勸해왔단다. 그렇게 말하면서 내 팔에 팔을 걸어오는 거야. 아주 自然스럽게.」

「反對로 女子에게서 사랑을 받게 된 셈이군요.」

「그렇다네. 그래서 우리들은 公園을 빠져나와 신쥬꾸(新宿)의 거리로 나와서, 茶房으로 들어갔던 거야. 난 그女가 民間人이라고 생각했는데, 이야기를 듣고서 놀랐지 뭐야. 軍人이었다네. 더군다나 將校였다네. 身分證明書를 보여주더군. 틀림없는 身分 이었다. 아메리카란 異常한 나라야. 이런 美人將校도 있다니깐. 그나마도, 그女는 헤밍웨이는 옛날에, 포크너 나 골드웰 이나 도스, 팡즈도 읽었더군. 日本의 職業軍人의 擧皆가 知的 敎養에 關해서는 거의 제로(Zero)와 같지만, 그女는 제법 인테리 였다.

헤밍웨이는 通俗的이라고 말하더구나. 우리둘은 意氣投合했다.」

「英語로 말 할 줄 아는 사람을 보면 眞짜 부러워 요.」

「커-피 한잔으로 끝냈으면 이런 일은 없었을 거야. 한편, 그곳에서 나와 그女와의 사이에 사랑의 싹이 텄다 해도 좋겠지. 占領軍 將校와 日本處女와의 사랑이야기는 심심찮게 있는 事實이다. 그 反對로, 占領軍 女性將校와 日本 사무라이的인 靑年과의 사랑. 이거야말로 재미있는 일이거든. 戀愛小說의 한 場面이지.」
「그럴듯하네요.」
「그런데, 暫時동안 이야기를 나눈 後에, 그女가 꺼낸 말은 그런 시시콜콜한 이야기가 아니었다네.」
「네에-.」
「수줍어하지도, 웃지도, 躊躇하지도 않고, 나의 눈을 똑바로 바라보면서, "아르바이트를 하지 않겠냐."고 묻더군.」

二

「아르바이트.? 그女, 日本의 男學生의 事情을 알고 있는 것 같군요.」
「그렇다네. 그래서 난, "어떤 아르바이트 입니까?"하고 물어 보니까, 그女는 어린애처럼 "나와 나의 親舊에 對해서 섹쓰의 奉仕를 해주는 겁니다."하고 對答하겠지. 어리둥절해있는 내게 事務的으로 說明을 해 주더군. 그女와 그女 親舊둘과 셋이서 나리마쓰(成增)에 한 채의 작은집을 빌려서 살고 있다더군. 週日에 살고 있는 곳은 兵營內 이지만, 이 작은 집에서는 週末 이나 休日에만 보낸다고 한다네. 한편, 그女들은 獨身으로서, 愛人도 없다네. 먼 故鄕에는 있다고 했지만, 몸 가까이에는 없다고 하더군. 같은 同寮 將校와 섹쓰를 즐겨도 좋겠지만, 그렇게 하면 무언가 색다른 게 없고, 뒷 말썽이 귀찮다고 했다네. 널리 所聞난 日本男性의 『우타마로＝도깨비 방망이』的인 멋들어진 것은, 十代 때부터 憧憬의 對象이기도 했다는 거야. 日本에까지 와서 勤務하는 가장 큰 즐거움은 『우타마로』와 關係를 가져보는 것이었단다. 그런데도, 섭섭하게도 아직 한 번도 그런 幸運을 붙잡지 못했다고 했다.」
이야기를 하면서 사까노(坂野)는 맛있다는 듯이 연신 컵을 비운다.
「何如튼, 豊滿한 美女가 實로 事務的인 語調로, 내가 알아들을 수 있도록 천천히 이렇게 말하더군. 난 말이야, 아무도 몰래 몇 번인지도 모르게 나의 무릎을 꼬집어 보았다니깐. 꿈같은 이야기 이니까 말씀이야. 아메리카 계집애 셋을 번갈아 가며 안고 즐기면서도, 돈이 생긴다. 付託하지도 않은 이야기다. 난 말일세, 펄쩍 뛰어 오르고 싶은 마음을 억누르고서, 冷情한 모습으로 條件을 물어 보았다네.」
「네에.」
료헤이(良平)도 麥酒를 마신다.

「五日間, 勿論 술과 食事提供에 百弗. 술과 飮食物은 내가 要求하는대로 全部 해 주겠다고 말하더군.」

三萬 六千円이다. 와세다(早稻田)의 學生들의 도쿄(東京)에서의 學生生活의 平均이 房貰를 합해서 한달에 一萬円이다. 아주 節約해서 빡빡하게 사는 學生은, 七千円 程度로 사는 사람도 있다.

「난 承諾하면서도, 辯明 삼아 한마디 해 주었지. "내가 承諾한 것은 當身이 너무 魅力的인 女性이기 때문이다. 이点 誤解 없기를 바란다. 勿論 돈은 必要하고 요즈음 알바를 쉬고 있었기 때문에 용돈으로 받겠지만 결코 팔려간다고는 생각하지 않아."라고. 分明히 日本 男我의 프라이드에 傷處를 입히지 않게끔 虛風을 떨었지. 그리고선 나는 택시에 태워져서 나리마쓰(成增)로 왔다네. 到着할때에는 周圍는 벌써 어둠이 깔려 있었다. 자네와 만난 길에서 왼쪽으로 꾸부러 들어, 다시 오른쪽으로 꺾어 들면 숲속에 작고 아담한 新築 建物이 바로 그 집이다. 窓門에 恒常 핑크色 커-틴이 드리워져 있지.」

술집의 女主人이 이번에는 마를 갈아서 鷄卵노른자를 띄워서 가져 왔다.

「오오, 바로 이거야. 그女들에게 아무리 說明해도 알 턱이 없었다.」

사까노(坂野)는 그렇게 말하면서 간장을 若干 넣어 휘저어서는 그대로 단숨에 마셔버린다.

「하나 더.」

하고 付託한다. 女主人은 어이가 없어했다.

「그렇게 먹어도 괜찮겠어요?」

「네, 相關 없어요.」

료헤이(良平)도 고개를 끄덕여 보였다.

「하나 더 만들어 주세요.」

女主人이 나가고, 사까노(坂野)는 麥酒를 마신다.

「房안에는 커다란 베-드가 있었다. 冷藏庫도 있었다. 난 재빨리 캔麥酒를 마시게 되었다네지. 콘·비프(Corned Beef)나 햄(Ham)을 안주로 했고, 洋담배를 피웠다네.」

「다른 두 사람은?」

「그때에는 집안에는 아무도 없었지. 두 사람 뿐이었단다. 마시면서 그女는 슬금슬금 닥아 오겠지. 何如튼 間에 最初의 입맞춤을 했다네. 입과 입술로 섹-쓰를 하는 거겠지. 敏感한 男子라면 그런 濃厚한 키-스 程度로서도 射精해 버렸을 거야. 아니 그런 찐한 行爲라고 말해봤자, 日本의 여느 女子라도 그런 흉내는 낼 수가 없는 거야. 입을 맞추면서 呻吟을 吐하기도 하고 작은 소리를 지르기도 한단 말이다.」
「想像이 될 것 같은데요.」
「아니야. 想像程度로는 턱도 없지. 直接 體驗하지 않고서는 그 悽絶(처절)함은 알 수가 없어. 그女는 完全히 한 마리 亂暴한 짐승으로 變하는 거야. 日本의 女性들은 그런 猛獸로는 될 수가 없어요.」
「네에.」
「난 이미 마음을 가다듬고 있었지. 그女는 『우타마로』의 幻想을 쫓고 있는 거야. 헌데 말이야, 나의 그 物件 그 『우타마로』는 말 할必要도 없이 그女의 나라사람들의 것과는 比較가 될 수가 없지. 그女는 幻滅을 느끼고 나를 내쫓아 버릴 可能性도 있는 거야.」
「전 아까부터 그런 点에서 疑問을 품고 있었습니다.」
「그女의 손이 나의 사타구니로 기어 들어왔을 때에는 이미 나의 거시기는 最高로 發起되어 있는 狀態였다네. 그런데 그女는 그것을 어떻게 생각하고 있을까, 不安속에서 가만히 보고만 있었다네.」
「어떻게 되었습니까.」
「途中에서 그女는 손을 빼고서는 안고서 베-드로 가자고 하더구먼. 그래서, 난 그 무거운 몸뚱이를 안아서,

寢臺로 옮겼지. 벗겨달라고, 몸짓으로 말하더군. 난 한 가지씩 한 가지씩 그女를 벗겨갔다네. 異常한 것은, 그女는 팬츠가 아닌 드로어즈(Drawers=女性用 속바지)를 입고 있다는 것일세. 乳房은 日本 女性의 다섯 倍는 될게야. 日本女性의 乳房이 큰 것을 보면, 밑바탕도 펑퍼짐하게 퍼져있지. 그런데 말이야, 그女는 그렇지가 않아. 그냥 높아. 그리고 젖꼭지가 크다는 거야. 젖꼭지가 내 엄지손가락 程度이고, 그것이 단단하게 發起해 있는 거야. 허리가 잘록한 것도 아주 멋있었다. 勿論, 皮膚色깔은 하얗 지. 透明할 程度로 말이야. 但只, 배꼽 部分에 짙은 털이 나 있는 데는 놀라고 말았다네. 그리고, 배ㅅ구멍은 움푹 들어가 있고, 그것이 아래 쪽으로 늘어져 있었다네.」

商店의 女主人이 『마』를 갈아서 그 위에 鷄卵 노른자를 얹어서 들고 들어왔다.

「무슨 이야기를 그렇게 재미있게 하는 거 에요?」

三

「아니요, 별거 아닙니다. 體驗談을 들려주는 것뿐이세요.」

료헤이(良平)는 웃으면서,

「商店은 어떻습니까?」

商店안을 휘둘러본다.

「只今은 商店에는 아무도 없어요. 저쪽으로 옮기실래요?」

「아니, 여기 이대로가 좋아요.」

사까노(坂野)는 女主人이 자리에 앉으니까, 若干 躊躇躊躇(주저)하는 듯 했으나, 글쎄 普通 表情으로 되돌아가서 이야기를 繼續 했다.

「秘毛는 金髮이었다네. 더군다나 그 地帶가 넓고, 中心部로 들어갈수록 密生해 있고, 길이도 길더군. 그것이 電燈불빛에 반짝거리데. 그것을 물끄러미 보고 있는 中에, 그女는 나를 벗기기 始作 하더군.」

女主人은 사까노(坂野)의 그라스에 麥酒를 부어준다.

사까노(坂野)는 그것을 마신다.

「그때에는 난 마음을 다잡아먹고 있었다네. 그 女가 하는대로 道理없이 내버려두었지. 그女는 나의 모든 것을 全部 벗긴 다음, 내 것을 꼭 쥐고선, 뚫어지게 바라보는 거야. 意外의 表情이 그女의 얼굴에 떠오르리라 豫想하고 있었지. 그런데 그게 아니었다네. 그女는 情이 담뿍 어린 눈으로 그것을 보면서, 나의 것에 뺨을 부비는 거야. 그리고선, "오오, 젊음이여. 난 그대를 사랑하노라." 하고 感動에 젖은 목소리로 외치고선, 곧바로 혀로 문질러 주겠지. 精誠을다한 愛撫를 해주고 있다는 것을, 나는 알 수 있었다네. 相對는 『우타마로』的인 도깨비 같은 것을 바라고 있었던 게 아니었어.」
女主人은 이야기의 內容을 알고서는 눈빛이 반짝이기 始作 했다.
只今까지 료헤이(良平)는 이 商店에서 女子에 關한 이야기를 한 적이 없었다.
「合格되었다는 것을 알고서, 난 安心했다네. 勇氣 百倍였지. 나를 입에 넣은 채로 그女는 回轉했다. 나의 눈앞에 金髮의 머리카락이 다가 왔다네. 머리色깔보다 훨씬 더 찐한 黃金빛깔 이었다. 새콤달콤한 냄새가 나의 코를 刺戟시키데.」
료헤이(良平)는 女主人의 손이 自身의 허벅지위에 놓이는 것을 意識했다.
「그女가 意圖하는 것을 얼른 알 수 있었다네. 똑같은 서-비스를 내게 要求하는 거였지. 자네, 그건 말일세, 사랑하는 戀人들끼리 交換하는 愛撫란 말일세. 왔다가 가버리는 外國女人이야. 어떤 病菌을 가지고 있는지도 모르는 거야. 冷情한 자리였다면 난 拒否 했을 거야.

그런데, 난 激情의 火焰(화염)속에 빠져 버렸다네. 瞬間的으로 그 커다란 사타구니를 끌어안고 말았지 뭔가.」

료헤이(良平)는 고개를 끄덕거렸다. 自然스런 推測으로 斟酌이 가는 일이다.

「아니 이미 그곳은 소용돌이였다. 若干 비린내 같은 냄새가 났지만, 그런 곳에 妙한 魅力이 있더구나. 난 外國 女人의 그곳에는 催淫劑가 包含되어 있는 것이 아닌가 하고 생각했다네. 난 얼른 그女의 最高로 敏感한 部分을 찾았다. 자네, 日本女性 보다 열倍는 더 클 거야. 眞짜야. 열 倍는 되고도 남지. 열 살 程度 男子애의 그것만 하다니까. 더군다나 통통하고 단단하다 네. 그곳을 愛撫해주니까, 이번에는 손으로 바꿔 쥐면서 呻吟하기 始作하더군. 그것이 亦是나 宏莊한 소리였다네. 周圍의 집들이 若干 떨어져 있긴 하지만, 그래도 그만한 소리를 確實히 들었을 게야. 辭讓끼라고는 쬐끔도 없다니깐. 마음에 와 닿는 대로 소리를 냅다 지르는 거 있지. 그래서 난 놀라서 얼굴을 들었다 네. 핑크色깔의 넓적한 薔薇꽃이 피어있는 느낌 이었지. 이 것도 저것도 모두가 크기만 해. 그런데 말이야, 자네,

바로 그 部分만큼은 아주 작아. 응, 그게 성냥대가리가 들락거릴 程度의 크기 程度로밖에 보이지 않더구먼. 그곳만이 귀엽게 느껴지더구나.」

「살의 주름으로 오므라져 있는 것 때문이 아닌가요?」

「바로 그거야. 그런데 그것이 꿈틀거리지 뭐야. 그것을 感心해서 보고 있는데 나의 머리를 그女의 그곳으로 밀어 넣는 거 있지. 한 番 더 愛撫해 달라고 하는 거 겠지. 勿論 나도 마다할 턱이 없지.」

女主人은 료헤이(良平)에게 바싹 다가앉는다. 男女의 이런 이야기에는 能熟해 있을 듯한데, 웬일인지 숨을 헐떡거리고 있다.

「如何튼 間에, 그女는 몇 番이고 頂上을 헤매었다네. 그러면서 냅다 소리를 지르는 거야.」

「어떻게 소리를 지르던가요?」

「"나 죽어, 나 죽는다." 였다 네. "베이비(Baby), 베이비" 라고도 하더구먼. "쬐끔 더, 쬐끔 더," 하기도 하고. 말보다도 말이 되지 않는 咆哮(표효)가 더 더욱 대단해.」

「네에.」

「何如튼 日本의 女性은 그렇게 騷亂스럽지는 않아. 天眞爛漫 이라 할까 奔放스럽다고 할까, 完全히 한 마리

動物로 바뀌는 거야.」

「肉食人間 이니까요.」

「한時間 程度 서-비스를 한 後에 겨우 쉬면서 안고 있었다네. 그때에는 서로가 땀 뒤범벅이 되었지. 땀으로 因하여 서로의 몸뚱이가 미끄덩미끄덩 했지. 땀뿐만이 아닌………」

女主人이 손가락에 힘을 加해온다. 아까부터 麥酒를 부어 주는 것도 잊어버리고 있다. 그래서, 료헤이(良平)는 두 개의 그라스에 손수 麥酒를 채웠다.

「나를 받아드리면서 그女가 뭐라고 소리쳤는지 궁금 하겠지. "아-아-, 이것이 天國이로구나. 이제 죽어도 餘恨이 없다." 感動한 나머지 이렇게 소리치는 거야. 그러면서 재빠르게 나를 껴안더란 말이야. 宏莊한 힘이야. 더군다나 껴안는 것은 그女의 팔뿐이 아니야. 아래쪽도 함께였지. 氣가 막히게 조여 오는 거야. 더군다나, 그 뜨거움은, 火傷을 입을 程度로 뜨거웠다 네.」

【第三部 上卷 完】

【第三部 下卷으로 繼續】

解 說

尾崎秀樹 씀

♣요즈음에 와서 文學 以外의 職業을가진 사람이 뛰어난 作品을 發表하고, 그 作品 하나로 文壇에 데-뷰-하는 케이스도 있지만, 大部分의 作家는 同人誌에 依한 文學修業의 時期를 거쳐서, 매스콤(Mass Communications)에 登場하는 境遇가 많다.

어떠한 可能性도, 同人誌 時代의 親舊나 先輩의 批判이나 激勵(격려)에 힘입어 자라온 것을 생각해 본다면, 그 作家의 文學形成에 그것은 커다란 意味를 지닌 時期라 해도 좋겠다.

도미시마·다께오(富島健夫)의 境遇에는, 도요쓰(豊津)中學 四學年때에, 學友들과 함께『幻夢』이라는 創作 모음집을 發行하였고, 昭和 二十六年에 와세다(早稻田)大學 第一文學部 佛文科에 入學해서 얼마 後에, 아까하네·후미오(丹羽文雄)氏의 門을 두드려, 그 許可를 얻어서 와세다(早稻田)의 友人들과함께 第二次『街』를 創刊하였으며, 다시 아까하네(丹羽)가 主宰하는『文學者』의 同人이 되었고, 그 後에,『文學者』에 屬해있는 지시마·마사노리(兒島正憲), 시미즈·쿠니유끼(清水邦行)등과『現實』을 創刊했다.

昭和 二十八年 十二月號『新潮』의 同人雜誌 推薦特集에 揭載되었고, 同年 下半期의 아꾸다가와상(芥川賞) 候補에 올랐던『상가의 개(喪家の狗)』는, 그가 文壇으로부터 注目을 받은 最初의 作品이지만, 이것도『街』의 代表로 應募한 作品이었다.

『靑春의 野望』第三部에 該當되는『와세다(早稻田)의 멍청이들』은, 主人公의 와까스기·료헤이(若杉良平)가 와세다(早稻田)大의 佛文科에 入學한 以後, 文學志望의 學友나 中學時代의 親舊들과 만나서, 學窓生活을 보내면서, 作家에의 길을 始作 하는 過程을 그리고 있지만, 이것은 아까하네·후미오(丹羽文雄)先生님의 아래에 들락거리면서, 門下의 나까무라·하찌로(中村八郞)氏에게서 創作의 指導를 받게 되었고, 드디어『文學者』에 作品의 發表를 許可받게 되었으며, 그 時期의 作者自身의 걸어온 길에 該當된다고 하겠다.

中學 以來의 료헤이(良平)의 文學에의 꿈은, 이 第三部가 되어서, 이제 막 現實의 方向을 보이기 始作 했지만, 그러나 그것만이 아니라 그의 交友나 女性關係를 通해서 靑春群像을 그리고, 靑春期의 여러 가지 問題를 여기에 投影시키고 있다는 것은 變함이 없다.

第一部에서도 言及한바 있지만, 도미시마·다께오(富島健

夫)가 후꾸오까(福岡)縣의 도요쓰高校를 卒業한 것은 昭和 二十五年 三月로서, 그즈음. 아버지가 腦溢血로 쓰러졌기 때문에, 卒業 後, 半年 程度 看病을 하지 않으면 안되었다.

그러는 中에서도 讀書에 貪盜했고, 友人들과 술도 마셨으며, 또한 사랑에도 熱中한것 等等, 多感한 每日을 보내고 있었지만, 同年 九月에 아버지가 世上을 뜨고 나서, 그 다음 달에 上京, 勞動省의 外廓團體인 日本努政協會에 給仕로 勤務했다.

그러는 中에 兄님 요시마사(義昌)가 學資金을 援助해주게 되어서, 昭和 二十六年 四月에 努政協會를 그만두고 와세다(早稻田)大의 佛文科에 入學하게된다. 그가 二十歲가 될 때였다.

따라서 와세다(早稻田)의 學生時代는, 二十代에 들어선 도미시마·다께오(富島健夫)의 새로운 出發을 意味한다고도 하겠다.

그는 와세다(早稻田)의 大先輩로서, 戰前부터 活躍했고, 戰後에도 旺盛한 筆力을 誇示하면서, 文壇의 主要한 地位를 차지하고 있는 아까하네·후미오(丹羽文雄)氏의 作品을 읽고, 그 作風에 빨려 들어가고 있었을 뿐만이 아니고, 아까하네(丹羽)氏가『文學者』를 主宰하고, 後進作

家의 養成에 있어서, 有名無名의 作家들이 그 門앞에 모여들고 있는 것을 알고 있었음에 틀림없겠다.

그로 因해서, 아까하네·후미오(丹羽文雄)氏를 訪問하고, 가르침을 請하고 싶은 氣分은 일찍부터 있었다고 생각되어진다. 또한 나이도 젊을뿐더러, 그럴싸한 作品도 가지고 있지 못한 그가, 와세다(早稻田)에 들어가고부터 얼마後에 마음을 다잡아먹고서 아까하네·후미오(丹羽文雄)를 訪問했다는 것은, 그 熱意의 表現이기도 하겠다.

그리고 그러한 도미시마(富島) 靑年을 따뜻하게 받아드려 주었다는 것에, 아까하네·후미오(丹羽文雄)氏의 人物됨됨이나, 當時의 『文學者』그룹-의 空氣가 떠올라 보인다.

아까하네·후미오(丹羽文雄)外에 이노우에·도모이찌로(井上友一郞), 타무라·신지로(田村秦次郞), 테라사끼·히로시(寺崎浩), 히노·요시히라(火野葦平)等과 合勢해서, 第一次『文學者』가 創刊된 것은 昭和 二十五年 七月頃이었다.

同名의 雜誌는 昭和 十四年부터 十六年間에 걸쳐, 다나베·모데이찌(田邊茂一)를 中心으로, 오사끼·지로(尾崎士郞), 사카키야마·쥰(榊山潤), 나까무라·무라오(中村武羅夫), 무로이끼·세이호시(室生犀星), 이토·소나에(伊藤

整), 도꾸미쓰·나오루(德水直), 오사끼·가쓰오(尾崎一雄), 이시가와·다쓰죠(石川達二)等等, 二十余名의 同人들에 依해서 創刊된 적이 있었다.

아까하네·후미오(丹羽文雄)도 그에 合勢 했었다.

戰後의 『文學者』는 아까하네·후미오(丹羽文雄)氏의 物心兩面에걸친 援助에 依해서 만들어 졌다. 그 母體가 되었던 와세다(早稻田)系의 作家志望者를 中心으로하는 十五日會가 成立된 것은, 昭和 二十三年 四月이었지만, 이것은 戰爭으로 흩어 졌던 文學者 同志들이, 戰場에서나 疎開地로부터 속속 모여 들었고, 술집等에 모여서, 只今까지의 文學에의 渴症을 달래곤 했었으며, 이렇게 함으로 해서 形體를 만들게 되었다.

十五日會에서는 每月 會議를 거듭함에 따라 機關誌를 만들어야 한다는 목소리가 높았었기에, 아까하네·후미오 (丹羽文雄)氏의 協力으로 世界文化社로부터 刊行되어왔던 『文學者』를 引受받았으나, 五號로서 休刊 되고 말았다.

새로히 『와세다(早稻田)文學』을 機關紙 代用으로 使用하거나 했지만, 그것도 三號로서 없어져 버렸기 때문에, 이것을 차마 그대로 볼 수가 없었던 아까하네·후미오(丹羽文雄)氏가 經濟的인 '問題를 責任지기로 하고, 여러 作

家들의 도움을 받아서, 發足했던 것이다.

當時의 編輯委員으로는, 이시가와·도시히꼬(石川利光), 야기·요시도꾸(八木義德), 노무라·미네오(野村尙吾), 자와노·히자오(澤野久雄), 하마노·겐지로(邊野健次郞), 도오가에시·하지메(十返肇)等이었고, 一旦 同人費制로 運營하였으나, 經費의 大部分은 아까하네·후미오(丹羽文雄)氏가 負擔했던 것이다.

젊은 作家들에게 戰後의 活動舞臺를 열어줌과 同時에, 新人 發掘에도 한몫을 단단히 한 이 雜誌는, 主義主張에 關係없이, 文學에 뜻을 둔 누구에게라도 門戶를 開放한 결과, 漸漸 同人이 불어났고, 日本 全國에서 二百余名이 모이는 大모임이 되었으며, 文學界에 있어서 큰 勢力으로 登場하게 되었다.

그러나 昭和 三十年 十二月, 六十四號로 一旦 廢刊이 되었고, 그後, 三十三年 五月부터, 第二次 『文學者』가 復刊되었다.

이 第二次에 있어서는 同人制를 그만두고, 아까하네·후미오(丹羽文雄)가 全額을 負擔하게 되었고, "費用은 全部 負擔하겠지만 編輯에는 干涉하지 않겠다."는 意志를 固守했고, 이것이 昭和 四十九年 四月, 通卷二百五十六卷의 終刊까지 繼續되었다.

戰後를 걸쳐 二十余年 以上의 長期間을 한 作家의 援助로 文藝雜誌가 刊行된것은 珍奇한 일이겠고, 그로 因하여 키워진 作家, 評論家도 그 數가 宏莊하며, 昭和 二十年代부터 三十年代에걸쳐, 文壇 登龍門의 役割을 다 했었다.

아꾸다가와(芥川)賞을 받은 쓰지·수게이찌(辻亮一), 이시가와·도시히꼬(石川利光), 곤도· 게타로(近藤啓太郞), 기꾸무라·이타루(菊村到), 코레나미·시로(斯波四郞), 가와노·다헤꼬(河野多惠子), 스무라·세쓰꼬(津村節子), 나오기상(直木賞)의 아라다·지로(新田次郞), 신바·에이지(榛葉英治)를 爲始해서, 요시무라·아키라카(吉村昭), 노무라·미네오(野村尙吾), 오다·닌지로(小田人二郞), 하야시·아오고(林靑梧), 다케다·번따로(武田繁太郞), 야마다·사토히꼬(山田智彦), 세도우찌·하레요시(瀬戶內晴美), 다케니시·히로꼬(竹西寬子)라 하는 作家들과, 아끼야마·순(秋山駿), 마쓰기·쓰루오(松木鶴雄), 모리모토·가쓰오(森本和夫), 오찌아이·키요히꼬(落合淸彦), 오오가와·나이쇼지(大河內昭爾), 야쿠시테라·아야아키(藥師寺章明), 아카쓰카·유키오(赤塚行雄)等의 評論家는 모두가 『文學者』出身이라는 것만 봐도 이 雜誌가 얼마만큼 커더란 役割을 했는가를 能히 斟酌하고도 남겠다.

토미시마·다께오(富島健夫)가 아카하네·후미오(丹羽文雄)의 門을 두드린 것은 第一次『文學者』가 創刊되었던 다음해에 該當 된다.

十五日會 發足 以來의 中心 멤버-로서, 오랜 期間동안 編輯을 擔當해왔던 나까무라·하찌로(中村八郞)氏는, 十二日會와 『文學者』속에서 도미시마·다께오(富島健夫)氏가, 그들 會에 參加하게 되었을 즈음 늘 다음과 같이 回想하고 있다.

「學生時代 토미시마(富島)는 카미노·요오조(神野洋三)나 다른 親舊들 몇 名이서 同人誌를 만들기 爲해서 아카하네(丹羽)先生의 面會日에 찾아 갔었다. 때마침 그 座席에서 그네들이 佛文科 後輩라는것을 알고서, 直接 뒤를 보살펴주기로 했었다.

그때, 그들은 아까하네(丹羽)先生으로부터 『街』라 하는 同人雜誌의 이름을 받았다. 그런 다음에 토미시마(富島)나 카미노(神野)들은 나의 집으로 몰려들 오게 되었다. 그들의 同人雜誌 『街』도 出版되어졌고, 토미시마(富島)는 그곳에 『진조(甚造)의 죽음』이라는 리어리즘(Realisn＝寫實主義)이 確實한 作品을 發表했다. 카미노·요오조(神野洋三)도 좋은 作品을 發表했다. 그를 機會로해서 두 사람을 十五日會의 先輩들에게 紹

介하고 會員으로서 出席할 수 있도록 議論을 모았다.
토미시마(富島)는 親舊들 中에서도 빼어난 筆力의 所有者였다. 一年程度 習作을 시켜본 後에, 四十一號에 發表해도 無難하다는 原稿가 만들어 졌다.

『文學者』에 學生으로서 發表할 수 있었다는 것은 只今까지 그 例가 없었다.」

四十一號에 發表된 것은 『例外』라는 作品 이었다. 나온 김에 말 해 두지만, 토미시마(富島)들이 받은 『街』는 타이쇼(大正)十五年에서부터 昭和 二年에걸쳐, 와세다(早稻田)大 英文學科 學生들을 中心으로해서 刊行된 것이었고, 아카하네·후미오(丹羽文雄)는 오사키·가쓰오(尾崎一雄)의 紹介로 同雜誌에 參加하게 되어서, 處女作 『아끼(秋)』를 發表해서 오사끼(尾崎)로부터 囑望을 받기도 했다. 히노·요시히라(火野葦平)는 타마이·가오(玉井雅夫)라는 筆名으로 自傳的 小說 『狂人』을 썼었다.

이 事實들은 『와세다(早稻田)의 멍청이들』 속에 거의 그대로 描寫되어 있다. 그런데 作者는 그것을 回想으로서 쓴 것이 아니라 어디까지나 自身의 體驗을 基本으로 해서 하나의 作品 世界를 構成했다는 것은, 後記에 쓴 그대로 이다.

作品中의 와까스기·료헤이(若杉良平)는 나리마쓰(成增)

의 셋집에서 도요쓰(豊津)以來의 親舊인 사까다(酒田)나 곤도(近藤), 가메다(龜田)들과 함께 살면서 典當鋪를 利用하면서 燒酒盞을 기우리는 生活을 하고 있었지만, 그 한편으로는 佛文科의 級友, 세키모도(關本), 다카야마(高山), 이이쓰카(飯塚), 하야노(早野)들과도 大學 周邊의 선술집에서 同人雜誌의 相談을 하거나, 文學論으로 입씨름을 하 기도 했다. 하나같이 作家를 志望하고 있으면서, 性格이 제각각 다른 다섯의 모습들이, 그들의 女性關係를 包含해서 赤裸裸하게 描寫되고있다.

료헤이(良平)는 같은 大學의 女子學生으로서, 신쥬꾸(新宿)의 선술집에서 아르바이트를 하고 있는 에리꼬와 肉體的 交涉을 가졌고, 늘쌍 다니던 단골집의 도모에와도 奇妙한 關係를 거듭했으며, 그 後에는 純情한 少女인 오사토(小里)와도 만나고 있었지만, 그러나 그이로서 보다 크고 貴重한 일은, 入學 다음해의 봄, 歸鄕해서, 戀人인 요시꼬(美子)와 처음으로 肉體的으로 맺어진 것이었다. 上京해서 얼마 後, 政治나 學生運動에는 全的으로 關心이 없는 료헤이(良平)도, 昭和 二十七年 五月의 메이데이(May Day) 事件에 關聯해서 일어난 와세다(早稻田)大 事件에서는, 學校로 달려가서 그 經過를 눈여겨 보기도 했다.

그러한 生活을 보내고 있는 中에, 료헤이(良平)는 同僚들과 함께 아카하네·후미오(丹羽文雄)氏를 訪問하여, 同人誌『街』를 創刊하였고, 히노·요시히라(火野葦平)氏나 나까무라·하찌로(中村八郞)氏의 집을 訪問하는 等, 드디어 『新作家』에 作品을 실어도 좋다는 許諾을 받게 되었다. 作家들이 實名으로 登場하고, 『街』의 誌名도 그대로인데 反해서, 『文學者』를 『新作家』로 쓴것은 이 作品이 事實과 混同되지 않도록 하는 配慮에서 였다.

그것은 如何튼 間에, 第三部에서 웨이트(weight)를 둬야 할 것은, 亦是 이 『新作家』와의 關係라고 하겠다.

료헤이(良平)의 걸음걸이는, 靑春期 特有의 振幅을 同伴해 가면서, 여러 가지 側面을 展開시켜 가는 것이다.

讀者는 이러한 成長의 軌跡을 따라감과 同時에, 昭和 二十年代 後半期의 文學靑年들을 둘러 싼 狀況을 알 수 있겠다.

-이만-

附　錄

즐거운

【漢字工夫】

이 부록에는 이 책에 사용된 한자를 항목별로 분류해서 수록해 놓았다. 그러므로 책을 읽다가 모르는 한자가 나오면 옥편이 필요 없이 부록을 보면 항목별로 한자를 찾을 수가있다. 한자를 익히면서 독서를 즐길 수 있도록 이 책을 편찬했다.

♣ 門이 없는 大學.
　【葡】포도포 【萄】포도도 【溝】개천구　【爐】화로로
　【迂】굽을우 【販】팔 판　【癖】버릇벽
♣ 燒酒 의 靑春
　【堅】굳을견　【泄】샐설　　【脾】지라비 【閨】계집규
　【耽】홀겨볼탐 【溺】 빠질 익
♣ 밤의 電車속에서
　【焰】불꽃 염 【窒】막힐 질
♣ 작은 妖精
　【欌】의장 장　【陋】더러울 루
♣ 女子의 宿所
　【濯】씻을 탁
♣ 縣境의 下宿
　【媤】시집 시　【鋪】펼 포　　【塵】티끌 진
♣ 새 食口
　【甲】갑옷 갑　【振】떨칠 진　【幅】폭 폭
♣ 帽子 도둑
　【譜】족보 보　【纖】가늘 섬　【跆】밟을 태
♣ 女子 두사람
　【狼】이리랑 【狽】낭패패 【珊】산호산 【瑚】산호호
　【和】화할 화 【煩】번민할 번 【惰】개으를 타

♣ 彷徨의 밤
  【錐】송곳 추 【凜】찰 름(늠)
♣ 作家訪問
  【殿】대궐 전
♣ 文學敎室
  【矮】난장이 왜
♣ 『街』
  【從】쫓을 종   【更】다시 갱   【傑】호걸 걸
♣ 아르바이트
  【骸】뼈 해【腐】썩을 부【裳】치마상【槨】덧관 곽
♣ 幸運兒
  【僥】요행 요 【倖】요행 행   【劑】약지을 제

【第三部 上卷 終】
【第三部 下卷으로 繼續】

靑春의 野望·Ⅲ·上

發行日	: 2024年 03月 30日
著者	: 토미시마 다케오
譯者	: 曹 信 鎬
發行者	: 曹 信 鎬
發行所	: 德逸 미디어
住所	: 서울시 영등포구 63로 40, 라이프오피스텔 빌딩 1410호
電話	: (02) 786-4787/8
FAX	: (02) 786-4786
H·P	: 010-5270-9505
登錄	: 제 134-2033호(2005.2.15)
ISBN	978-89-89266-14-3(전2권)(04830)
ISBN	978-89-89266-15-0(04830)

값 : 18,000.원

* 著者와 相議하여 印紙를 省略하였습니다.
* 本 出版物은 著作權法에 依해 保護를 받는 著作物이므로 無斷 複製할 수 없습니다.
* 잘못된 책은 즉시 바꿔 드립니다.